アンソロジーノベル

絶対に私を抱かせて幸せになってみせますわ！

fairy kiss

アンソロジーノベル

絶対に私を抱かせて幸せになってみせますわ！

fairy kiss

Contents

茶川すみ
鈴ノ助
絶対に抱いてくれない夫に抱いてもらう方法
Zettaini daitekurenaiottoni
Daitemorau hoho

儚《はかな》げな桃色をしたこの薄布は、一般的にはベビードールと呼ぶものらしい。前開きになっているそれは胸のところで紐《ひも》で結ばれているだけで、肌を隠すということはほとんどできていない。アイシェの透明感溢《あふ》れる瑞々《みずみず》しい肌や薄い腹、ちんまりとしたへそ、髪と同じ桃色の薄い下生えすらも、今や惜しみなく燭台《しょくだい》が照らす灯りの中で曝《さら》け出されてしまっている。

その布は、向こう側が透《す》けて見えてしまうほどに薄く繊細だった。アイシェのコンプレックスの一つである慎ましげな双丘も透けてしまっていて、二つの桃色の蕾《つぼみ》すら今は秘めたものではなくなっている。

初めてこの服を見た時、手に持って目の前に掲げながら、服の定義とは一体なんだろうか、とアイシェは真面目に考え込んだ。この頼りない布切れを服と言っても良いのだろうか、と。

しかし、同時に興奮もした。いやらしさでいったらこの布に勝てるものは今まで見たことがない。これで、あの性的なことに関してはいやに冷静な夫も、鼻息を荒くして襲いかかってくるに違いない、と。

アイシェは今、天蓋《てんがい》付きの巨大な寝台の上でクッションにもたれかかり、しどけなく寝転がっていた。はぁ、と悩ましげな吐息を意識的に口から落とし、赤く紅が塗られた唇《くちびる》を僅《わず》かに開いてなまめかしさを強調する。長く伸ばした桃色の髪をわざとらしくかきあげて、女らしい細い首筋をこれでもかというほどに披露した。

侍女《じじょ》に施してもらった、髪と同じ桃色の瞳に合う、紫を基調とした濃い目元の化粧。このおかげで、今の顔は普段より何十倍も色気に溢れているはずだった。切なく眉を寄せ、媚《こ》びるように体をくねらせる。

「ルゥ様ぁ。わたしぃ、なんだか胸がとってもどきどきするんですぅ。……ねぇ、ここ、触って確かめてくれませんかぁ？」

アイシェは指先までピンと伸ばすよう意識して、自分の胸の辺りに手を当てた。夫婦の寝室に入ってきた夫へと、華奢《きゃしゃ》な腰を精一杯ひねって品《しな》を作って見せつける。

しかし、それに対して。おかしなことに、夫の瞳は永久凍土《とうど》のように冷たかった。薄氷のような淡い水色の瞳は元々冷たく見えがちだが、それにしても視線の温度が低すぎる。妻の痴態《ちたい》を見ているのにもかかわらず、全く熱くなっていない。それどころか、見てはいけないものでも見てしまったかのように顔を引き攣《つ》らせている。

それは、アイシェの期待通りの反応ではない。もっと興奮して、なりふり構わず襲いかかってきても良いのではないだろうか。そう疑問符を頭の中で思い浮かべながらも、膨らみのない胸が少しでも大きく見えるよう、鼻から深く息を吸って胸を張る。

夫は反応に迷うかのように濃紺の髪をくしゃりと掻《か》いた。口からは疲れたようなため息が一つ。

「……そうか。医者を呼ぼう。恐らく大病だと診断されるだろうな。頭の」

「そんなぁ、酷《ひど》いですぅ」

「それから、変に間延びした話し方は気色悪いだけだ。今すぐやめたほうがいい」

「……ぬぅ」

アイシェはがくりと首を下げてうなだれた。どうやら、今宵《こよい》の作戦も失敗のようだ。

寝室に入ってきた男――アイシェの夫であるルード・ランシェスター――は、大股で寝台へと歩み寄ってくる。大柄で筋骨隆々な彼が歩く姿はまさに猛獣。体は狼というよりも熊。顔は熊というよりも狼。つまるところ、男の魅力に溢れた男といえる。

彼は、その厳《いか》つい見た目通り騎士をしている。しかも彼が所属しているところは、騎士団の花形であり大空の覇者である竜を使役《しえき》する竜騎士隊。その中の上から二番目の立場である、「王国騎士団竜騎士隊副隊長」という長ったらしい名前の役職に就いていた。

ルードは寝転がるアイシェの頭頂部を分厚い手のひらでぐりぐりと強めに撫《な》でると、流れるように寝台へと乗って掛け布の下に潜り込んだ。

色っぽく誘う妻を素通りにするなんて、と文句を言うために四つん這《ば》いで彼のほうに近寄る。すると、急に掛け布の下から太い腕がぬっと飛び出してきて、アイシェの腕を摑んで中へと引き摺《ず》り込んだ。その手つきは、まるで獲物を捕まえる野獣のように素早く力強い。

「ひゃっ！　ちょっと、ルゥ様！　力強すぎです！」

「あぁ、すまん。お前が軽すぎて」

アイシェの小さな体を正面から腕の中に抱き込んだルードは、桃色の頭頂部に自らの顎《あご》を触れ合わせた。彼の体は成人男性の中でも大柄なほうだ。小柄すぎるアイシェが抱き締められると、その腕の中にすっぽりと収まってしまう。

ルードはアイシェの着ているさらりとした手触りの薄布を撫でた。布越しに感じるその手のひらは、とても温かくて心地好い。

「こんな服、どこで仕入れてきた」

「エナにお願いしたんです。いやらしい服買ってきてって」

「……あの忠犬、なかなか良い仕事をするじゃないか」

「ですよね！」

「だが、土台がなぁ……」

「……それ、どういう意味ですか？」

「せっかく良い服なのに、活かしきれなくてもったいないなってことだ」

「ひ、ひどい！　ルゥ様のばか！」

ルードの胸に腕を突っ張って、涙目で抗議する。

しかし当の夫はというと、瞳に悪戯《いたずら》な色を宿してにやにやと意地悪く笑っているではないか。

「まぁ、でも。そのちんちくりんな姿を見て欲情する変態も世の中には存在する。俺以外には見せるなよ」

「見せるわけないじゃないですか！　ちんちくりんで悪かったですねっ！」

「本当のことだろう？」

「わ、わたしだって！　もう少し大きくなれば、こう、ボンボンボンになるんですからね！」

「それはただの太った奴だ。ボンキュッボンの間違いだろう」

「……むぅ」

悔しくて、唇が勝手に尖《とが》る。ルードの指がその唇をつまんで「鳥みたいだ」とからかってきたため、そこはさらに鋭く尖ってしまった。


現在十八歳のアイシェと十九歳のルードは、二年前に結婚をした夫婦だ。

名門貴族であるオーフェルルード伯爵《はくしゃく》家の長女であるアイシェは、大昔の祖先が「霧の魔女」という悪名高い魔女から受けた呪いの影響で、体の成長が人よりも遅い。十八歳の今でも、体は十三歳程度でしかない。

両親や祖父母たちは呪いの影響を受けていなかった。しかしアイシェは、なぜか先祖返りのように突如としてその影響が現れてしまった。

そんなアイシェとルードとの結婚が決まったのは、アイシェが五歳の頃のことだ。ルードの生家・代々騎士を輩出《はいしゅつ》しているランシエスタ伯爵家との間で取り決められていたものだった。

初めて会った時から、アイシェは婚約者である彼のことを気に入っていた。ようはひと目惚れだ。

しかし、その想いはいつも一方通行だった。何度も好きだと伝えていたのだが、彼からは「ガキのくせにませてんじゃねぇ」だの「俺は色っぽい女のほうが好みだ」だのとつれない返事ばかり。

確かに体は幼かったが、心はたった一歳の違いだというのに。

だが、アイシェはめげなかった。それでも何度も何度も彼に想いを伝え続けた。そのうち彼からのつれない返事はなくなったものの、「あーはいはい分かってる分かってる」とどうでも良いことのように流されるようになってしまった。

「……あぁ、それから念のため言っておくが、その化粧は全く、これっぽっちも、似合っていない」

「えぇっ⁉　可愛くないですか⁉」

「化粧の質は良い。だがお前には強すぎる。もう少し柔らかいほうが似合うはずだ。エナにも言われなかったか？」

「……言われました」

「だろう？　人の言うことは素直に聞くべきだな」

「……」

言わんこっちゃない、とでも言いたそうな、ルードのせせら笑ったような表情。ぐうの音も出ないとはまさにこのことだ。

顔の陰影と目と唇を強調した娼婦《しょうふ》のようなこの厚化粧は、アイシェが侍女のエナに頼み込んでやってもらったものだ。

エナはアイシェが実家にいた頃から専属侍女をしてくれている同い年の娘で、二人の関係性はとても親密なものといえる。ルードの言う通り、エナは反対した。奥様には絶対に似合いません、と、はっきりと。しかしアイシェはいつも通りの自分では夫を誘惑できないと思っていたから強引に押し通したのだ。なんとしてでも色っぽくならなくてはならないからお願いだ、と。

「……じゃあ、どうしたらルゥ様はわたしを抱いてくださるのですか？　もう結婚して二年も経ちます。わたしも早くルゥ様と結ばれたいです」

アイシェがエナにベビードールを用意させ、さらには無理を言って厚化粧もさせてまで夫を誘惑したかった理由。それが、これだった。

もう結婚して二年も経つというのに、二人の間に体の関係はない。アイシェは未だに処女《おとめ》のままで、ルードとは口付けまでしかしたことがなかった。

「言っただろう。お前と俺とでは体格が違いすぎる。お前がもう少し成長するまで待て」

「もう少しもう少しって、ずーっとそればっかり！　もう聞き飽きました！」

「仕方ないだろう。……お前に痛い思いはさせたくない」

ルードはいつもそう言ってアイシェの誘惑から逃げる。だが、アイシェはもう十八歳だ。この国では十六歳から結婚が認められていて、もう十分に子供を産める年齢でもあった。

体は幼くても、心はしっかりと成熟している。ルードには言ってはいないが、他人には言えないような恥ずかしい欲だって溜まってしまうものなのに。

「たとえ痛くても、身も心もルゥ様のものになりたいです……」

「俺は痛がる女を抱くのは趣味じゃない」

「じゃあ痛くないようになんとかしてください！」

「無理を言うな。狭いもんは狭い。デカいもんはデカい」

「自分で言うのですか……」

「自慢の息子だからな」

下品なことを鼻高々と言うルードの本当の鼻をきゅっとつまんでやる。すると、彼もお返しとばかりにアイシェの鼻をつまんできた。

「小さい鼻」

「全部ルゥ様のものです」

「食べ頃は二年後くらいだな」

「長過ぎます……」

アイシェとルードの結婚は、本当はあと二年先のはずだった。しかし、竜騎士として有能な彼は騎士団の中でも将来を期待視されている有望株だ。そんな彼に群がる女は多く、数年前のアイシェはものすごく焦っていた。なので、まだ早いと言う両親をせっついて、自分が結婚できる年齢となってすぐに、早々と結婚の契約を交わさせたのだ。

「まぁ、時期が来たら嫌と言うほど抱いてやる。それまでは口付けだけで我慢しろ」

「嫌なんて言うわけ――んぅっ」

唐突に合わさった、夫の唇。少しかさついているが、熱くて分厚くて柔らかい。それがアイシェの小さな唇を、文字通りぱくりと食べてくる。唇は軽く歯を立てられながら何度も食《は》まれ、そのうち彼の舌が口内に入り込んできた。

アイシェの小さな舌を追う、よく動く大きな舌。それが触れ合うたびに、えも言われぬ気持ち良い感覚が首の後ろをざわつかせる。目を瞑《つぶ》って、そのふわりと浮くような感覚に酔いしれる。

すると、また唐突に彼が唇を離した。瞼《まぶた》を開くと、こころなしかとろんと柔らかくなった薄青の瞳がこちらを見つめている。

「は……あ、るぅ、さまぁ……」

「……へぇ、一人前に女の顔ができるようになってきたな」

「……誰のせいだと、思ってるんですか……」

「ははっ、俺だ」

何も穿《は》いていない、女の大事なところがむずむずする。薄い布に胸の尖りが擦れてじんわりと熱い。爽やかに笑う夫が憎くて、額を彼の胸に強く擦り付ける。

「ルゥ様……抱いてください……」

「まぁそう焦るな。時間はたっぷりあるんだ。今は無理せず気長に待て」

「でも、早くルゥ様の子供を産みたいです……」

「今のお前の体では、出産など到底無理だ。我慢しろ」

確かにアイシェの体はまだまだ幼い。しかしルードのその頑《かたく》なさには、何かほかに理由があるのではないかとつい勘繰《かんぐ》ってしまう。

彼は昔からアイシェのことをからかってばかりで、ちっともまともに相手をしてくれなかった。婚約者として大事には思ってくれているようだったが、それはまるで妹に対するような接し方。異性としては全く意識されていないように感じる。

どうすればルードをその気にさせられるのか。彼の言う通り、時が来るまで待つしかないのだろうか。

アイシェは髪を撫でる彼の手の感触を感じながら、再び唇を尖らせて深い考えに沈み込んだ。

＊　＊　＊

洒落《しゃれ》た意匠の鏡台、その鏡には、ぶすっと不機嫌な顔をした桃色の髪の少女が映っている。そう、少女だ。決して十八歳の大人とはいえない。

何度自分で見ても、アイシェの顔はひどく幼い。

顔から零《こぼ》れ落ちそうなほどの、大きく垂れがちな目。小さく低い鼻。薄くささやかな薄桃の唇。顔の輪郭《りんかく》も体格も、まるで子供のように小さく凹凸《おうとつ》がない。

まぁ、実際体の年齢は子供だから、仕方のないことではある。だが、「色気」という言葉とは正反対のその容姿。「可愛い」と言われたことは多々あったが、「綺麗」と言われたことは皆無だった。

その桃色の長い髪を梳《と》かしているのは、紺と白の侍女服を着こなしている、きりりとした顔の若い侍女だ。後れ毛の一本もないぴっちりと纏《まと》めた黒髪が、彼女の真面目さを表している。

「ねぇ、エナ。わたしはルゥ様に愛されていると思う？」

「はい、奥様。貴女《あなた》様はとても愛されていらっしゃいます」

即答で返ってきたその言葉。しかし、いくら付き合いの長い彼女の言葉でもアイシェは信じられなかった。

本当に愛しているのだとしたら、普通は抱きたくなるものではないのだろうか。体も愛したいと思うはずではないのだろうか。

「じゃあ、何でルゥ様はわたしを抱いてくれないの？」

「この間、話し合ったではないですか。旦那様が仰《おっしゃ》っている通りですよ。体格差が大きすぎるからでしょう」

ルードがアイシェに手を出してこない理由については、今までエナとの間で散々議論した。

初めに二人で議論した説は、彼が男性として不能説、及び男色《だんしょく》説。しかしそれは、彼の過去の行い、つまるところ結婚前の娼館通いで否定されている。

次に出た説は、色気のないアイシェでは欲情しない説。しかしそれも、口付けをした時に彼の局部が膨らんでいることをアイシェが自分自身で確認したので否定された。

つまりルードは女に性欲を抱く健康体な男であり、アイシェでしっかりと欲情しているにもかかわらず、抱こうとしていないということだ。

結婚初夜の時、ルードは確かにアイシェのことを抱こうと試みてはくれた。しかしいざその秘裂に指で軽く触れた途端、「無理だな」とひと言呟いた彼は「もう少し成長してからにしよう」と言って、呆然《ぼうぜん》とするアイシェを置いてきぼりにして行為を中断してしまったのだ。

そういったいろいろなことを勘案《かんあん》すると、この議論の結論はやはりルードの主張通りなのかもしれない。

しかし、アイシェはどうしても信じられなかった。何しろ、ルードの生活は職場と家との往復で、家にいる間はほとんどアイシェと一緒だ。それなのに、彼には全く我慢している素振りは見られない。自分で処理をしているようにも見えない。若い男が二年間も欲を我慢し続けられるだろうか。

――いや、それは絶対に有り得ない、とアイシェは疑っていた。

「だからといって、こんなに可愛い妻が隣にいるのに放って寝られる⁉　昨日だって、せっかくあんなにいやらしい服を用意したのに、口付けだけしてその後はぐーぐーいびきかいちゃって！　朝も、すんごく爽やかな笑顔でおはようなんて言っちゃって！」

「恐らく、奥様が知らないところで物凄く我慢なさっているのでしょう」

「嘘！　そんなこと絶っ対に有り得ないわ！　ルゥ様は我慢とは無縁の人だもの！」

そう。アイシェがルードの言葉をどうしても信じられない理由がこれだった。昔から彼は自分の気持ちをはっきりと言動に出す性格で、アイシェのために我慢をするところなど見たこともない。

それに結婚前は、性欲解消のためにルードが週に一度は娼館に足を運んでいたのをアイシェは知っていた。よく彼の後を尾《つ》けては、その凜々《りり》しい姿を目に焼き付けていたからだ。

本当ならば、アイシェ自身がその欲を受け止めたかった。しかし悔しいことに、この国の貴族の間では婚前交渉はおろか密室で二人きりになることさえ御法度《ごはっと》だ。結婚前の若い男が娼館で美しい女に身を預け、情欲を吐き出すのは当たり前のことだった。

「でしたら。わたくしから、一つ提案がございます。……上手くいくかは分かりませんが」

「えっ、なになに？」

アイシェの髪を左後ろで薔薇《ばら》のような形に結い上げたエナが、そっと耳元に口を寄せてきた。彼女の濃い紫の瞳は、鏡越しにアイシェを見つめている。

耳元に、ほのかに温かい息がかかった。

「媚薬《びやく》をお使いになってはいかがでしょうか」

ささやかな、小さい声。その言葉に、アイシェの頬はカッと熱くなった。

この国で媚薬といったら、一つしか指さない。普通の人にはない特別な力、魔力を持つ「魔女」と呼ばれる者たち。その中でも「華の魔女」と呼ばれている者が作る、高額で取引されている薬の中にそれはある。

飲んだ者を強制的に発情させてしまう、強壮剤としても使われるその薬。その効果は、七十歳のしおれた老翁《ろうおう》を三日三晩男として元気にさせたとか。

アイシェは一つ唾を飲み込んだ。媚薬を手に入れることは比較的簡単だ。華の魔女の薬を卸《おろ》している店はこの街にある上に、金には困っていない。しかし娼館でよく使われるような類《たぐい》のそれに、いかがわしさはどうしても付き纏《まと》う。

自然と、内緒話をするように声を小さくしてしまう。

「……それを彼に飲ませるのね」

「ええ。しかし、旦那様は鼻が利《き》きます。濃いワインに混ぜるのがよろしいかと」

「上手くいくかしら」

「失敗する可能性も充分にあります。ですので気づかれてしまった際には……奥様が口移しで飲ませてみてはいかがでしょうか」

「……え!?　く、口移し!?」

「はい。さすがの旦那様もそれを拒否はできないでしょう」

ぶわり、と顔が熱くなったような気がした。もちろん既《すで》にルードと口付けは何度もしているが、口移しで食べさせたり飲ませたりなどはしたことがない。どこかそれは淫靡《いんび》で、自分たちにはまだ早いような気がしてしまう。

「で、でもそんなこと、わたしにできるかしら……」

「大丈夫です。ワインを口に含んで旦那様の唇に唇を押し付けるだけです。奥様ならできます」

「……分かったわ。ちょっと緊張するけど、頑張ってみる。薬の購入はお願いするわね」

「お任せください。奥様のためなら、何なりと」

エナはアイシェの支度《したく》を終えると、一礼して部屋から出ていった。彼女の仕事は早い。きっと今夜には目的の物を買ってきてくれているだろう。

「いいですか。ワイングラス一杯に対して三滴です。それを超えると非常にまずいそうなので、お気をつけください」

「ええ、分かったわ。ありがとう、エナ」

「とんでもないことでございます」

エナが買い出しに出ていったのが、午前中の早い時刻だった。彼女は昼前には帰ってきて、その手にはもちろん目的の物が握られている。

例の薬は無色透明で、小さな小瓶に入っていた。底が膨らんだ、雫《しずく》のような形をした瓶だ。蓋《ふた》は一輪の百合《ゆり》の花を模《かたど》っており、まるで水晶でできた小さな百合が花瓶に生けてあるようにも見える。そっと蓋を開けて匂いを嗅《か》いでみると、百合の優しい香りがわずかに漂う。ただ、それは強い香りのする飲み物に混ぜたら分からなくなるほどの、極めてほのかな香りだった。

アイシェは小瓶を強く握り締めた。今夜こそ上手くいく。そんな漠然とした自信が沸々《ふつふつ》と漲《みなぎ》ってくる。

「今夜こそ！　必ず！　わたしは女になってみせるわ……！」

「はい、奥様。わたくしめも応援しております」

小瓶を掲げて窓から入ってくる陽《ひ》の光にかざすと、きらきらと光を反射してとても美しい。

アイシェは今夜行われる予定のめくるめく大人の時間に向けて、にっこりと期待の笑みを浮かべた。

その日の夕食後、アイシェはルードが湯浴《ゆあ》みをしている時間を見計らって、夫婦の寝室でワインを開封した。夫のグラスの底に媚薬を三滴入れて、準備を整えておく。無色透明なそれが三滴入ったところで、遠目からでは何かが入っているようには見えないはずだ。

扉の向こうから足音が聞こえてきて、アイシェは手に汗をかきながらワインボトルを握り締めた。間もなく扉が開けられる。その瞬間にアイシェは夫のグラスにワインを注ぎ始めた。とくとく、と美味しそうな音が小さく部屋に落ちる。

そのワインは、透明感が少なく血のように赤味が強い。少し前にアイシェの父親が隣国に行った際に土産《みやげ》として買ってきてくれたもので、非常に香りが強いものだった。

「ルゥ様。お父様から頂いたこのワイン、一緒に飲みましょう？」

普段、ルードは夜寝る前にワインをちびりと飲んでいるが、稀《まれ》にアイシェも一緒に飲むことがある。不自然なところはないはずだが、彼を騙《だま》しているという事実がどうしても体を強張《こわば》らせてしまう。

ルードはアイシェのいるソファのほうへ近寄ってくると、正面に腰掛けた。肘置きに右肘をついて、ゆるりと頬杖《ほおづえ》をつく。

「あぁ、この前のやつか。良い色だな。……ところでアイシェ。この国で宴《うたげ》を開く時、ワインをいつ開けるのか知っているか？」

ルードからの突拍子《とっぴょうし》もない質問に、アイシェは自分のグラスにもワインを注ぎながら目を丸くした。

「えっ。……乾杯をする直前、ですけど……」

「そうだ。なぜそのタイミングなのか、理由を知っているか？」

「……いいえ」

「皆の前で開封することにより、毒を混入させていないのだとアピールするためだ」

毒。その言葉にぴくりと体が跳ねた。こめかみに冷たい汗が伝っていく。

まさか、彼は気づいているのだろうか。

おそるおそる視線を上げて、ルードの顔を見る。そして――確信した。口角を引き上げた彼が、意地悪く笑ってアイシェを見ていたからだ。あのにやけ面《づら》を見る限り、アイシェの行いに気づいているのは確実だ。その上で遊んでいるのだ、この男は。

一つ笑みを漏らしたルードは、余裕の表情でワイングラスを手に取った。鼻を近づけ、すん、と匂いを嗅ぐ。

「血のように濃い赤紫。鼻の奥に届く強い酒精の香り。アルリシア産は独特だな。……だがおかしいな。花のような香りもする。これはこのワインにはないものだ。……さて」

「……えっ⁉」

ルードがグラスを傾け、一口飲む。まさか、何かが混入されていることに気づいているのにもかかわらず口をつけるとは。驚きのあまりに、アイシェはつい両手で口を覆ってしまった。

「濃い魔力。……華の魔女か。効果は……盛った本人で試すか」

「えっルゥさ――きゃあっ！」

唐突にルードが立ち上がり、アイシェのほうへと一瞬にして詰め寄ってきた。そのまま、アイシェの体をソファの上に勢い良く押し倒す。

何かと思ってただ呆然と彼を見上げていると、彼はグラスに注がれたワインを口に含み――口付けをしてきた。

「んっ！　んぅっ……！」

まずい。大変まずい。

恐らく、ルードはアイシェにワインの毒味をさせようとしている。しかし、これを飲んだらアイシェのほうが媚薬に侵《おか》されてしまう。首を振ろうにも彼の手によってがっしりと顔を押さえつけられていて、全く逃れられそうにない。だが飲んでたまるものか、と精一杯唇を引き結ぶ。

すると、ルードの片手がアイシェの顔から離れ、下半身のほうに向かっていった。ざらついた指がアイシェの太腿《ふともも》をどこか焦《じ》れるように撫で、シュミーズドレスの裾を掻《か》い潜《くぐ》って中に入ってくる。そのまま、何も穿いていない秘された場所を無骨《ぶこつ》な指がなぞる。

「——んぁっ！」

驚きのあまり、つい口を開いてしまった。その隙《すき》にぴったりと合わさっているルードの口から生ぬるいワインが注ぎ込まれ、ごくりと飲み込んでしまう。そうしたあと、彼の唇がようやく離れた。

まずい。非常にまずい事態だ。媚薬入りのワインを飲んでしまった。

どうしよう、と焦る暇もなく、喉の奥から酒によるものではない強烈な熱が急激に湧き上がってくるのを感じた。

目の奥がカッと熱くなる。体の内側で炎が燃え盛っているようだった。五感の全てが鋭敏《えいびん》になり、肌に触れる衣服や自分の髪さえももどかしく感じる。

胸の先の尖りが痒《かゆ》い。体の奥の奥、秘めたところが疼《うず》く。中を埋めてほしい。熱く太く、硬い何かで——。

そう思ったところで、アイシェは目を強く瞑った。

こんな感覚は、知らない。

「あ……っ、あぁ……」

「……あぁ、媚薬か」

無意識のうちに目の前にあるルードの胸元を握り締める。しかし彼はそれをやんわりとほどき、そのまま立ち上がって真正面のソファへと行ってしまった。

もどかしい熱を持て余しながらも体を動かし、必死に手を伸ばして縋《すが》るも、それは既に届かない。

「た、たす、け……」

「いーや、だめだ。俺を騙そうとした罰だ」

さもおもしろいとばかりに、ルードは再び頬杖をついてにやにやとアイシェを見つめてくる。

「や、あぁ……」

「どこを触れば気持ち良いか分かるな？　自分でやってみろ」

そのあまりにも無慈悲《むじひ》な宣告に、滲《にじ》む視界の中、アイシェは目の前の夫の顔を恨《うら》めしく睨《にら》みつけた。

「ひ、どい、です……」

「酷い？　それはこちらの台詞《せりふ》だ。媚薬を盛ろうとしていたのはお前のほうだろう」

「気づいて、いたのなら……んっ、飲まなきゃ、いい、だけでは、ないですか……」

「確かにな。……だがなぁ。こんな楽しそうなことを逃すのはもったいないだろう？」

ルードはにんまりと目と口元を細めている。彼は感情をはっきりと表に出す性格ではあるが、ここまで愉快そうな姿を見るのは随分《ずいぶん》と久しぶりな気がする。覚えている限りでは、彼を襲うために仕掛けた緊縛《きんばく》の魔道具の罠《わな》に、アイシェが自分でかかってしまったのを見ていた時以来だ。

　確かその時も、彼は今と同じように口角を吊《つ》り上げて意地悪く笑っていた。縄を振りほどこうと体を捻《ひね》るアイシェを、助けもせず長い間傍《そば》で眺めていた覚えがある。

「るぅ、さまぁ……」

「何だ？」

「ごめん、なさい、謝り、ますからぁ……」

「謝るから？」

「おねがい、体が、熱いのぉ……っ」

「自分でやってみろと言っただろう？」

「わ、わからないよぉ！」

「……本当にお前は甘えん坊だなぁ。仕方がない。少しだけ手伝ってやろうか」

おもむろにルードが立ち上がり、アイシェのほうへ近寄ってくる。彼はソファにうつ伏せで縮こまるアイシェを仰向《あおむ》けに変えさせると、ゆっくりとシュミーズドレスをまくり上げた。その布擦れの感覚さえも、気持ち良くて堪《たま》らない。

　白い肌の上で、二つの小さな突起が触ってほしいと叫ぶようにふるふると震えている。

「おねが……ぁ、るぅさま、おねがい……」

「分かった分かった。そう焦るな」

　ルードはふ、と軽く笑みを零《こぼ》すと、アイシェの控えめな双丘へと指を向かわせていく。

大きな手のひらが薄い胸を覆い、すっぽりと包み込む。しかし全体を揉み込むだけで敏感なところには触れてくれず、アイシェはかぶりを振って助けを求めた。

すると、唐突に求めていたところが強く引っ張られ、アイシェは大きく体を跳ねさせた。視界にちかちかと星が瞬き、その鮮烈な感覚に心臓の鼓動が追いつかない。

「ひあぁっ！」

「ははっ、真っ赤になって震えて。小鹿みたいだな」

「やぁ、ちくび、だめぇっ！　ぁ、あぁっ！」

「嘘をつくな。期待していたくせに。ほら、ここも触って欲しそうに膨らんでいるぞ？」

涙で滲む視界には、にやりと笑う夫の顔がある。けれどそれに文句を言うこともできず、ただただ胸にもたらされる刺激に翻弄《ほんろう》されることしかできない。

「つまんだり……引っ張ったり……押し込んだり。……どれが一番気持ち良い？」

「ひんっ！　ぜ、ぜんぶ、ぜんぶ、です……あぅっ！」

「ははっ、比較にならないな」

大きくて太い指が、強弱をつけて小さな乳首をいたぶる。その指が根本をひねるように素早く動いた時、アイシェは目を見開いて大きく仰《の》け反《ぞ》った。身体中《からだじゅう》にびりびりと衝撃が走る。震えが止まってくれない。

「これが一番反応いいな？」

「あぁっ！　ぁ、あぁ、ああぁっ」

「言葉も出ないか。……流石《さすが》、魔女の品だな」

身体中の毛穴という毛穴が全て開き、汗が滲み出る。つま先に力が入り、足がぴんと伸びた。

アイシェは夫の首元に必死に縋りついた。何か途轍《とてつ》もない波が襲ってくる。それに攫《さら》われないように、手に力を込める。

「あっ、あぁ、あぁぁっ――――！」

そして、彼の指が一層強くそこをひねった瞬間。アイシェは初めての快感の絶頂に、いとも簡単に昇らされてしまった。

「は、あ、あぁ……あ……」

「あぁ、雌《めす》の顔してる。……可愛いな」

ルードはそう言いながらゆるりと体を起こした。温かな熱が離れ、アイシェは思わずルードの服を摑む。

「まって、るぅさま……行かないで」

「大丈夫だ、ここで見ていてやる。……さぁ、今俺がしたみたいに自分でやってみろ」

ルードはアイシェの横に腰掛け、ただ見下ろしてくる。さぁ、早くやれ、という彼の声が聞こえるようだった。

「ふ……ぅ、あ……」

その指示から一拍おいて、アイシェはそろりと両手を自分の胸に伸ばした。丸みというよりもなだらかな丘のようなそこを、小さな手のひらで包んで軽く揉んでみる。

ルードに自慰《じい》行為を見せるということに関して、羞恥《しゅうち》心はもちろんある。しかし今は、ただただ気持ち良くなりたかった。媚薬に支配された頭では、それしか考えられない。

実のところ、胸自体にはそこまで快感はない。しかし先の尖りをルードがしていたように指先で捻ると、腰の辺りがずんと重くなるような気持ち良さが体に広がっていった。引いては打ち寄せる波のように、それはとどまることを知らない。

「ぁ、あぁ……んっ、あぁ……」

「ほぉ、なかなか上手じゃないか」

だが、自分ではあまり気持ち良く刺激できなかった。快感が足りない。何かが足りない。胸ではないところ、股の間の秘された場所が熱い。そこはじゅくじゅくと疼き、雄を求めている。アイシェは片手を自らの下半身に持っていき、ルードにその恥ずかしい欲求を示した。

「るぅ、さま……ここ、むずむずするの、たすけてぇ……」

ルードは一つため息をつき、根負けしたような様子でゆっくりとソファから立ち上がった。仰向けに寝転がるアイシェに覆い被さり、指を秘裂へと這わす。

彼の指は、とろとろと湧き水のように溢れる蜜を掬《すく》う。期待で膨らむ秘芯を、包皮の上から強く押し潰した。

「ひぃっ‼」

「……あぁ、こんなに膨らんで。かわいそうになぁ」

かわいそう、と言いながらも、ルードの指の動きは全く気遣う様子がない。

その力は、決して強い力ではない。しかしそれはアイシェの弱いところをいたぶるように、やんわりと、だが拷問《ごうもん》のようにひたすらそこを攻め続ける。

「ひあぁっ！　あ、あぁ！　あっ！」

「ほら、自分から言い出したんだろう？　しっかり感じて覚えろ」

「や、まって、あぁっ！　やぁっ……！」

「逃げるな」

過ぎた快感に逃げる腰をがっしりと押さえつけられる。そうして秘芯を震えるように刺激されているうちに、アイシェは体を跳ねさせて再び高みに昇りつめてしまった。

「あっ！　あぁっ……!!」

「……おいおい、早すぎないか？」

ルードはアイシェが達したあとも、手を緩《ゆる》めることなくそこを攻め続ける。

体を跳ね回らせてその鮮烈な快感から逃れようとするも、上に伸《の》し掛かる彼は決して逃してくれない。

「や、やめっ！　いって……！　あぁぁ……っ！」

「ははっ、止まらなくなったか？　自業自得だな」

もう、正常な思考などできない。涙が勝手に溢れてきて止まらない。口の端からは飲み込めなかった涎《よだれ》が垂れ、ルードはそれを美味しそうに舐《な》めとる。

そうしてアイシェは、気を失うまでひと晩中絶頂に昇らされ続けた。

＊　＊　＊

「どうしてっ⁉　なんでいつもこうなるのよぉっ‼」

ルードに媚薬を盛ろうとして失敗した、その翌朝。彼が仕事に行き一人になったアイシェは、寝台にうつ伏せになってひたすらクッションを叩いていた。元々はふっくらと太っていたそのクッションは、今は理不尽な暴力によってへなりと萎《しぼ》み、なんともかわいそうにくたびれてしまっている。

結局、昨夜は快感をふんだんに与えられていつの間にか気を失い、気がついた時にはもう東に太陽が昇っていた。そしてアイシェをそんな状態にさせた夫はというと、既に騎士服へと着替えを終え、疲れ切って呆然とするアイシェを置いて、爽やかな笑顔で出勤してしまった。

「なんであんなに勘がいいのっ⁉　あぁー、もうっ！」

アイシェはよれよれになったクッションを放り出し、今度は枕に顔を埋《うず》めた。呻《うめ》きながら足をバタつかせると、少しだけ落ち着く気がする。

ふと、部屋の隅で空間と同化するように静かに紅茶を淹《い》れていたエナが、アイシェの傍に近寄ってきた。

「申し訳ございません。わたくしが提案したことですのに」

顔を横へ動かし、枕に埋もれたままエナのほうを見る。彼女はその凛々しい顔を歪《ゆが》めて、申し訳なさそうに俯《うつむ》いている。

「エナは悪くないわ。抱いてくれないルゥ様が悪いの」

「……ありがとうございます。ただ僭越《せんえつ》ながら、もう一つ提案が」

「……なに？」

その声は、意図してはいなかったが低く消沈したものになってしまった。

ルードに抱かれたいという思いに突き動かされるまま、今まで散々あの手この手を使って彼をその気にさせようと試みては失敗してきた。認めたくはないが、少しだけ諦めの気持ちも胸に浮かんできていることは否《いな》めない。

しかし、俯いていたエナはその顔をぐわりと上げ、アイシェの瞳を強く見据えてきた。

「華の魔女の薬の種類は、多岐《たき》にわたります。卸している店に並んでいるのは、そのほんのひと握りなのだとか。ですので、魔女本人のところに会いに行けば……何か、良い薬が見つかるかもしれません」

「良い薬って……呪いを解く薬、とか？」

自分で言って、思わず乾いた笑いが漏れてしまった。

魔女がかけた呪いを解くには、呪いをかけた本人の血が必要だった。しかし霧の魔女は何百年も昔の人物であり、子孫がいるかも分からない。解呪は絶望的な状況だ。アイシェはそれをもちろん知っている。今の言葉は、つい漏れてしまった心の澱《おり》の欠片《かけら》に過ぎない。

エナもそれを分かっているからか、瞼を少し伏せ、眉をきつく中央に寄せた。

「…………それは、難しいでしょう。しかし何か……奥様の支えになるような薬があるかもしれません」

エナと知り合ったのは、約十年前のことだ。当時孤児として彷徨《さまよ》っていた彼女が、奴隷《どれい》商人に捕まりそうになっていたところをたまたま助けたことがきっかけだった。それ以来、彼女はアイシェに多大なる恩を感じてくれているようで、こうしてまさに忠犬の如《ごと》く尽くしてくれている。

今回も、エナはアイシェが悩んでいることに本気で考えを巡らせてくれている。それなのに、自分が諦めていてどうする、という思いがアイシェの沈んでいた気持ちを浮上させた。

「……そう、かもね。でも、華の魔女の居場所って一般には知らされていないのでしょう？」

「えぇ。しかしわたくしは以前、とある事情で彼女と知り合う機会がございまして。……華の魔女は、この街にいらっしゃいます」

「……えっ、この街⁉　王都じゃなくて⁉」

アイシェは思わず寝台に両手をつき、上半身を起き上がらせた。

華の魔女の薬は、王都を中心に各地に卸されている。しかし、その魔女本人に関しては全く未知数だった。なんでも、彼女は数人の使者に薬の販売を委託し、それが各地にばら撒《ま》かれているらしく、噂だと魔女本人と会ったことのある店主はいないのだという。

しかし、その謎に包まれた華の魔女が、どうやらアイシェが住むこの街にいるらしい。この街も決して小さな街ではないが、てっきり王都に居を構えていると思っていたアイシェはひどく驚いてしまった。

「えぇ。……ただ、一つだけ問題が」

「問題って？」

「彼女自身が直接売る薬に関しては、使用者本人が出向かなければ売ってくれないのです」

「あら、それなら何も問題はないわ、わたしが行けばいいのでしょう？　……そうね。近いし行ってみる価値はありそう。早いほうがいいわね。これから連れて行ってくれる？」

「はい、畏《かしこ》まりました。では、早速お支度をいたしましょう」

そうしてアイシェはエナに手早く身支度をしてもらうと、エナと共に馬車に乗り込み、華の魔女の下に向かってもらった。


そこは、街外れのこぢんまりとした小さな家だった。庭には色とりどりの花が咲き誇り、癒《いや》しと共に芳《かんば》しい香りを辺りに振り撒いている。

馬車がそこに着くと、先に降りてアイシェをエスコートしたエナは、早速その家の扉を叩いた。

しばらくして扉が内側から開く。

「はぁい」

出てきたのは、一人の年若い女性だ。髪を左下で一つに纏めた彼女は、色気のある稀に見るような美人だった。その眼差《まなざ》しがアイシェとエナを捉えた途端、ぽってりとした厚い唇が弧を描く。

「……あらぁ。誰かと思ったらエナちゃんと、それから、かわいこちゃん。ふふっ、今日はいい日になりそう」

声は少し高めで、ゆったりとした話し方からは艶《つや》を感じる。そして一際《ひときわ》目立つのが、彼女の深紅《しんく》の瞳。血よりもワインよりも深いその瞳の色は、魔力を持つ者の特有の色だった。

アイシェはごくりと唾を飲んだ。

この美女が、華の魔女本人に違いない。

彼女と知り合いらしいエナは、アイシェの横で深く頭を下げた。

「突然の来訪、大変失礼いたします。華の魔女・エスカーナ様。こちらはわたくしの敬愛する主人、ランシェスタ伯爵夫人、アイシェ様でございます」

エナが頭を下げながらそう名乗ると同時に、アイシェも頭を下げて淑女《しゅくじょ》の礼をした。

「お初にお目にかかります。アイシェ・ランシェスタと申します。此度《こたび》は魔女様に折り入って相談がございまして、こちらまで参りました」

「あらまぁ。何だか楽しそうな予感。……ふふ、入って？　お茶でも飲みながら話しましょう？」

華の魔女・エスカーナは扉を押さえてアイシェたちを家の中へと招き入れると、入ってすぐにある来客用と思われる円卓と椅子に案内してくれた。

アイシェは歩きながら、不躾《ぶしつけ》にならないようにさりげなく辺りを見回した。可愛らしい調度品や小瓶で埋め尽くされた棚に、怪しい色の液体が入った瓶が所狭しと並ぶ。家の中も外と同様に植物で溢れており、そこら中花の香りで一杯だった。

「さぁて。一体今日はどんな用でいらしたのかしら？」

エスカーナはアイシェ用のティーセットを持ってくると、そこに自分も飲んでいる琥珀《こはく》色の液体を注いでくれた。礼を言って受け取り、口元に近づけると、紅茶とはまた違うなんとも芳しい香りがする。エナは、アイシェの後ろで影のように控えている。

正面に腰掛けたエスカーナは円卓に両肘をつき、組んだ手の甲の上に顎を乗せて上目遣いでアイシェを見つめた。

「魔女様は――」

「あぁ、待って、私のことはエスカーナって呼んでくれるかしら？　魔女っていう呼び方はあまり好きではないの」

「はい、畏まりました。エスカーナ様は、わたしの身に宿る呪いをご存知ですか？」

「ええ、もちろん。まず、貴女が『霧』の呪いを受け継いでいるという話は有名だし、それにその体に呪いの残穢《ざんえ》がこびりついているもの。彼女の魔力は気持ち悪いからすぐに分かるわ」

エスカーナがアイシェの呪いを知っているのなら話が早い。アイシェはすっと息を吸い込むと、膝の上で握った拳《こぶし》に力を入れた。

「単刀直入にお聞きします。わたしの呪いを解く薬を作ることはできませんか？」

「できないわねぇ。もしそんなことが可能なのだとしたら、もっと早く、貴女のご両親たちが私に作らせていたと思うの」

「……でしたら。男性をこう、その気にさせるような薬はありませんか？」

「あらぁ？　突然話が変わったわねぇ。詳しく知りたいわ？」

夫婦の親密な話題を、他人であるエスカーナに話しても良いのだろうか、としばし逡巡《しゅんじゅん》する。しかし話さなければ効果的な薬があったとしても売ってくれないかと思い、アイシェは全てを話すことにした。

　呪いのせいで成長が遅いアイシェを、結婚して二年も経つのに夫が抱いてくれないこと。そして抱いてもらおうとして行った作戦が、悉《ことごと》く失敗していること。

　エスカーナはそれを興味深そうに聞くと、ふふふ、と軽く笑みを零した。

「そうしたら、旦那さんに飲ませるよりも、貴女自身が飲むもののほうが良いと思うわ？」

「わたしが、飲む……？」

「えぇ。そうねぇ……例えば、姿を一時的に成長させる薬、とか」

　どきり、と期待に胸が鳴る。

　根本的な解決には繋《つな》がらないが、それは求めていた薬に近いといえた。

「そんなことが……可能なのですか？」

「えぇ、私の薬は特別だもの。ただ……リスクはあるわよ」

「リスク、とは」

「この薬は無理に体の構造を……骨格を変えるもの。姿が変わる時と戻る時に、とても痛むの。それはそれは、とてつもない痛みよ。しかもそれが、三日ほど続くの。貴女に、それが耐えられる？」

　口角を吊り上げて挑戦的に微笑むエスカーナは、見定めるようにアイシェを真正面から見つめてくる。アイシェも、顎に力を入れてその視線をしっかりと見返した。

　この体で不自由したことは多い。痛みだろうが苦労だろうが今更だ。どんなことでも受けて立ってやろう、と決意を胸に秘める。

「覚悟ならできております。わたしは……名実ともに、彼の妻になりたい」

たまに、自分でもなぜこんなに彼に抱かれたいのか、と不思議に思ったりもする。二年間ほど待ってアイシェが成長すれば、恐らくルードはアイシェを抱いてくれるだろう。それを待てば良いだけなのに、しかしアイシェの心の中にあった感情は、焦りだった。

結局、アイシェは自分に自信がないのだ。

こんな幼い体では、将来有望で魅力的なルードに釣り合わないのではないか、と。妻の責務も果たせないようでは妻失格だ、と。彼の周りに群がる女を見るたびに、いつもこういった汚い感情が胸を支配する。それを感じたくないから、早く夫に抱いて欲しいのだ。

エスカーナはそんなアイシェをじっと見つめると、ふと瞼を閉じた。一つ息をつき、目を開いて再びアイシェを見る。その顔は、先ほどとは違って思いのほか優しい微笑みで彩《いろど》られている。

「……分かったわ、貴女に薬を売ってあげる。ただし、一回分だけよ」

「あ、ありがとうございますっ！」

「あとそれから……旦那様が貴方を抱かない理由は、ちゃんと分かっているの？」

その言葉に、アイシェは脳裏《のうり》にルードの姿を思い描いた。少し意地悪で、だがアイシェのことをしっかりと見てくれている夫。彼の気遣いは、とても有難いものだ。

だから今、アイシェがどうにかして彼に抱かれようとしているのは、結局は自分の心を安心させたいからという理由に過ぎない。そんなことは、本当は理解しているけれど。

「……はい。彼は、本当にわたしを気遣ってくれているんだと思います」

「その上で、この薬を飲みたいのね？」

「はい」

「……それならいいわ。すぐに調合するから、そこで待っていてね？　価格は金貨一枚よ。いいわね？」

「はい」

席を立ったエスカーナの後ろ姿を、アイシェは姿勢良く目で追う。しかし次の瞬間には体から自然と力が抜けて、とさりと椅子の背もたれに寄り掛かってしまった。

馬車の中で揺られながら、アイシェは両手で持っている小瓶を固く握りしめた。媚薬とは違い、今回の瓶はごく普通の小瓶だ。ただし、日付とアイシェの名前が書かれたラベルがそれには貼りつけられている。

目の前で座っているエナは、それを緊張した様子で見つめてきた。

「いつ、実行なさいますか」

「わたしに良い考えがあるの。明日、オランド騎士団長の邸宅で夜会があるでしょう？　そこで、みんなの前でわたしの成長した姿を披露するの。どうかしら？」

「確かに、それならば周囲の女性たちへの牽制《けんせい》にもなりますね。ただ、問題はどのタイミングで飲むか、です」

「そうなのよねぇ……」

エスカーナによると、薬を飲んでから二分ほどで変化は終わるらしい。持続時間はきっかり五時間。その時間がたつと、また二分ほどかけて体が元に戻るのだという。

どのくらい成長したいか、は自分の頭の中で想像すればいい、と言っていた。そうすれば、理想の年齢に体年齢を変化させられるらしい。本当に、魔女が使う魔法というものは便利な代物《しろもの》だ。

「夜会に行く前に飲んだんじゃあ、あまり意味がないわ。夜会の途中で抜けて、そこで薬を飲むのがいいと思うの」

「なるほど。そして成長した姿で突然登場し、旦那様を驚かせるのですね」

「そう！　いきなりわたしの大人な姿を見たら、ルゥ様も絶対にびっくりして鼻血を噴き出すに違いないわ」

「ええ。……ですが、少し心配なことが」

難しい顔をしたエナは顔の横で右手の人差し指をピンと上に立てた。

「まず、薬の効果がまだ定かではないのに、明日の夜会中をいきなり本番にしてしまって大丈夫か、ということが一点」

「そうね、それに関してはわたしも少し心配しているわ。でも薬は一回分しかないし、こんなに良い機会はないと思うの」

「……そうですね。準備は抜かりなく行いましょう。あと、それから……」

人差し指の次に、中指もピンと上を向く。

「壮絶だという痛みに耐えられるのか、ということがもう一点です。……本当に、お体は大丈夫なのですか？」

「痛みに関しては、覚悟はできているわ」

「……正直に申し上げますと、ここまでしなくても奥様は充分愛されていると思うのですが……」

「……うん、本当はね、分かってるの。だからこれは、ただのわたしのわがまま」

明日の夜会の主催は王国騎士団の団長、つまり騎士であるルードの知り合いが大勢集まることになる。そこでアイシェの成長した姿を見せるということは、彼の周りにアイシェの存在感を示すことに繋がる。


〝お子様夫人〟


アイシェは、自分が密かにそうやって揶揄《やゆ》されていることをもちろん把握している。だからこそ、早くルードと結ばれて子を産み、お子様などではないのだ、と主張したかった。

「……分かりました。では、わたくしは成長したお姿に合わせて何着か着替えを持って行きましょう。おいくつに成長なさるおつもりですか？」

「本当の歳。十八歳になるつもりよ」

「畏まりました。明日のドレスは、何色にいたしましょうか？」

「決まっているわ」

アイシェは顔を横に向けて、馬車の窓から外を見た。そこには、雲一つない晴天の青空が広がっている。その色は、愛しの夫の瞳の色にそっくりだ。

「ルゥ様の瞳と、同じ色に」

＊　＊　＊

そこには、煌《きら》びやかな色とりどりのドレスを着た蝶たちと、厳《おごそ》かな騎士服を纏った男たちがひしめいていた。ある者は談笑し、ある者は優雅に舞い踊り、ある者は腹の底に思惑を抱えて密やかな取引を行っている。

王国騎士団団長の邸宅、その大ホールは、西側にある壁が一面鏡張りにされていた。そのおかげで、元々広いその広間をより広く見せている。

そんな夜会の中で、アイシェはルードのエスコートのもと、片手に飲み物を持って彼の知り合いたち——騎士団の同僚たち——と和《なご》やかに談笑していた。

表面上はもちろん普段通りに振る舞っていたが、今宵の重大任務を前に、ワインを口に運ぶアイシェの右手は僅かに震えてしまっている。

ふと、アイシェはちらりと横を向いて鏡に目をやった。そこに映るアイシェとルードは、身長差も相まってまるで兄妹のよう。それを見ると、知らず知らずのうちに眉間に皺《しわ》が寄ってしまった。ずきりと胸に棘《とげ》が刺さる。

だが、感傷に浸っている暇はない。そろそろ計画を実行に移す頃合いだった。隣にいる彼に気づかれないよう密かに気合いを入れて、ワイングラスをそっとテーブルに置く。

「……ルゥ様、すみません。少し用を足しに行ってきます」

「あぁ、そうか。では一緒に行こう」

あぁしまった、とアイシェは内心冷や汗をかいた。夜会中に抜け出して魔女の薬を飲もうと計画していたのだが、その抜け出し方については全く策を練っていなかった。

夜会中にアイシェが用を足す時、ルードはいつも水洗所まで付いてきてくれる。緊張していたのかそれとも浮かれていたのか、その事実をすっかり忘れてしまっていた。

「あ、え、えっと……大丈夫です、一人で行けます」

だから、アイシェがどもりつつ言い放ったその言葉も、ひどく不自然なものになってしまった。

そしてやはり、それに対してルードは疑い深く眉を顰《ひそ》める。

「……普段だったら一緒に行くだろう。なぜ一人で行こうとする」

「いいえ、今日はあの、ほら、皆様がいらっしゃいますし。ルゥ様もいろいろとお話しがあるでしょう？」

「ないな」

「え？」

「あいつらとならいつでも話せる。……何かおかしいな。ちょっとこっちへ来い」

「あっ……」

ルードはアイシェの手を取ると、予想以上に力を込めて出口へと向かって歩き出した。そうして罪人のように連れて行かれたところは、大ホールから少し離れた廊下の隅、階段の下の暗がりだった。

だん、と壁に縫い付けられる。後ろは壁、目の前には断崖のようなルードの屈強な体、両側には丸太のような逞しい腕。囲い込まれてしまったアイシェは、捕獲された兎《うさぎ》のような気分だった。彼から飛んでくる猛禽類《もうきんるい》のような鋭い視線が気まずくて、つい視線を斜め下に逸《そ》らしてしまう。

「何を隠している」

「か、隠してなんて」

「嘘をつくな。アイシェ、お前は何かやましいことがある時に必ず目を左下に逸らす。今だってそうだ」

ルードの右手が素早く動き、アイシェの顎を捕らえた。ぐい、と強制的に彼のほうを向かせられる。

まずいな、と心臓が跳ねる。魔女の薬のことは絶対に彼には気づかれてはならない。突然大人の姿になるからこそ意味があるのだから。

「一人になって何をしようとしていた？」

「た、ただの小用です」

「嘘をつくなと言っている。俺がいるとまずい理由があるのか？」

「いえ、それは、別に……」

するとルードは、その不機嫌そうな顔をさらに剣呑《けんのん》にさせた。

いつだったか、結婚する前に騎士として勤務するルードの姿を盗み見ていた時、彼が盗人を捕らえたところを見かけたことがある。その時と同じような鋭い覇気が彼の全身から迸《ほとばし》っている。

「……俺に黙って、誰かと会うつもりか？」

ぽつり、と空間に落ちたその言葉は全く予想していなかったもので、理解と反応が少し遅れてしまった。

「……えっ？　そ、そんなわけ――」

「ではなぜ一人で行こうとする。何を企《たくら》んでいる。言え」

「ち、ちが――」

ルードは何か勘違いをしているようだった。その勘違いをなんとか正さねば、と思った時、ふと焦ったような慌ただしい足音がアイシェたちのほうへ向かってくるのが耳に入った。

「……っ奥様、お待たせ、いたしました。お着替えの用意が、整いました」

息を弾ませているエナは、急いで走ってきたようだった。今日は、アイシェとルードは馬車で来ており、エナは侍従《じじゅう》たちと共に別行動でこの会場に来ている。この時間になったら、大ホールの外で待ち合わせる予定だった。恐らく、アイシェが時間になっても来ないから必死に周囲を探してくれていたのだろう。

割り込んできた声により一層機嫌を悪くした様子のルードは、悪鬼《あっき》のような視線でなぜかエナではなくアイシェを射抜いた。

「取り込み中だ。外せ」

「旦那様、誠に恐縮ですがそのご命令には従えません」

「なん――」

「奥様、もう言ってしまいましょう！　誤解がないようにきちんとお伝えすべきです！」

エナのその言葉にアイシェはぎょっと目を剝《む》いた。エナは非常に聡明な娘だ。それなのに、アイシェの目的を知っているはずの彼女がなぜそれを言ってしまうのか。戸惑いと焦りで、咄嗟《とっさ》に言葉が出てこない。

「えっ⁉　エナ、何を――」

「旦那様に秘密で衣装替えをして、驚かせたかったのですよね？」

早口で言い切ったエナは、真剣な瞳でアイシェをひたと見つめてくる。一瞬だけ遅れてその言葉と視線の意味を正しく理解したアイシェは、わざとらしくならないように気をつけつつ、しおらしく目線を下に下げた。

「エナ、言ったらだめじゃない……」

「申し訳ございません。しかし差し出がましいようですが、お二人が誤解したままなのはよろしくないかと」

ここであまりにも芝居がかったやりとりをしてしまうと、不審に思われる可能性が上がってしまう。だからアイシェは思いつきが露見してしまって落ち込んでいるふりをして、ただ俯いて唇を引き結んだ。

すると、不意に目の前から体温がなくなった。ルードの体がゆっくりとアイシェから離れていく。

彼はくしゃりと後頭部の髪を掻くと、ふ、と小さな吐息を落とした。

「……先に戻ってる。……早めに、戻ってこい」

踵《きびす》を返してアイシェに背を向けた彼の耳は、ほんのわずかだが桃色に染まっているように見えた。


「た、助かったぁ……」

「流石、旦那様は鋭いですね」

「うん、もうどうなることかと……エナ、ありがとう」

「とんでもございません。……さぁ、薬を飲んでしまいましょう」

ルードがアイシェから離れていったあと、アイシェとエナは着替えをしたいと申し出て、邸宅の一室を借りていた。アイシェは今着ている子供用のドレスもコルセットも脱ぎ、シュミーズとドロワーズのみという姿で部屋の中央に立っている。

アイシェの手の中には、エスカーナから買った例の小瓶が握られていた。胸を高鳴らせながら封を開ける。無色透明なそれは香りも全くない。水だと言われても分からないだろう。

「……いくね」

「はい」

小瓶を唇に付け、思い切って上を向く。なんとなく味を感じたくはなかったから、舌には乗せずにそのまま喉の奥に流し込んだ。ごくりと喉を鳴らすと、さらりとした液体が喉を通り、腹の中へと進んでいく。

「……っ、う……！」

固く目を瞑って変化を待っていると、数秒もたたないうちに体の奥が痺《しび》れてきた。震える手からは小瓶が零れ、深紅の絨毯《じゅうたん》の上にぽとりと落ちて転がる。膝からは力が抜けてしまい、床に倒れ込みそうになるのをエナによって強く支えられた。

「奥様……！」

「……っ……！」

全身の骨が捻《ね》じ曲がるような、皮膚が張り裂けるような、内側と外側を無理に弄《いじ》られる痛み。初めて味わうそれは、意識すらもどこかに飛ばしていってしまいそうだ。その激痛に耐えるべく、アイシェは歯を噛み締めた。脂汗を体中から吹き出しながら、ひたすら手に力を込める。

「……うぅ……‼」

「……どうか、どうか頑張ってください……まもなく、二分が経ちます」

そうして、二分後。気が遠くなるような痛みはようやく和らいできた。アイシェは力んでいた体を一気に弛緩《しかん》させ、はぁ、と大きく息をつく。

すると、アイシェの体を支えているエナの顔のほうから、何やら鼻を啜《すす》るような音が聞こえてきて、アイシェは疑問に思って顔を上げた。見ると、エナがその紫色の瞳を滲ませて大粒の涙を零している。

「……奥様……とても、お美しいです」

「……」

その時胸の辺りに違和感を覚えて、アイシェはふと下を見た。足元が見えなくなりそうなほどに膨らんだ二つの丸みが、シュミーズをぐうう、と押し上げている。

思わずそこに片手をやり、おそるおそる揉んでみた。ふわりと柔らかい女の象徴は、まさにアイシェが憧れていたものだ。

「む、胸が……」

その変化に驚きつつも、支えてくれているエナの手を借りて部屋の隅に置いてあった姿見の前へと歩く。鏡面を覗《のぞ》くと、そこには普段のアイシェの面影は残しているものの、妖艶《ようえん》な色気を纏っている一人の大人の女が映っていた。

小さかった背はすらりと伸びて、長い手足はまるで人形のよう。桃色の長い髪は艶をもって背中に波打ち、凹凸のある肉体を柔らかく飾っている。顔は、パーツはそのままに細く引き締まり、愛らしさと淫《みだ》らさを兼ね備えたような成熟したものになっていた。

「これが……わたしの……本当の……」

震える手を頬に持っていき、その感触を確かめる。ふっくらと丸みを帯びていた頬は、今はすっきりとしているものの柔らかさはそのままだった。

「十八歳のわたし……とっても、えっちだわ……」

「……っこのような、素敵な御姿……！　わたくしめは、感無量、でございます……」

エナはアイシェの後ろで両手を顔に当て、感激したように泣きじゃくっている。

「……ねぇ、エナ。ルゥ様はこの姿を見て、どう思うと思う？」

「もう、絶対に、息を呑《の》むでしょう……！　心臓をひと突きにされて思わず襲いかかってしまうに違いありません……！」

「そうよね、絶対そうよね……！」

鏡の中の女は今、自信ありげに不遜《ふそん》な笑みを浮かべている。エナは涙を滝のように流しながら、そんなアイシェに大人用のドレスを着せていった。それはルードの瞳と同じ、少し冷たくも見えてしまうような空色の美しいドレスだ。今のアイシェの妖艶な肉体を見せつけるかのように体の線を強調するそれは、膝から裾に向かって波打つように広がっている。

「わたし、行ってくるわ。今夜こそ絶対、絶っっ対に、抱いてもらうんだから……！」

「はい、奥様、わたくしめも応援しております……！」

そうしてアイシェはその部屋の扉を大きく開け、真っ直ぐ前を見て外に足を踏み出した。


がたり、と大ホールの扉を開けると、近くにいた者たちがちらりとこちらを見た。そして次の瞬間には、一斉に丸く大きく目を見開く。次々と自分に突き刺さる視線に応援されているような気分で、アイシェは堂々と足を動かし目的の人物までの道を辿《たど》った。

扉を開けた時から、その人物は既に視界の中央に捉えていた。彼もほかの者たちと同様に目を満月のように丸くさせながら、アイシェを真っ直ぐに見つめている。

アイシェはルードの目の前に着くと、しんなりと淑女の礼をとった。心からの笑顔で最愛の夫に向けて笑いかける。

「お待たせいたしました、ルゥ様。よろしければ、わたしと一曲、踊ってくれませんか？」

「……」

アイシェは小首をかしげて、右手をルードに向けて差し出した。しかし彼は片手でワイングラスを持ったまま、岩のように固まって身じろぎもしない。相当驚いているようだった。

その様子に、胸がすくような、彼の度肝を抜いてやったのだという大きな喜びが体を支配する。自然と上がる口角を手のひらで隠し、アイシェは小さく笑みを零した。

「あらぁ、ルゥ様、一体どうなさったのですか？　……ねぇ、早くわたしと踊りま――きゃぁっ！」

「来い」

突然、ルードはグラスの中身を一気に呷《あお》ると、ドン、とテーブルの上にそれを置いた。がっしりとアイシェの手首を掴み、どこかへと引き摺《ず》っていく。アイシェが斜め後ろから見るルードの顔はいつになく険しく、どこか殺気立っているように見える。

アイシェの胸は強く高鳴った。これは、恐らくだが相当興奮してくれているに違いない。そう思ったアイシェは、ずりずりと強引に引き摺られながらもさらににんまりとした笑みを浮かべ、それを隠すように手のひらで口元を覆った。

ルードは人々の合間を縫って大ホールから抜けると、出口のほうへ早足で向かっていく。するとすぐに、アイシェの目の前にはひらけた馬車停めが見えてきた。そこには何台もの馬車が所狭しと並べられている。

「あらルゥ様、もう帰るのですか？　……ふふ、もう全く。せっかちですね。焦らなくても、わたしは逃げませんよ？」

「……」

ルードは無言でランシェスタ家の馬車に近寄る。何事かと近付いてきた御者《ぎょしゃ》に帰宅する旨を手早く伝えた彼は、放るようにしてアイシェをその箱の中へと押し込めた。

「あっ、もう、ルゥ様、興奮しているのは分かりますが、少し強引過ぎま――やっ！」

馬車の扉を荒々しく閉めたルードは、間髪を容れずにアイシェを座席へと押し倒した。よくよく見ると、その額には青筋が立ち、興奮というよりも怒りを表している。

おや、何かがおかしいぞ、とアイシェの頭に疑問符が浮かぶが、押し倒されてしまっている今はどうにもできない。

「飲んだのか」

「飲んだ……？」

「とぼけるな。お前、華の魔女から薬を買ったな？」

「……っ」

どくり、と心臓が跳ねる。なぜ、彼はこんなにも勘が良いのだろうか。もはや空恐《そらおそ》ろしくなってくる。知らず知らずのうちにごくりと唾を飲んでしまった。

アイシェのその反応に、ルードは自分の問いの答えを見つけたらしい。ぎりりと音が鳴るほどに奥歯を噛み締めると、射抜きそうなほどの鋭利な視線でアイシェの瞳を睨んでくる。

「なぜそんな愚かなことを……！」

「……愚か？　そんな、愚《おろ》かだなんて――」

「愚かだ！　聞いているだろう、その薬にはリスクがあると！　三日間も苦しむんだぞ！」

そのルードの言葉に、アイシェの頭の中は疑問で一杯だった。確かに薬には途轍もない痛みが伴うというリスクがある。しかし彼はなぜ、その事実を知っているのだろうか。

「なぜ、それを知っているのですか……？」

「……なぜ？　なぜって……」

アイシェの肩を摑むルードの手に、力がこもった。

彼の顔は、怒りからなのかなんなのか、真っ赤に染まっている。

「俺も、ずっと探していたからだ！　お前を抱く方法をな！」

「……え？」

「表には出さないが、お前がその容姿をひどく気にしているのは知っていた。だから、ずっと方法を探していた！　華の魔女には、最初に会いに行ったさ。隣国の『白の魔女』にも、国の魔力研究所にも……。だが、全てリスクのあるもので、俺が探しているものはなかった。……だから、大人しく待つしかなかったんだ」

どこか悔しそうな表情で、顔を真っ赤に染め上げてルードは語る。その姿に、アイシェの胸の奥は次第に燃えるように熱くなっていった。まさか、彼がアイシェの心中を察してそこまでしてくれていたとは、思ってもみなかったからだ。

その不器用な優しさに、無意識に鼻の奥がつんと痛くなる。じんわりと目尻に滲む温かな雫を、ルードは存外に繊細な手つきで拭った。その眉は切なく中央に寄せられていて、彼本来の鋼《はがね》のような硬質な雰囲気が、漂い始めた色気によって緩和されていく。

「お前は、俺がどれだけ我慢しているか知らないだろう?」

「……我慢?」

「俺が毎日飲んでいるワインには、いつも薬を混ぜ込んである」

「……薬」

「そうだ。華の魔女特製の……心の中の欲望を、抑える薬だ」

思わず息を呑んだ。じわりじわり、と頬が熱くなる。

ずっと、ルードはアイシェを子供として、まるで妹のように扱っていると思っていた。女として意識なんてされていないと、そう思っていた。

「お前の体はまだまだ幼い。初夜の時に思ったんだ、今のままでは絶対に無理だと。きっと、体を痛めてしまうと。……アイシェ、お前は……お前の心は、いつだって真っ直ぐで……可愛い。だから俺は、ずっと我慢していた。薬で、無理矢理抑えて。お前が俺を受け入れられるくらいに成長するまで、絶対に……抱かないように」

上からアイシェを見つめるルードの瞳は、甘い熱で潤んでいる。その想いに当てられるように、アイシェの目尻からも涙が溢れてこめかみを伝った。

「どうして、それを言ってくれなかったんですか……わたし、ずっと、ずっと不安だったのに……」

「……それ、は……」

ルードはアイシェの上を陣取りながら、気まずそうな顔を横に逸らして口を引き結ぶ。

「……恥ずかし、かったから……」

「……え？」

ぽつりと零れ落ちたその言葉が彼の口から出たとは信じられなくて、アイシェはつい聞き返してしまった。すると、羞恥からか顔を歪めたルードは、挑むようにアイシェを睨みつける。

「……っ、お前とは、五歳の頃から一緒だった！　幼い頃のお前は本当にやかましくて鬱陶《うっとう》しくて、なんでこんなガキと婚約しなきゃいけないんだって思ってた！　けど……けどな、お前の真っ直ぐで、間抜けで、放っておけないところが、俺は……俺は……」

そうして真っ赤になった彼は、諦めたように一つ吐息をつく。

「……好きに、なったんだ」

「……」

僅かに震えつつ小さく零れ落ちた珍しく素直なその告白に、体中に鳥肌が立った。

胸が締め付けられるように痛む。

この感情の名前は、たった一つ。

それは、喜び。

「……いいかアイシェ。今日は、俺はまだ薬を飲んでいない。この意味が分かるな？」

恨めしそうな視線と共にぶつけられたその言葉に、アイシェはこくりと一つ頷いた。それと同時に、深い口付けが上から降り注ぐ。

自然とお互いの両手は絡《から》み合い、きつく握り締め合っていた。

馬車が自宅に着くまで、ルードはずっとアイシェの唇を貪《むさぼ》っていた。それは、優しいものではない。奪い取るような、遠慮や気遣いを全てを脱ぎ捨てたような、乱暴な口付けだ。しかし、今はそれがとても嬉しかった。彼によってもたらされる熱が、愛が、好意が、こんなにも胸をときめかせる。

ルードの舌がアイシェの口内になんのためらいもなく入り込み、我が物顔で掻き回す。アイシェも彼がするのと同じように舌を伸ばし、積極的に絡め合った。

そうしてしばらく夢中で口付けし合っていると、馬車が自宅へと着いたようだった。ルードはアイシェを抱え上げて馬車から降り、そのまま自宅の扉を蹴るように開けて二階にある夫婦の寝室へと階段をすいすい上がっていく。

侍従や侍女たちは皆アイシェの姿に仰天《ぎょうてん》している様子だったが、ルードのその唯ならぬ雰囲気に何も言えないようだった。

ルードは寝室の扉も乱暴に開けると、天蓋付きの大きな寝台へとアイシェを放った。そのまま、自分も馬乗りになる。

「いつ、薬を飲んだ」

「ルゥ様に会った、直前に」

「効果は確か五時間だったな。……それなら、あと四時間はその姿でいられるはずだ」

おざなりに自分の服を脱いだルードは、今度はアイシェの服も手早く剝いていく。時折びりりとドレスが破ける音がしたが、そんなことを気にしていられる心境ではなかった。アイシェ自身も体を捻って、絡みつく自分の服を外していく。

「……次、いつお前を抱けるのかは分からない。だから今日は、遠慮はしない」

「はい。わたしを……ルゥ様の、ものにしてください」

そうしてお互い一糸纏わぬ姿になり、ふと見つめ合うこと数秒間。ゆっくりとルードの唇がアイシェの唇へと重なり、きつく抱き締められた。

体と体を重ね合わせたまま幾度も唇を吸われ、熱い手のひらが体を這っていく。情熱的に交わされるそれは、それだけで体の内側から熱が湧いてくるよう。

自然と荒くなる息を口付けの合間に口から出し、アイシェもルードの体を手のひらでさすった。分厚い筋肉の筋を指先でなぞると、ぴくりとその部分が跳ねる。

「ふ……んっ……るぅ、さま……」

「アイシェ……綺麗だ……」

口付けの切れ間に交わされる会話が普段のルードが発するものと違いすぎて、どこか気恥ずかしい。なんとなく顔を隠したかったが、ルードの片手がアイシェの頬をしっかりと固定していて、それはできそうになかった。

「……は……何歳の体に、成長したんだ？」

「んっ、十八、です」

「……そうか。本来のお前はこんなにも……美しいのか」

ルードは体を起こし、アイシェの体を舐め回すように見つめてくる。その、氷が溶け出したような甘く潤んだ眼差しに耐えきれなくて、アイシェはふいと横を向いた。

「ルゥ様、なんだか……いつもと違います……」

「……本当に、すまなかったと思ったんだ。恥ずかしいとか情けないことを言っていないで、しっかり自分の気持ちを言っておけばよかった。そうすれば、お前もリスクのあることをしなくて済んだのに、と。……だから、これからは俺の気持ちを全部言う。……お前のために」

横に背《そむ》けた顔を追うように、ルードの顔もアイシェの顔の正面に回ってくる。しかし、恥ずかしくてどうしても目は合わせられなかった。

「アイシェ、俺の目を見てくれ」

「……」

ちらり、と視線を彼の瞳に合わせると、もう瞳はそこから動かせなかった。頬がじわりじわりと紅潮《こうちょう》していくのが分かる。

アイシェの夫は、世界中の誰よりも、本当に格好良い。そう、確信できる。

「アイシェ、好きだ。結婚する前から……お前が、好きだった」

「……っ、わ、わた、わたし、も……ルゥ様が、大好きです……」

「優しくするつもりだが……すまない。初めてだから、もしかしたら何かおかしなことがあるかもしれない」

「……はい、だいじょ…………え？」

聞こえてきたその有り得ないはずの言葉に、思考が停止すること数秒間。しんとした静寂《せいじゃく》の中、アイシェはルードと目を合わせたまま必死に頭を巡《めぐ》らせる。

ルードは結婚前に何度も娼館に出入りしていた。そこで行われる行為は、ただ一つのはず。

「……初めて？」

「？　あぁ、そうだが」

「……この行為が、初めて？」

「あぁ」

何を言っているんだ、とでも言いたそうなルードの表情。しかしアイシェの腹には、急激に怒りの感情が沸々と湧き上がってきた。知らず知らずのうちに眉間《みけん》に深い皺が刻まれ、ギン、と強い視線で夫の顔を睨む。

「ば、馬鹿にしてるんですかっ⁉」

「……はっ⁉」

「こんな……こんな見え透《す》いた嘘をついて、わたしが喜ぶとでも思ってるんですかっ⁉」

「なっ！　嘘など言っていない！」

「嘘です！　だって、だってわたし、知ってるんですから！　結婚前、ルゥ様が娼館に通ってたこと！」

「――っ！　なぜ、それを……っ！」

「なぜって、わたし、ずっと見てたんですから！」

「…………あぁ、そうか。見て、いたのか……」

アイシェが怒りで燃え上がるのとは対照的に、ルードは次第に冷静さを取り戻しているようだった。彼はギラギラと睨むアイシェの顔を真剣な表情で見据えると、落ち着いた声で「いいか」と前置きを置く。

「騎士団というところは男所帯だ。その中で娼館に行かない男がどういった扱いを受けるか、お前は知らないだろう」

「……馬鹿にでもされるんですか」

「それもある。だがもっと厄介《やっかい》なのが……狙われることだ」

「……狙われる？」

「あぁ。……尻をな」

「…………えっ!?」

アイシェの頭の中は今、目まぐるしく回転していた。娼館に行かないと、尻を狙われる。つまりそれは、男色ではないかと疑われてしまう、という理解で良いのだろうか。確かにそれは、そうではない男からしたらたまったものではないのだろう。

アイシェが無言でそう考えていると、諦めたような表情のルードは大きく息を吐き出し、さらに大きく空気を吸った。

「……くそっ、いいか、良く聞け！　俺はなぁ、十くらいの頃からお前が好きだった！　だから初めての相手はお前がいいと思っていた！　娼館には確かに行っていたが、ただ金を払って女と酒を飲んでいただけだ！　分かったか！」

「……」

早口で言われたその告白に、理解が追いつかなくて思わず目が点になる。

アイシェが呆然とその言葉を咀嚼《そしゃく》していると、アイシェの顔の横でシーツに手をついているルードの指に、ぐっと力が入った。

「そういうことだ。……積もりに積もった長年の俺の想い、受け止めてくれるよな？」

ルードのその挑戦的な笑みに、アイシェのこめかみからひやりとした汗が一筋垂れた。

夫婦の寝室には、じゅっ、じゅる、とはしたない水音がひっきりなしに響いていた。仰向けに寝たアイシェの細く滑らかな足は幾度もシーツを蹴り、くびれた腰がこまかく跳ね飛ぶ。その両手は股の間に顔を埋めるルードの髪をくしゃくしゃに掻き回し、紅も引いていないのに赤く潤んだ唇からは、甘い嬌声《きょうせい》が零れ落ちる。

「あっ……まって、あぁ……！」

「……待つ訳がないだろう」

「だめ……ぁっ……だめぇ……！」

「俺のものになってくれるんだろう？　なら、しっかりと解《ほぐ》さないとだめだ」

先ほどから、アイシェはルードの唇によって弱い秘芯をひたすら吸われ続けていた。彼の指はアイシェの両胸の飾りを時に揺らし、時に捻り、そして弾く。その快楽の奔流《ほんりゅう》はまるで拷問のようで、アイシェは目から涙を流して「もうやめてくれ」と何度も懇願《こんがん》しては、ルードによってすげなくあしらわれた。

「やだ……ぁっ、また、いっ……‼」

びりびりとした快感の稲妻が背筋を走り抜ける。下半身に力が入り、図らずも秘められた場所をルードの顔へとさらに押し付けてしまった。

絶頂に昇らされたのは、もう何度目になるか分からない。ただもたらされるものに流されるまま、アイシェはひたすら喘《あえ》ぐ。

「……そろそろか」

アイシェの胸を弄っていたルードの片手が動き、蜜路の入り口へと向かう。そこはアイシェ自身の蜜とルードの唾液によってなまめかしく輝き、物欲しそうに蠢《うごめ》いていた。

そうして、ぬぷり、と節張った太い指が隘路《あいろ》へと吸い込まれていく。

「あぁ……はいって……」

「俺の指だ。……あぁ、熱い……女の中は、こんなにも柔らかいものなのか……。中も、しっかり解さないとな」

「……っ！　ま、まだ続けるのですかっ⁉」

「当たり前だ。……お前には、できるだけ痛みを与えたくない」

器用に動く指が隘路の中でぐちぐちと動き、中を広げるように刺激してくる。もう片方の手は胸の飾りを、そして唇は続けて秘芯を愛撫《あいぶ》し、アイシェの快感を一層高めさせた。

ルードの愛撫がこんなにも執拗《しつよう》なのは、アイシェの体を案じているから。それはしっかりと理解している。しかし、あまりに過ぎた快感は逆につらく、アイシェは激しくかぶりを振って涙を流した。

「あぁ、だめ……！　おねが、も、いれて……！」

「……っ頼むから、煽《あお》ってくれるな……」

「だって、達するの、つらい……！」

「我慢しろ。……つらい思いをするのは、お前だ」

蠢く指は、アイシェの隘路の中でもひと際快感が強いところを確実に刺激してくる。この行為はルードも初めてのはずだ。それなのに、なぜこんなにもアイシェを翻弄《ほんろう》できるのか。全く訳が分からない。

「あぁっ！　や、なん、初めて、なのに……！」

「娼婦たちから聞いたんだ。どうすれば女が気持ち良くなれるのか。……聞いた知識だけだったから少し不安だったが……どうやら大丈夫そうだな」

「そん、あぁっ……そこ、だめ……！」

「そうか、ここが快いんだな」

「やっ、あぁ……やぁ……っ！」

そうしてまた、いとも簡単に快感の高みへ昇らされてしまった。背を仰け反らせて目を見開き、大波に呑まれるまま口から荒い吐息をつく。すると、ようやくルードの唇と手がアイシェの体から離れた。

「……もう、いいか……」

その言葉に快感の拷問がようやく終わると思い、体がほっと弛緩する。寝台の上で横を向いて呆然と横たわっていると、ふと顔の上に影がさした。

ちらりと正面を向いて、そして——息を呑む。

太く、赤黒く、禍々《まがまが》しく、同時にどこか神々しくも感じる巨大なものが、熱を発しながらアイシェの目の前に存在していたから。

「いいか。コレが今からお前の中に入る。誰にも触れさせたことがない、お前だけのものだ」

どく、どく、と心臓が波打つ。脈打つそれから目を離すことができず、瞬きもせずにそれに見入《みい》ってしまう。ルードの手がそれを扱《しご》くように一つ撫でると、先から溢れ出る蜜によってずちゅ、という卑猥《ひわい》な音が立つ。

「解してはいるが……痛みが全くない、ということはないだろう。ある程度、覚悟はしておけ」

その巨大なものは、激しい拍動を奏でるアイシェの心臓を置き去りにして、目の前からすんなりと離れていく。そしてルードの体が囲い込むようにアイシェの上に覆い被さり、ひくつく蜜壺の入り口に熱があてがわれた。

「……入れるぞ」

「あ、あぁ……」

熱く硬い、熱の塊。それがアイシェの狭いところに押し入ってくる。入り口の辺りにわずかなひりつきはある。だが痛みよりも何よりも大きな喜びが体を支配し、心を震えさせた。

「……っ、きつい……！」

「あぁ……！」

ずずず、とゆっくり入ってきたそれが、時間をかけて奥へと到達した。だがルードはそれでも飽き足らず、さらに奥へ奥へと押し進めてくる。

「あぁぁ……っ！」

「……くっ、すまない……っ！」

ルードは、噛み締めた口の端から耐えきれないというように吐息を一つ吐き出す。そして、自らの杭《くい》が奥へ到達するなり腰を打ちつけ始めた。最初こそ穏やかだったその動きは、アイシェが痛みをあまり感じていない様子だったことと、とめどなく溢れ出る蜜という潤滑剤を得たことで、次第に荒く、激しくなっていく。

彼が長々としてくれた前戯《ぜんぎ》のおかげで、痛みは本当にほとんどなかった。ただひたすら愛おしくて、嬉しくて、気持ち良い。

「ふっ、あぁっ！　やっ、あっ！」

「アイシェ……！　っ、好きだっ！　ずっと……こうしたかった……！」

ルードの口から好意の言葉が飛び出すたびに、胸がきゅう、と締め付けられる。その喜びを伝えたくて、アイシェからも何度もルードに好意を伝えた。

「るぅさま、すき……！　あぁっ、すきっ！」

「……っ、くそっ……！」

ルードはアイシェを上から押し潰すようにして伸し掛かると、その細い体を強く抱き締め、腰を打ち付ける。

ばちゅ、ばちゅん、と肌を叩く音と水音が重なり合って響き、蜜はシーツへ飛び散り、その行為の激しさを物語った。

「あっ、きちゃ……やぁっ……！」

「あぁ、アイシェ、俺も、一度……っ！」

ルードの動きがより一層速く、激しくなり、そして最奥を強く穿《うが》たれた瞬間、胎《たい》の中に勢い良く熱が迸った。それと同時に、アイシェも何度目かになる絶頂へと旅立つ。しかもその絶頂は、秘芯で感じるものよりも深く長いものだった。なかなかその感覚から帰ってこれず、体は絶えず痙攣《えいれん》してしまう。

アイシェは自分の中に彼の命が放たれたことを感じ、快楽の高みにいながらも喜びから自然と涙を流した。ようやく、夫の熱をこの身で受け止めることができた。女として愛されることができた。

しかしその感慨に浸る間もなく、ずぐん、と再び最奥を強く穿たれ、視界に星が鮮やかに瞬く。

一度精を出したはずのルードが、荒々しくまた動き出した。

「ぁっ……⁉」

「……これで、終わりだとでも……？　足りない、全然、足りない……！」

獣のように興奮して息をつくルードは、巨大な熱杭で幾度もアイシェを翻弄する。その激しさに息も絶え絶えなアイシェが必死に制止を試みるも、逆にその手をシーツに縫い付けられ、より乱暴で甘い責め苦を与えられてしまった。

「あぁ、アイシェ、可愛い、アイシェ……！」

「んぁっ、やっ、まっ！　あぁ……！」

「っ、好きだ、愛してる！　俺の……！」

アイシェの言葉も、興奮しきっている彼の耳には届かない。涙は舐め取られ、唾液も舐め取られ、声も吸い込まれ。まるで自分がルードの一部になってしまったかのように、全てが彼によって支配されてしまう。

「やぁっ、あぁ……あっ！」

「あぁ、アイシェ、アイシェ……！」

不意にくるりとうつ伏せにひっくり返されて、獣の交尾のように後ろからがつがつと貪られる。

そうして、揺さぶられるままシーツを握りしめて喘いでいると、再び熱が最奥に放たれた。

しかしそれでも、ルードは止まらない。彼の解き放たれた欲望は、止まることを知らないようだった。

「そんっ……やぁぁ……っ！」

後ろ向きのまま屈強な体に上から伸し掛かられ、変わらず激しく責め立てられる。その荒波に意識は白く霞《かす》み始めてしまい、もうまもなく視界が暗転しそうになった、その時。耳元にはぁ、と熱い吐息がかけられ、思わず首がすくんだ。

「アイシェ、好きだ……ずっと、一緒にいてくれ」

激しい交わりの合間に耳朶《じだ》を打ったその小さな、切なく懇願するような声色に、きゅんと下腹が切なくなる。アイシェは悲鳴のような嬌声を漏らしながら、体を打ち震わせてまたもや絶頂に達してしまった。

意識はもう、保つことなどできない。

ただ胸の中は包み込まれるような幸せで溢れて、とても温かく感じた。

◆　◆　◆

アイシェ・ランシェスタ伯爵夫人には、まだ彼女が結婚する前から、一人の専属侍女がついている。その侍女・エナは今、植物で溢れる家の円卓に腰掛けていた。

すっきりと背筋を伸ばし、左腕は袖を捲《まく》って円卓の上に出す。その顔は真面目そうに引き締まっている。

エナは背筋を伸ばしたまま、前に向かって深く頭を下げた。

「……では、今回もお願いします」

「はぁい。ちくっとするわよ」

ぽってりとした唇が一際目立つ色気のある美女、華の魔女・エスカーナは、正面に腰掛けるエナの腕を取り、小さなナイフで少しだけ皮膚を切った。その切り口から滲み出た赤い雫を、大きな瓶の中へと滴らせていく。

しばらく、静寂が部屋を支配する。それを破ったのは、「ねぇ」という艶やかな吐息混じりの声だった。

「……まだ、言わないの？」

「何を、でしょうか」

「貴女の血のこと」

「……」

その言葉に、エナはそっと瞼を伏せ、かつての出来事を脳裏に甦《よみがえ》らせた。


エナは、とある悪名高い魔女の、その子孫だった。

ここよりもずっと遠い東の土地で隠れるように生活していたエナの家族は、その事実が露呈《ろてい》し、まだエナが幼い頃に住む場所を追われてしまった。両親は旅の途中で息絶え、エナだけがただ生きたいという本能のまま、絶望の中足を進めていた。

そんな時に、たまたま通りかかった奴隷商人に目をつけられた。そうして攫われそうになったその時、エナの、生涯で唯一の女神が降臨した。

その時のエナよりも確実に幼く見えたその少女は、薄汚い一人の少女を後ろに庇《かば》い、まるで天使の翼のように大きく手を広げていた。その後ろ姿は、エナの目には神にも等しく映ったものだった。

どうにかしてこの恩を返したい。この、女神のように強く清らかな少女の役に立ちたい。その思いを胸に、アイシェの親に雇ってくれと縋った。幸いなことに昔から何事も器用に熟《こな》す性質だった上に、アイシェ本人からの希望もあり、住み込みの侍女見習いとして雇ってもらえることになった。

庶民、しかも山奥で隠れ住んでいたエナは、貴族の習慣や生活に慣れるのになかなかに苦労した。しかし共に働く侍女や侍従たちは、仕えているアイシェたちの気質を引き継ぐかのようにみな親切だった。おかげで、エナはすぐにその生活に馴染むことができた。

そして勤め始めて間もなく、エナは知ることになった。敬愛するアイシェの身に宿る呪いと、自分の祖先との忌々《いまいま》しい関係を。


「言いません。言ったらきっと……あの方はわたくしが薬を作ることを止めるでしょうから」

「……まぁ、そうね」

エナの祖先――霧の魔女は、呪いや澱を世界中にばら撒き、ばら撒いたまま死んだ。彼女への恨み辛みは自然とその子孫たちへと向き、エナの先祖たちは皆隠れるようにして生きてきた。

霧の魔女の呪いは、今までの先祖たちによってひっそりと、粗方《あらかた》は解呪されてきた。しかしまだここに、大きな呪いが残ってしまっている。その解呪には気が遠くなるような時間と、大量の血液が必要だった。

エナは、自分を助けてくれた女神が霧の魔女の呪いを受け継いでいると知ってから、彼女の呪いを解くために一心に考えを巡らせた。ひっそりとアイシェの両親に相談して、この辺りに住んでいるとされていた華の魔女・エスカーナを探してもらい、こうして解呪の薬を作ってもらっている。これは、エナとエスカーナ、そしてアイシェの両親だけが知り得ていることだった。

「気持ち悪さはない？」

「はい」

「そう、良かったわ。……あぁ、この前貴女の主人に会った時に確信したわ？　解呪は順調よ。もうまもなく、薬の効果が目に見えて現れると思うわ」

エナは霧の魔女の子孫といっても、もう何代も後のため、血はかなり薄くなってしまっている。十年前にアイシェと出会ってから、毎日の食事に混ぜ込んで絶えず薬は彼女に飲ませているが、効果が出ている様子は見られなかった。しかしエスカーナがそう言うのなら、信じるしかないのだろう。

五日前、エナの敬愛する主人はエスカーナから一時的に体を成長させる薬を買い、愛する夫とようやく結ばれることができたようだった。薬の副作用で痛み苦しみながらも嬉しそうな彼女の顔は、幸せと愛で満ち溢れていた。その顔を見ながらエナはまたしても感激して泣いてしまい、脂汗をかくアイシェに小さく笑われてしまった。

薬を作るために血を取った後は、ひどく体調が悪くなる。しかし、アイシェには人生を、命を救われた。その恩を早く返したい。主人の心からの笑顔が見たい。そのためならば、どんな苦痛にも耐えてみせる。

エナの心は、それだけだった。

◆　◆　◆

「……あ。今、すごく元気に動いているわ」

ふっくらと膨らんだ腹が、内側からぽこりと蹴られた。アイシェはその命の胎動《たいどう》を感じようと、自らの腹に手を当てる。するとすぐさま、その近くに大きな手のひらもあてがわれた。アイシェと並んで寝台に腰掛けているルードが、くすりと柔らかな笑みを零す。

「元気だな。アイシェに似て」

「ふふ、ルゥ様も元気ですよ」

「いーや。この破茶滅茶《はちゃめちゃ》な動きは絶対に俺じゃないな」

「……どういう意味ですか」

「そのままの意味だが？」

「もうっ！　ひどいです」

「ははっ、そうむくれるなよ。……可愛いな」

甘く微笑むルードは、頰を膨らませるアイシェの頰に、宥《なだ》めるように優しい口付けを落とした。

アイシェとルードが初めて結ばれてから、約一年が経った。

あの結ばれた翌日から三日間、薬の副作用で、アイシェはずっと寝台の上の住人になってしまった。ただ昼間はエナが、朝と夜はルードが常にアイシェの傍にいてくれて、どうにかこうにかその激痛を絶え抜くことができた。

そうして、驚いたことに。それがきっかけだったのかは分からないが、その頃からアイシェの体が急激に成長し始めた。

それはまるで陽光と水を与えられた新芽のようだった。背も手足もぐんと伸び、色香《いろか》の漂う妙齢《みょうれい》の女性に。丸く幼かった顔もすっきりとして、淑やかな貴族夫人に。その後ひと月ほどたった頃には、アイシェの体は薬で成長させた時とほとんど変わらないほどまでに成長していた。

この姿になってから、アイシェのことを「お子様夫人」などと揶揄する者は、もう誰一人としていなかった。

一体、アイシェの身に何があったのか。それは、今でも分からない。華の魔女のところにも行って様子を見てもらったが、彼女にも分からなかったらしい。ただ、アイシェの体からはほとんど呪いの気配が消えているとのことだった。

突然のそれに、アイシェは嬉しさと共にわずかな戸惑いも覚えていた。何しろ、生まれた時からこの呪いには苦しめられてきて、しかも一生付き纏うものだと覚悟していたから。それが突然、原因不明でなくなることになり、ただ呆然と自分の妖艶な体を見つめることしかできなかった。

しかしアイシェよりも喜んでいたのが、アイシェの周囲の人々だった。エナは終始目を潤ませて隙あれば泣きじゃくり、ルードはアイシェの体におかしなところがないと判断するなり、今までの分を巻き返すように、朝も夜も問わずアイシェを快楽の渦へと突き落とした。そうしてすぐに、アイシェの胎には二人の命が宿った。

「どちら、でしょうか」

「どうだろうな。男だったら俺が騎士として鍛《きた》えてやる」

「女の子だったらどうするのですか？」

「害虫に手を出されないように鍛えさせないとな」

「……あら。どちらにしろ鍛えられるんですね」

「大事なことだ」

変に真剣な顔で頷く夫の表情におかしくなって、アイシェは思わず吹き出してしまった。

「ふふっ……ねぇ、ルゥ様」

「なんだ？」

「わたし……これから先が、楽しみでたまりません」

「……あぁ。俺もだよ、アイシェ」

柔らかな陽光が降り注ぐ寝室で、二人微笑み、口付け合い、肩を寄せ合う。膨らみを撫でるアイシェの手には夫の手が重なり、優しくさすってくれる。

二人で見据える未来は、希望で満ち溢れている。

番外編　いくつになっても

太陽が東から出たばかりの時間。春は始まったばかりで、まだ少し風が冷たい。しかし日差しに関しては随分と強く、早くも夏の匂いがするようだった。

カン、カカン、という木と木がぶつかる小気味良い音が広い庭園に響く。それを耳に入れながら、ガーデンチェアに腰掛けたアイシェは東からの眩《まぶ》しさに思わず目を細めた。帽子のつばをくい、と少しだけ引き下げ、ついでのように温かな紅茶を口に含めば、豊かな香りが鼻腔《びこう》を漂う。

目の前では、未だ三頭身を抜けきっていない桃色の髪の男児が、一所懸命に木剣《ぼっけん》を振るっていた。髪と同じ色の可愛らしい桃色の瞳は、今は雄々《おお》しく燃え上がり、真っ直ぐに前を向いている。

そんな男児と剣戟《けんげき》を交えているのは、一人の大柄な男だ。しゃがみこんだ彼は右手に持った木剣で軽々と男児の攻撃を受けつつも、顔を険しくしてその動きを鋭く観察している。

「だめだクリス、踏み込みが足りない。一回一回の動きを丁寧に行え」

「……分かっ、てるもん……！」

「筋肉の動きや流れを隅々まで意識しろ。そんなんじゃ、父さんみたいに強くなれないぞ」

「っうぅ～！」

男児は大汗をかきながら男に向かって一度、大きく木剣を振り下ろした。カァン、と一際大きな音が鳴り響いたあと、彼はそのまま地面に崩れ落ちる。その口では、はぁっ、はぁっ、と激しい息が何度も出入りしている。

「……まぁ、よし。今日の鍛錬《たんれん》はここまでだ。頑張ったな」

男はそんな男児を抱き起こし、その大きな背中にさっと背負う。そして、アイシェのほうに向かって歩いてきた。

男児の歳は、間もなく四歳になるというところ。幼児相手にしては、なかなかに厳しい指導なのかもしれない。しかしこれは、その幼児自身が望んでいることでもある。

——僕、いっぱい鍛えて強くなって、いつか騎士になりたい。お父様みたいに。

そう言って目を輝かせた男児の顔は、まだ記憶に新しい。

アイシェはそんな二人に向けて労《いたわ》りを込めて拍手を贈ったあと、大きく手を振った。

「二人とも、お疲れ様です！　とても格好良かったですよ！」

すると男も、そして背中からちょこんと顔を出している男児も、にや、と嬉しそうな笑みを返してきた。顔の造りも瞳の色も違うというのに、それはまるで、互いの顔をそのまま写しとったかのようにそっくりな笑い方だ。そんな何気ないところに、しっかりとした血の繋がりを感じ取る。

夫のルードと、息子のクリス。彼ら二人は、アイシェの愛する家族だった。

クリスはアイシェ譲りの桃色の髪と瞳を持ち、その顔立ちもアイシェそっくりに愛らしい。加えて性格もどちらかというとアイシェに似ている。

しかしやはり、幼いといっても男は男のようだ。騎士を夢見る彼は、こうして毎朝ルードに教えを乞《こ》い、剣術の稽古に励んでいる。

そんなアイシェの肩に、不意に柔らかなショールがかけられた。

「奥様。今朝は少々冷えます。こちらをお召しください」

ショールをかけてくれたのは、艶《つや》のある黒髪を隙なく纏《まと》め、菫《すみれ》色の瞳が知的さを漂わせる侍女だ。息子を産んだ今でも彼女はアイシェの傍《そば》に侍《はべ》り、まるで影のように見守ってくれている。

「ありがとう、エナ」

アイシェはエナへも笑顔と感謝を送り、その柔らかな布の手触りを楽しんだ。


アイシェ・ランシェスタ、二十三歳の春。今日も優しく、平和な一日が始まる。


「……訓練の見学、ですか？」

日課の朝の訓練のあと、家族三人で朝食を済まし、出勤準備を終えたルードが口にした言葉に、アイシェは目を丸くした。

「あぁ。騎士団の行事の一環でな。未来ある若者に、騎士《俺》たちの格好いい姿を見せようってわけだ」

「なるほど……。とても良い催《もよお》しですね」

アイシェは心から、深く深く頷いた。

騎士団は国の防衛や治安維持の要《かなめ》。その重要性と魅力を子供たちに伝えることは非常に大切だ。

それに、結婚前はアイシェもルードのあとを尾行し、彼の勤務をこっそりと無断見学してはその雄姿にときめいていたため、見学の効果は物凄く理解できる。

ルードは侍従《じじゅう》から渡された上着を着て、アイシェと共に見送りに来たクリスへと視線を向けた。

「喜べクリス。竜に乗せてやれるぞ」

「——えっ⁉　竜にっ⁉　乗れるのっ⁉」

「あぁ、全体の見学が終わったら、団員の家族に限定してそういった企画がある」

「うわあぁ！　やったぁ！　僕、竜と一緒に飛びたい！　仲良くなりたい！」

騎士を夢見るクリスは、その中でもルードと同じ竜騎士になりたいらしい。なにしろ彼は大の動物好きで、とりわけ竜に興味があるようだったから。

だが、野生の竜は危険な生き物だ。騎士団によって孵《かえ》され人に慣らされた「騎士竜」と呼ばれる個体でないと人と共存することはできない。加えて竜はプライドが高く、孵化《ふか》してから最初に見た生き物、つまり親と認めた者にしか懐かないのだという。だから、竜と触れ合う機会など竜騎士でもなければ滅多にないことだ。

「あぁ。父様と一緒に乗ろう」

「やったあぁ！　お父様大好き！」

クリスはぴょんぴょんと軽やかに跳ね飛びながらルードの腰に強く抱きつく。そんな彼の髪を、ルードは微笑みながらくしゃくしゃに撫《な》で回した。

ルードはこと訓練となると非常に厳格だが、普段はクリスに甘い。その微笑みからは、子に対する愛情が溢《あふ》れ出ている。

「良かったわね、クリス」

「うんっ！」

するとふと、ルードの視線がアイシェに向いた。

「アイシェ。なに他人事《ひとごと》のような言い方をしてるんだ、お前も乗るからな？」

「……えっ？　わたしもですか？」

「あぁ。クリスはまだ小さいからな、三人でも乗れる。だから、見学にはお前も乗馬服を着てきてくれよ」

そしてアイシェに対しては、今も昔も変わらない、少しだけ意地悪な微笑みを浮かべる。

「楽しみにしてろよ。一生忘れられない絶景を見せてやるから」

＊　＊　＊

――そうして、その十日後。

騎士団が管轄《かんかつ》する竜を飼育するための施設は、見晴らしの良い丘の上にあった。そこで、見学に招かれたアイシェとクリスは、二人して口をぽかんと開けてただただ驚きの表情を浮かべていた。

「す、すごい……」

今、アイシェの目の前には、途轍《とてつ》もなく大きく、そして美しい生き物が存在していた。

その鱗《うろこ》は燃え盛る炎のような深紅《しんく》。瞳は輝く月のような白金《はっきん》。胴体は爬虫《はちゅう》類とネコ科の肉食獣を掛け合わせたかのようで、しなやかな強さと生命の輝きを感じさせる。

これが、竜。まさに、大空の覇者と呼ぶに相応《ふさわ》しい生き物だ。

アイシェたちの周りでも、ほかの竜騎士隊の騎士団員たちが各々《おのおの》家族たちに竜を紹介している。その数は、十頭以上はいるだろうか。見事な光景だ。

驚いているアイシェたちを尻目に、ルードはまるで自分が褒められたかのように自信満々に胸を張った。

「素晴らしいだろう？　俺の愛竜のフィグだ。オスの五歳でな、俺が卵から孵したんだ」

今、竜は――フィグは、馬につけるような鞍《くら》や手綱《たづな》をつけられて静かに地面に手足をつけていた。その凜々《りり》しい双眼は、アイシェたちを値踏みするようにじっと見据えている。

「さて、まずはあいさつだ。二人とも、フィグに向かって手を出してみろ」

ルードのことはもちろん信用している。しかしその言葉に、アイシェはどうしても戸惑いを覚えてしまった。

人によって孵された騎士竜とはいえ、このように巨大な生物の前に無防備に手を差し出すのは、正直に言うと……少しだけ、怖い。

「……あの、ぱくっと食べられたり、しませんか……？」

そう恐々と申し出てみれば、ルードは一瞬だけきょとんとした顔をしたあと、「ははっ！」と弾けるように笑った。

「大丈夫だ。竜は頭が良く親孝行な生き物だからな。親が大事にしているものには決して牙《きば》を剝《む》かない。お前たちの匂いを覚えさせるだけだ」

「……分かり、ました。じ、じゃあ……行きましょうか、クリス」

「う、うん」

ごくりと一つ唾を飲み込む。アイシェは緊張した様子のクリスを後ろに庇《かば》いながら、そろりそろり、と静かに佇《たたず》むフィグへと近づいていった。

冷たい汗をかきながらその鼻先に向かってそっと右手を差し出すと、フィグは顔を傾けつつふんふんと鼻をひくつかせて近寄ってくる。

そして――。

「くるる」

嬉しそうに目を細めて喉を鳴らし、アイシェの手に顔を擦り付けてきた。

「う、わぁ……」

その様子は、まるで巨大な猫のよう。もしくは表情豊かな、人懐っこいトカゲといったところか。アイシェの中から、先ほどまでの恐怖は霧が晴れるように全てなくなっていた。今はもう、ひたすら。

「か、可愛い……！」

こんなにも巨大でそして雄大でいながら、しかしどうにも愛くるしい。その見た目と仕草の差が、なんとも胸をときめかせる。

アイシェが口元を緩《ゆる》ませながらフィグの顎下《あごした》を撫でていると、アイシェの後ろに隠れていたクリスも勇気づけられた様子でフィグに向かってそっと手を差し出してきた。それに気づいたフィグは、彼の手をぺろりと、今度はまるでじゃれつく犬のように舐《な》める。

「わぁ……すごい、僕、竜に舐められてる……！」

クリスは顔を興奮で真っ赤に染め上げて、遠慮がちに、けれどとても嬉しそうにフィグの顔を撫で回し始めた。


「……さて、まずはクリスだ。こちらにおいで」

「はいっ、お父様」

「アイシェはクリスの後ろに」

「はい」

ひとしきりフィグと戯れたあと、ルードはクリスとアイシェをフィグの背に乗せてくれた。取り付けられた鞍はとても大きくて、三人乗ってもまだ少し余裕があるほどだった。そのあとにアイシェの後ろにルードが乗り、三人の腰を紐《ひも》で固定していく。

「よし。二人とも、フィグの首にしっかり摑まってろ」

「はい」

「……では、行くぞ！」

ルードが両足でフィグの腹回りを押し込む。途端、フィグは大きく鳴き声を上げて翼を広げ、その巨大な足で地面を蹴った。

「うわぁっ」

「きゃあっ……！」

羽ばたく翼によって生じた風が辺りの草を吹き飛ばし、アイシェの桃色の髪を強くはためかせる。

内臓が浮くような、生まれて初めて覚える感覚がアイシェを襲った。

思わず目の前のクリスを抱き締めると、さらにアイシェとクリスを丸ごと守るように、ルードの逞《たくま》しい左腕がアイシェたちを包み込んだ。

「大丈夫、安心しろ。俺が、絶対に離さないから」

ばさりばさり、と力強く羽ばたく音が聞こえる中、低い声でそう囁《ささや》かれ、そのどこか艶のある声《こわ》音《ね》にとくりと心臓が跳ねる。

「……はい」

ちらりと後ろを振り返って上を見れば、少しだけ悪戯《いたずら》な表情をした夫の顔があって、どうしてか気恥ずかしく感じて、アイシェは無意識のうちに頬を赤く染めてしまった。


そのまま、フィグは大空を気持ち良く駆けた。

きらきらと光る川を越え、雄々しく育つ大樹を越え、そして、白い雲を突っ切って――。

「二人とも、目を開けて見てみろ」

強く吹く風と真っ白な霧の中目を固く瞑《つぶ》っていたアイシェは、その声におそるおそる目を開いた。

そして――思わず大きく息を呑《の》む。

「……なん、て……」

圧巻、そのひと言だった。

目の前には、胸が痛くなるくらいに澄み切った青と白が広がっていた。その中で、アイシェは白い綿の絨毯《じゅうたん》の上に滞空している。

解放。清潔。幻想。そんな言葉が思い浮かぶ。この世のものとは思えないほどの美しい景色だった。アイシェの腕の中にいるクリスも、「うわぁ」と呟《つぶや》きながらただ呆然《ほうぜん》とその景色に見入っている。

「どうだ？」

「……す、ごいです……言葉に、ならない……」

「だろう？　……この景色を、お前たちにいつか見せたいと思ってたんだ」

空の上、ただ羽ばたく音だけが空間に消えていく。まるで、アイシェたちだけが世界に取り残されているかのよう。美しくも、少しだけ寂しくも感じる。

「アイシェ、クリス」

「……なんですか？」

「俺は、お前たちが大好きだよ」

「……っ」

その、唐突に言われた言葉にさっと頬に朱が上った。だが変にどぎまぎするアイシェとは対照的に、クリスはそれを素直に受け取って満面の笑みをルードに返す。

「うんっ、僕もね、お父様とお母様のこと大好き！」

「ありがとう。……なぁ、クリスは……弟か妹は、欲しいか？」

「うんとね、僕、弟が欲しいな。一緒に遊びたいから」

「そうか」

そうして、ルードは意味深長な眼差《まなざ》しをアイシェに向けてくる。

実を言うと、その眼差しを向けられるのはここ半月ほど続いている。しかしアイシェは、とある理由からその視線を躱《かわ》し続けてきた。

だから、その視線にどう返せば良いか分からなくて、アイシェはそっと顔を俯《うつむ》かせることしかできなかった。


「なぁ、アイシェ。そろそろ……二人目を作ってもいいと思わないか？」

フィグと別れて訓練の見学を終え、自宅に着いたあと。興奮したからか、クリスは馬車の中でぐっすりと寝てしまっていた。ルードはそんなクリスをそっと抱き運び、彼の部屋の寝台に優しく寝かせてくれる。

そうして今度はアイシェを自室へと引っ張っていったルードは、扉を閉めるなり、唐突に真後ろから抱き締めてきた。

ルードの気持ち。それはその言葉と、耳朶《じだ》を打つ艶のある声音がよく物語っている。

「あ、あの、でも、ルゥ様。その……」

「ん？」

「わたしちょっと、大人になり過ぎた、と言いますか……」

「大人になり過ぎたって……それはこの、果物みたいな胸のことか？」

「やぁんっ」

大きな両手によってくにゃりと胸を揉まれると同時に、甘く耳を食《は》まれる。アイシェは思わず首を竦《すく》めて、後ろにいるルードを睨《にら》みつけた。

「ちがっ、違いますっ！」

「ではどうした？　何がそんなに気に掛かっているんだ。エナのおかげで、解呪もできているというのに」

「それは、そうなんですけど……」

実のところアイシェは、五年前に自分の体が急激に成長し始めたその真実を、もう知っている。

それは今から約一年前、クリスが三歳の誕生日を過ぎた、とある夜のことだった。

『なんで……なんでそれを、ずっと言ってくれなかったの……⁉』

その時、アイシェはひどく動揺していた。何しろ、エナと共にルードの自室に呼ばれたと思いきや、気構えをすることもできずに、唐突に全ての真実を知らされてしまったのだから。

――つまり、エナは霧の魔女の子孫であり、長年に渡って血液を抜いてはエスカーナと共に解呪の薬を作っていた、ということを。

だから、それを聞いて頭をがつんと殴られたような衝撃を受けたあと、アイシェは思わず、静かな瞳で佇むエナに詰め寄ってしまった。

しかしそれでも、エナは全く動じなかった。

『それを言ったら、アイシェ様は止めるでしょう。わたくしが、解呪のために血を抜くことを』

『でも、でも……！　……え？　ま、まさか、ルゥ様は知ってたのですかっ⁉』

影になったかのようにアイシェたちを見守るルードに視線を向ければ、彼は真顔で、ただ真っ直ぐにアイシェを見返してくる。

『俺は、クリスが生まれてからしばらくして聞いた。……やはり、理由の分からない解呪に納得がいかなくてな。独自に調べようと思っていたら……それに気づいたエナから、真実を聞かされた』

『そんな……ならどうして、わたしだけ……』

『アイシェ様は優しい方ですから。……せめて完全に解呪ができたと判明するまでは、話すべきではないと思ったのです。中途半端なところで解呪が終わるのは、何よりも避けるべきことだと判断いたしましたので』

エナの行動の全ては、アイシェを思ってしていることだ。その気持ちは確かに嬉しい。しかし突然知らされたその真実に、心がついていかないのもまた事実で。

『本当のところ、この秘密は墓場まで持っていくつもりでした。しかしアイシェ様が、呪いのことが気にかかって今後の妊娠を躊躇《ちゅうちょ》している様子だと旦那様からお伺いしまして……こうして、真実をお伝えしようと思った次第です』

エナはアイシェの前で跪《ひざまず》き、頭を垂れる。

『アイシェ様。あの時、貴女《あなた》様がわたくしの命を助けてくれたから、こうしてわたくしも解呪の手助けをすることができたのです。アイシェ様の優しさや勇気が、解呪に繋がったのです』

『エナ……』

『わたくしを助けてくれて、ありがとうございます。貴女様はわたくしの命の恩人であり……生涯の、女神なのです』

真っ直ぐに、真摯《しんし》に見つめてくる菫色の瞳が、徐々にぼやけていく。けれどそれでも、アイシェはくっと口元を引き締めて瞬きもせずにその瞳を見つめ返した。

エナの覚悟と献身。それを、自分はしっかり受け止めなければならないと思ったから。

『ありがとう、エナ。……でもね、一つだけ言わせて』

『……はい』

『わたしが貴女の女神だというのなら、貴女も……わたしの、生涯の恩人なんだからね』

だから、さまざまな思いを胸に抱えながらも、アイシェは強く笑った。長年尽くしてくれたエナの体にひっしとしがみつく。

そうして二人、静かに涙を流しながら、しばらくの間固く抱き締め合った。

——そのようなことがあり、その後華の魔女・エスカーナにも呪いの痕跡《こんせき》を確かめてもらったが、完全に消えているとのお墨付きをもらった。

だから、呪いのことはもう気にしていない。今、アイシェが気になっているのは――。

「本当は、こんなことで悩んじゃいけないって、分かってはいるんです。でも……前まではお肌もパッツパッツに張ってたのに、なんだか今は、しっとりしちゃって……」

「……？　それがどうした？　いいことじゃないか」

「でも……わたし、今まではすごく、こう……」

贅沢《ぜいたく》な悩みなのかもしれない。しかし呪いが解けたら解けたで、アイシェには一つの悩みが浮上していた。

それは、体の歳。現在二十三歳になったアイシェは、客観的に見れば年相応な見た目をしているだろう。しかし数年前までは生命力溢れる幼い少女の体だっただけに、成長というよりも、ここ最近はどうも老けてしまったような気がしてならなかった。特に、成長が著しいクリスを見ていると。

これは自分が望んだことなのに、とも思う。しかしいざ順調に歳をとってみると、この体をルードが見て幻滅しないだろうか、という不安がどうしても胸の内から消えてくれない。だからここ半月ほどはルードから夜のお誘いがあっても、疲れているとか眠いとかなんだかんだと理由をつけて、肌を見せることを避け続けていた。

ルードは、そんなアイシェの体を自分のほうへと向けさせる。

「なぁアイシェ。俺の目を見ろ」

「……はい」

「人は皆、等しく歳を取るものだ。俺は、こうしてお前と同じ速さで歳を取れるようになったことがとても嬉しい。……ずっと、対等でいたいと思ってたから」

「ルゥ様……」

「自信を持て。お前は何歳になっても、どんなに歳を取っても、すごく綺麗だよ」

じっと目を見つめられて、本当に愛しいという想い溢れる表情で、優しく微笑まれてしまったら。

もう、アイシェの顔は火が出そうなほどに熱くなってしまっていた。

思わず彼の胸に顔を埋《うず》めると、包み込むようにして抱き締められる。

「……ルゥ様は、酷《ひど》いです……」

「酷い？　何がだ？」

「だって、そんな台詞《せりふ》……」

エスカーナから薬をもらい、ルードと一つになって以降、彼はそれまでとは違って躊躇《ためら》いもなく好意の言葉を口にする。

好き、大好き、綺麗、可愛い、素敵。

それらの言葉はアイシェの胸をきゅう、と締め付けては高鳴らせてどうしようもない。

「ルゥ様のことが、もっともっと、好きになってしまうではないですか……」

ぼそりと小さく囁けば、アイシェの頭の上からはふ、と嬉しそうな笑い声が降ってくる。

「あぁ。もっと好きになってくれよ。そのために、俺も恥ずかしいけど頑張ってるんだから」

そうして柔らかく顎を摑まれて。上を向かされた途端、情熱的な口付けが雨のように何度も降り注いできた。舌と舌を絡《から》めながら、着ていた乗馬服をするすると脱がされていく。

胸の奥、腹の奥が切ない。甘い期待で体が燃えるように熱くなり、アイシェもルードの服を、拙《つた》ない手つきながら徐々に剝いていった。

「……は、ぁ……ルゥ、さま……」

「ほらな。……今日のお前も、すごく可愛い」

二人生まれたままの姿になって、恥ずかしくて手で体を隠そうとしても、しかしそれは叶わない。逞しい腕が、アイシェの手を搦《から》め捕ってしまうから。

薄氷色の眼差しが、全身にひたと注がれる。

「……そんなに、見ないでください……」

「いーや、ダメだ。お前が俺と一緒に時を刻むのを、記憶に叩き込むから」

「もう。なんですか、それ……」

裸のまま優しく抱き上げられて、寝台へとそっと横たえられる。彼の唇が、舌が、眼差しが、体中のありとあらゆる場所に熱を与えてくる。

「や、ぁ……」

「アイシェ。可愛いよお前は。いくつになっても、こうして子供を産んでも」

「ル、ルゥさまぁ、それ、やめてくださいってば……」

「ダメだ。可愛いもんは可愛いんだから。思ったことは、ちゃんと言わなくちゃな?」

「うぅ……」

恥ずかしくて、でも嬉しくて。甘くて、切なくて。

豊かに成長した胸の、その頂を齧《かじ》られては悶《もだ》え、弾かれては啼《な》き、吸われては身を震わせて。アイシェはただルードの甘い責め苦に翻弄《ほんろう》される。

「っ、あ、やぁ……っ」

「アイシェ、可愛いよ」

体を疼《うず》かせる快感に思わず足を擦り合わせれば、くちゅりと可愛らしい水音が立つ。既《すで》にしとどに濡れたそこへ、ルードの太い指が我が物顔で入り込むと、無意識のうちに背が大きく反り返った。

「ここも、こんなに締め付けて……俺を待ってくれてたみたいだ。……嬉しい」

あの一件以降、二人きりの時のルードは溶けそうなほどに甘い。もうクリスを産んで四年も経つというのに、この甘さを全開にした彼には未だに慣れない。

「や、あぁっ、ん……っ」

「アイシェ、ほら、一回いこうか」

淫《みだ》らな水音を大きく響かせながら、ルードが指の動きを徐々に大きくしていく。その指の動きは静かなのに明確な熱情を孕《はら》んでいて、ただ彼のされるがままに、アイシェは高みに昇らされてしまった。

「あ、ぁ……！」

そうして、おもむろに指が抜かれて——。

「——ひぁっ⁉」

硬く張り詰めた屹立《きつりつ》が、最奥まで一気に突き入れられた。先ほどまでの優しい愛撫《あいぶ》から一転、その動きはひどく荒々しい。

未だ白く霞《かす》む視界にさらに星が散って、アイシェは揺さぶられるがままただ喘《あえ》ぐ。そうしてその高い啼き声は、ルードの口の中へと吸い込まれていく。

「……いくつになっても、愛してる」

幾度も熱く熱く穿《うが》たれたあとの、その一言。それを聞いて、アイシェの快感の器はまた弾け飛んだ。

「わたし、も」

白い世界の中、アイシェもそう一言だけを返して、その逞しい体を強く抱き締め幸せな甘さを味わう。


アイシェたちに新たな家族ができるのは、きっと、もうまもなくのことかもしれない。

七夜かなた
cielo
あなたの子種を私にください！
～不能のコワモテ隊長は
小国の王女に求められています～

「お前、何者だ？」

グウェン・アシェルは自室に潜んでいた何者かを捕らえ、床に押し倒した。

頭を押さえつけ、うつ伏せにさせた人物に馬乗りになり、後ろ手に腕を拘束する。

「言え、ここで何をしていた。何が目的だ？　その格好は我が軍の下級士官のようだが、所属は？　どこの部隊だ？　直属の上司は誰だ？　なぜここにいる？　ここは俺の私室だぞ」

矢継ぎ早に質問を浴びせながら、グウェンはその人物を上から下まで観察する。

どこにでもいるような茶色い癖のある巻毛をひとつに束ねていて、背はそれほど高くない。肩幅も広くないし全体的に華奢《きゃしゃ》だ。腕も細くて膝で押さえつけているお尻は、男にしては柔らかい。

「お前……訓練生の中にいたな。名前は確か……トルーヤ」

グウェンは、自分が今組み敷いている人物の名を口にした。

レスヤーラは軍事国家ではないため、徴兵制ではなく、軍はあくまで志願して入る。地方に派遣されている者や予備兵まで入れるとどれくらいになるかわからないが、ここ王都だけでも一万人ほどが在籍している。

レスヤーラ国の軍では半年ごとに新人を募集し、半年かけて訓練する。その間に脱落する者や不適格と判断されて辞めていく者もいるが、今年の志願者の中にこの人物を見かけた。

そしてトルーヤは女の名前だ。今年は五十人の志願者のうち、十人が女だった。

「そ、そうです……ア、アリスン・トルーヤです」

アリスンが苦しげに答える。訓練はそろそろ終盤に差しかかり、十人いた女性は半分になったと聞いていた。残った五人の中でも彼女は極めて優秀だと聞いている。それどころか、今期の訓練生の中でトップだという話だ。

ちなみに、グウェンの部隊には女性は一人もいない。中には護衛などで現場に出る者もいるが、グウェンが統率する部隊は、荒っぽいことで有名で、女性は怖がって近寄りたがらない。

女っ気がないと部下たちには嘆かれるが、こればかりは仕方がない。

「女だからと容赦《ようしゃ》はしないぞ。最近やたらと見張られている気配がしたが、お前だな。言え、なんの目的があって俺を見張っていた？　刺客《しかく》か？」

いつもなら、もっと帰るのが遅く、こんな時間に自室に戻ることはない。

レスヤーラ国の将校であるグウェンは、慣れない書類仕事に、いつも四苦八苦している。連日の書類仕事に嫌気がさして、今夜は早々に引き上げてきた。

始まりは一兵卒だった彼は、戦闘に天賦《てんぷ》の才を発揮し、戦争で武勲を上げ続け、望んでもいないのにどんどん軍での階級が上がっていった。今では中尉《ちゅうい》にまでなったが、階級が上がった分、責任も増えてさばかなければならない書類も増えた。

休み返上で任務に就くこともよくあり、はっきり言って仕事が恋人と言っても過言ではない。

戦争孤児のグウェンは孤児院で育った。幼い頃から体格も良く大柄で、運動神経も良かった。お金もなかったため、必然的に軍に入隊したのだった。

グウェンには軍が性に合っていたらしく、二十歳で軍曹に、二十五歳で少尉《しょうい》に、そして三十手前で中尉になった。同年代の中では、出世は早い方だと言える。

そして現在、六つある部隊のうちの第六部隊、二百人を率いる隊長でもある。

しかし、恐らくここら辺が自分の限界だとは思う。中尉から上は、出身なども考慮される。彼は孤児であるから、きちんとした家柄の者にはどうしても敵わない。

「……がう」

「え？」

「違う。刺客……じゃないです」

うつ伏せになり、顔を僅《わず》かに横にずらして、アリスンはグウェンを見上げる。

鼻はそれほど高くはない。グウェンを見る大きなガラス玉のようなシトリン色の目には、殺気のようなものは感じられない。

「なら、俺の部屋で何をしていた？」

だからと言って、主のいない部屋に忍んでいたのだから、怪しいことには変わりない。まだ訓練生である彼女は、役付きの将校たちの宿舎への出入りは許可されていない。明らかに不法侵入である。規律の厳しい軍にあっては、それだけで規律違反だ。

グウェンは首の付け根をグッと指で抑え込む。簡単にポキリと折れてしまいそうなくらい細い。

「ま、待って……た」

「待っていた？　俺を待っていたと言うのか？」

グウェンが問うと、彼女は僅かに頷いた。

「ほ、ほんと……な、何も…武器…持って…ない。調べ、て…ゴホッ」

たどたどしく絞り出してそう言う。少し躊躇《ためら》った後、言われた通りグウェンはズボンのポケットや足元、それから上着の裾をたくし上げて武器を仕込んでいないか探りを入れる。

「ひゃん♡」

「ひゃ、ひゃん？」

剝《む》き出しの背中にグウェンの手が触れると、変な声を上げて体を震わせる。驚いてグウェンは手を引っ込めた。

「だ、だって……さ、触るから……」

「確かめろと言ったからそうしたまでだ。変な声を出すな。そんなつもりはない」

確かに、彼女が言った通り、武器らしき物は何も所持していない。

グウェンは警戒しつつも、押さえつけていた手を緩《ゆる》め、彼女から降りた。

拘束を解かれて起き上がったアリスンを、グウェンは改めて見た。大きな瞳は目尻が少し垂れ気味で、鼻は高すぎず低すぎず、唇はぽってりとしている。顎はシャープで顔は整っていると言える。

しかし、女であろうと侵入者は侵入者だ。

「女だからと俺は甘くないぞ。言え、目的はなんだ」

グウェンは眼光鋭く侵入者を睨《にら》みつけた。

体も大きく目つきも悪い。グレー色の瞳はいわゆる三白眼《さんぱくがん》だ。髪は灰褐色《はいかっしょく》で声も低く、戦場で敵に立ち向かう時に放つ声は、獣の咆哮《ほうこう》のようだと言われていた。

そして付いたあだ名が「戦場の狼」だった。もちろんグウェン自らそんな名前を付けた訳ではない。そんなあだ名も相まって、女子供はグウェンを見ると怯えてしまう。

「まさか盗みにでも入ったか？　生憎《あいにく》ここには金目の物など何ひとつないぞ。残念だったな」

寝台や机と椅子が二脚。そして小さな本棚と衣装箪笥《だんす》と姿見があるだけの殺風景な部屋だった。

壁には絵すらかけておらず、壁紙はまったくの無地だ。

グウェンはそれで不便はないが、部下からは囚人部屋と言われている。

「あります！」

グウェンの鋭い眼差しに対して彼女は怯《ひる》むことなく、まっすぐにグウェンを見据え、真っ向から言い切った。

グウェンのグレーの瞳が細められる。

「ある？　ふざけるな！　そんなわけがない。ここに金目の物…なん…て…何？」

アリスンはすっと右手を持ち上げ、下の方を指差した。

「？？？」

警戒しつつ指差した方を見るために、彼も顔を下に向ける。そこにはグウェンの下半身しかない。

「私がほしいのは、それです」

「それ？」

「はい。私がほしいのは、あなたの子種で、私は夜這《よば》いに来たのです」

彼女が指差したのは、確かにグウェンの股間だ。

「は？　何を、お前、正気か？」

いきなりほしいのは子種だと言われ、グウェンは混乱のあまりこめかみの辺りを指を立ててくるくる回した。男とまぐわうのが好きな女はいるが、ここまではっきり子種がほしいと公言されたのは初めてだった。

「はい、私は正気です」

「お前はまだ正式に入隊していないから俺の事情を知らないだろうが、俺は孤児で親がどこの誰かもわからない。そんな奴の子種なんていらないだろう。それとも、男の子種を絞って売るような商売でもあるのか？」

「そんな商売ありません。私は純粋にあなたの子がほしい。責任を取れとは言いません。あなたはただ、私を妊娠させてくれればいいんです」

お願いしますとアリスンは手を合わせる。どうにもからかっているようには見えないが、正気とも思えない。グウェンは胡散《うさん》くさげに彼女を睨んだ。

「悪いが、他をあたってくれ。頭のおかしな女に構っている暇は……うわ、何だ、何をする」

「お願いします。あなたの子種を私にください」

立ち上がって離れようとしたグウェンの右足に、彼女が両腕を巻き付けて縋《すが》ってきた。

「お願いします。ようやく見つけたんです！」

「ばか、離せ！　やめろ」

グウェンは何とかその腕を振り解《ほど》こうともがくが、抱き込まれた方の足はびくともしない。

「くそ！　なんて力だ」

反対側の足で踏ん張り、腕から足を抜こうとしても、まるで逃げられない。

「放しませんよ、あちこち放浪して三年。ようやく理想の子種と出会えたんです」

「理想のこだ……子種だと。人のことを馬鹿にしているのか」

「馬鹿になんてしていません。私はいたって真剣です！」

「放せ、馬鹿力」

「お願いします！　子種をください。どうしてもあなたの子供がほしいんです」

「そんなこと知るか、放せ！」

「嫌です、希望を叶えてくれるまで放しません」

「放せ」「嫌です、放しません」をまるで合いの手のように繰り返した。絡みつくアリスンの腕の力は一向に緩まず、さすがのグウェンも力を入れ続けて額に汗が滲《にじ》み出てきた。

「ハアハアハアハア、し、しつこい女だな」

「女ではなく……ハア、アリ……スンです」

一時間近くやり取りを続け、グウェンは根負けしそうになっていた。

「アリスン……なぜ……子種が……ハァ……ほし……い」

さすがのグウェンも息が上がっている。床にお尻を着けて後ろに手をついた。ここまで自分と互角に渡り合う人間は、軍でもそういない。

一見線が細い印象なのに、女であることを差し引いても、かなりの身体能力だと言える。

「私の出身はエルヴァスです」

グウェンのすぐ目の前に正座して、彼女は言った。

「エルヴァス？　エルヴァス公国の、エルヴァス？」

「はい。そうです」

グウェンはその名を聞いて、記憶にある情報を引っ張り出す。

エルヴァス公国は世界の中心にある孤島の島国。領土はそれほど広くはないが、貴重な貴石を産出している。島国であるため、そこへ辿《たど》り着くためには当然船で行くしかないのだが、周りの潮の流れが複雑で特殊な羅針盤を積んだ船でなければ近づけない。

そのため、エルヴァス専用の船が、一番近い沿岸の都市ザクセンハルトを行き来することで交易が成り立っている。それゆえ外部の人間がエルヴァスに入ることは滅多にない。

殆《ほとん》ど謎に包まれた国。それがエルヴァスだが、そこの統治者が代々女王であることはグウェンも知っていた。

「エルヴァスの人間がレスヤーラ国で何をしている。あそこの国の人間は滅多に外に出ないのではないのか？」

「それは誤解です。広く知られていないだけで、エルヴァス公国の人間は世界のあちこちに散らばっています。特に王族は年頃になると、見聞を広げるためと、ある目的があって必ず外地へ出されます」

「王族？」

「はい。私の母は今のエルヴァス公国の女王で、私はその一番下の娘です。王族とばれないよう父の姓であるトルーヤを名乗っています」

「ま、待て」

今聞いた情報に、グウェンは待ったをかけた。

「女王の娘？　ということは……」

「世間では、一応王女ということになります」

「王女……本当か？」

それを聞いて、グウェンは疑わしい目でアリスンを見つめた。

茶色の巻毛はありふれてはいるが、整った顔立ちにシトリン色の瞳は確かに珍しい。

しかし彼女が本当にエルヴァス公国の王女かどうかは、グウェンには確かめようもない。何しろエルヴァスの王族についての情報が極端に少ないのだ。

「仮に王女だとして。王女が何だって、子種をくれとかそんなことになるんだ」

孤児で一兵卒から成り上がってきたグウェンが、王族と相まみえる機会はそれほど多くない。自国の王族が出席する大きな式典などで警備に立って遠目に見たことはあっても、直接話をしたことはない。そのため、王族と呼ばれる人物について詳しく知っているわけではなかった。

仮にも王女と名乗る人間が男の部屋に忍び込んだだけでなく、「子種がほしい」と追いすがるなど、どう考えてもグウェンがこれまで見聞きしてきた王女像とはかけ離れている。

「エルヴァスの王族には王子は後宮で育ち、自国の女性の中から伴侶《はんりょ》を選ぶ。そして王女は外へ出て、強い男の子種を持ち帰るという掟《おきて》があります」

「は？」

「だから王女の私は十七歳になった年に国を出て、私が理想とする男性の子種を探し求め、そしてようやくあなたを見つけたのです」

アリスンは乾燥しきった砂漠の地で、ようやく発見したオアシスかのようにグウェンを見つめた。

「エルヴァスの女にとって、強い男の精をその身に受け入れ子を宿すことは究極の使命で歓《よろこ》び。常に新しい血を取り入れ、血を濁らせないこと。代々そうやって使命を果たしてきました」

エルヴァスの王族の女性が強い男を好み、伴侶にするという噂はグウェンも聞いたことがあった。

血筋や地位など関係なく、ただ本人が「最強」だと認めた男を伴侶にするのだと。

もし見初《みそ》められれば、逆玉《たま》の輿《こし》と言える。

しかし、あくまでも噂であって、その内容も到底信じがたい内容だった。

「そんな話、べらべら口にしない方がいいぞ。他の男が聞いたら、簡単に股を開く女だと思われてすぐにやられるぞ」

「私のこと、心配してくれるのですか？」

「べ、別に心配とかしているわけじゃない」

「ありがとうございます。でも、大丈夫です。話すのは子種がほしいと思う相手だけです。それに私、そこそこ強いので。王族は幼い頃からあらゆる武芸をたたき込まれます。私はそっちの方も優秀でした」

「も？」

「男の子種を得るための技術もあります」

「……え？」

「房中術《ぼうちゅうじゅつ》のことです。そっちは年頃になると、教え込まれます」

「は？」

「もちろん、まだ実践はやっていません。私はまだ処女です。安心してください。初めてはあなたとです」

「そんなこと聞いていない」

グウェンはどこから突っ込んでいいのかわからず、額を押さえた。

「私、そっちも優等生だと先生からお墨付きをもらいました。だからきっとあなたも満足する筈《はず》です」

「俺を選んでくれたのはありがたいが、他を当たってくれ」

額を押さえながら、グウェンはきっぱりアリスンに告げた。

「え？」

「聞こえなかったか。俺はお前に子種をやることはできない」

「な、なぜですか？」

「なぜって、あたり前だろ。そもそも、俺たちは殆ど互いを知らない」

「それはこれから知っていけばいいと思います。私、魅力ないですか？」

「そういうことを言っているんじゃない」

グウェンの口調が少々苛立《いらだ》ってくる。

「子供ができたからって、父親になってほしいとは思っていません。子供が嫌いなら子供は私がエルヴァスで育てます」

「そういうことじゃない！」

「じゃ、じゃあなぜなのですか？」

「俺が不能だからだ」

グウェンはアリスンを諦めさせるために、はっきり告げた。

「え？　ふ……うそ」

「嘘じゃない。本当だ」

「確かめてみていいですか？」

「た……？　え、あ、おい！」

アリスンは何の躊躇《ちゅうちょ》もなく、グウェンの股間に手を伸ばし、ズボンの上からグウェンのものをフニフニと揉み始めた。

「お、お前……や、やめ」

グウェンは払い除《の》けようとしたが、いくら触っても勃起しないことを知れば、彼女も諦めるだろうと思い直し、暫《しばら》くそのままに勝手にやらせることにした。

アリスンが触る感触は伝わるが、暫く経ってもそこは何の反応もしなかった。

予想はしていたことだが、ここまでされても変わらないことに、グウェン自身も改めてショックを受けた。

「もういいだろ」

グウェンがそう言って、アリスンの手を押し退けた。

「いつから？」

「二年前からだ。昔はちゃんと使えていて、自慢じゃないが、かなり大きくて立派なやつだ」

「それは触ったのでわかります。勃起していなくても、大変ご立派なものをお持ちですね」

普通こういう話をすると、大抵の女性は恥ずかしがる筈だが、アリスンは恥じらうどころか今までグウェンのものを触っていた手を開いたり閉じたりして、感触を確かめる仕草をしている。

「子種」「子種」と躊躇することなく口にし、房中術まで伝授されるくらいなので、そこら辺は抵抗がないのかもしれないが、彼女の国の情操教育はかなり特殊としか言いようがない。

「どうして……あ、理由を聞いても構いませんか？」

「構わん」

股間を触らせて、ここまで話して今更隠すこともない。グウェンはふっと体から力が抜けるのを感じた。

不能であることは、誰にも明かしていない。元々個人的なことについて他人と色々話すタイプではなく、下事情を語り合う相手もいない。それを殆ど知りもしない女性に語って聞かせることになろうとは、何ともぶっ飛んだ話だ。

しかし、彼女は嘲《あざけ》るでも馬鹿にするでもなく、例えば不調を訴える患者を前にした医者のような面持ちで、彼に向き合っている。それがグウェンの口を軽くしたのかもしれない。

「二年前、カルデナスとの戦争の終盤、連日激戦が続いていた時、俺の部隊が一時期本隊から外れて孤立したことがあった」

グウェンはポツリポツリと語りだした。

「部隊はほぼ壊滅。生き残った数人で敵の包囲網を殆ど五日間ろくに飲み食いもせず、眠ることもできずくぐり抜け、ようやく味方の本拠地に辿り着いた。体中傷だらけで血を失い、傷には蛆《うじ》もわいていて膿んで高熱が続いた」

「そんな……」

「何とか助かったが、それ以来勃たなくなった。医者は色々治療法を考えてくれたが、今のところ効果はない。まあ、軍人だしいつ死ぬかわからない身だ。夫を亡くして苦労する未亡人や子供をわざわざ増やすこともないだろうから、丁度いい」

ここまで話を聞いて、何を考えているかわからないが、アリスンは言葉もなく項垂《うなだ》れている。

「せっかく俺を見込んでくれて申し訳ないが、俺のことは諦めてくれ」

「わかりました」

胸の前で拳《こぶし》をぎゅっと握り締めたアリスンの声は震えている。

「おい、まさか」

まさか泣いているのかと身構えたが、顔を上げたアリスンは泣いてなどいなかった。

「もう一度……触ってもよろしいですか」

「あ、え……ああ」

あまりに思い詰めた表情で言ってくるので、断ろうとしたグウェンだったが、結局承諾してしまった。

（まあいいか。さっきも何も変わらなかった。これで彼女も納得して引いてくれるだろう）

アリスンの伸ばした手が再びグウェンの股間を包む。

「大きい……」

「ありがとよ」

勃起もできなくなった自分の分身だったが、大きいと褒められたことでグウェンは久しぶりに男としての自信が湧き上がった。

床に座り込んで足を広げ、よく知りもしない女性に股間をまさぐられている自分の状況には、はっきり言って笑うしかない。

アリスンは急所のひとつであるグウェンのものに、宝物のように触れる。

ここまでされても、やはりグウェンの息子は勃たない。

「ありがとうございました」

アリスンはグウェンの股間から手を放して立ち上がると、頭を下げてお礼を言った。

「あ、ああ、こちらこそありがとう」

何に対してのお礼かわからないが、グウェンも立ち上がって反射的にお礼を言った。

「気を付けて帰れ」

「はい。突然押しかけてすみませんでした。排卵日だったので少し焦っていました」

アリスンはすたすたと扉に向かって歩いて行った。

「は、排卵……」

「排卵日は本能で性欲が増すのでつい」

女性の体の仕組みは基礎知識として知っている。確実ではないが妊娠しやすい時期とそうでない時期があることも。

しかし、こんな風に襲われたのは、グウェンも初めての経験だった。

「お邪魔しました。今夜の所はこれで帰ります」

「え？」

尋ね返したグウェンを置き去りにして、アリスンは部屋を出て行った。

「今夜の所はって……どういう意味だ？」

誰もいない部屋で、グウェンのその問いに答える者は、もちろんいなかった。

★　☆　★

グウェンの部屋を出て、アリスンは自分の部屋に戻った。

軍の女子寮は規模が小さい。それは女性が圧倒的に少ないからだ。男性が二人一部屋なのに対し、女性は最初から一人部屋だ。最初十人だった女性の訓練生も、今では半分になり、アリスンの部屋の両隣も、その向かいも空き部屋になっている。

　女子寮なので、外からの侵入は難しいが、中から外へ出るのは比較的簡単だ。とは言え、軍の施設なので規律は厳しい。アリスンがグウェンの部屋に忍び込めたのも、彼女の身体能力があればこそだ。

「不能……どうりで」

　もしかしてと思っていたが、誰にグウェンの女性事情を聴いても、全くそういう色っぽい話が出てこないことを疑問に思っていた彼女の勘は当たっていた。

「二年前か。もっと早く彼に辿り付いていれば」

　アリスンは悔しさに唇を噛《か》みしめる。

　自分がエルヴァスを出国したのが三年前。その時すぐ彼のことを知っていれば、不能になる前に子種を手に入れることができた筈だ。

「でも、原因が話してくれたとおりなら、まだ望みはあると思うけど」

　勃起不全の原因はいくつかあると聞いている。そもそもの体の機能、男性器を勃たせる器官が失われたならば再び回復させることは難しい。

　しかしグウェンの場合は、心の問題が大きいようだ。それならば、まだ可能性はある。

「本当に正直で、裏表のない人ね。ますます諦めきれなくなったわ。私の本気を甘く見ないでください ね」

　きっと彼は自分が不能だと言った時点で、アリスンが諦めたと思っている。アリスンがエルヴァスの王女と知っても、媚《こ》びへつらうことなく正直に自分の実情について話してくれた。その率直さが彼の良さでもある。

三年間、探し回ってようやく見つけた理想の相手を、そう簡単に諦めるわけがない。

アリスンはエルヴァスを出国した十七歳から、グウェンを見つけた時までのことを思い起こした。

ひとつ上の姉は島を出てまず東に向かった。だから何となくだが、自分は南から海岸沿いを回って行こうと考えていた。行き先もどこに立ち寄るかも、すべて自分自身で決める。

最終の目的はもちろん子種がほしいと思う相手を見つけ妊娠することだが、アリスンは生まれてから一度もエルヴァスを出たことがなかったため、目にする物聞く物すべてが真新しく感じた。そのため最初の一年は物見遊山も兼ねた気楽なものだった。

国を出る時にいくらかお金は持って出たが、お金はいつか底を突く。そのたびに男性のふりをして護衛などをしながら、あちこちを回った。

子種をもらうならばどんな男性が理想か。特に容姿などに拘《こだわ》りはなかったが、とにかく自分が「強い男」だと認めた者、というのが相手を決める基準だった。

「強い男」と言っても、力自慢の男ではない。強い信念、曲がらない心、不屈の精神を宿す者。生まれや育ちは関係ない。

しかしこれがなかなか難しかった。

強いという評判を聞いて、実際その人物に会いに行ってみれば、「筋肉は裏切らない」「力こそ正義」と豪語する筋肉自慢が多かった。

それでも「健全な精神は健全な肉体に宿る」という言葉を信じて、人となりを観察してみたが、簡単に色欲に溺《おぼ》れ、お金に媚び、己の損得勘定であっけなく寝返るような者ばかり。

そうでない者もいたが、本気で子種がほしいと思える人はいなかった。

「皆、どうやって探してきたのかしら」

すでに相手を見つけた身内から、それぞれ馴《な》れ初《そ》めは聞いていた。皆、それなりに苦労はしていたようだったが、結果として相手は早い内に見つかっていた。

国を出てから二年が経過し、そろそろ焦りが出ていた頃だった。

レスヤーラ国の「戦場の狼」の噂を耳にした。

「また、今度も見かけ倒しかも」

それまでも「戦場の狼」のように二つ名を持つ人物を、アリスンは何人も見てきた。

皆、それなりにそう言われるだけの実力は備えていたが、どこか決定打に欠けていた。

今度こそと期待はしつつも、また空振りだろうと半分諦めの心持ちで、男のふりをして補給部隊員になって戦闘に参加した。

一年半ほど前に始まった、カルデナスとレスヤーラとの戦争は、半年のうちにレスヤーラの勝利で幕を閉じた。しかし勝利したもののレスヤーラも大きな痛手を負い、戦力はかつての半分になっていた。

少しずつ戦力を取り戻しつつあったが、その隙を狙って東に隣接する国エルムンドが攻め入ってきていた。

全体の戦力は衰えていたが、兵士一人一人の実力はレスヤーラが勝っていると言われていた。しかし戦争に油断は禁物だ。

「どうぞ」

「ああ、すまない」

髪の色を変え、眼鏡を掛けて変装したアリスンは、列を作った兵士達の椀にスープを注いでいた。

その列にグウェンも混じっていた。

アリスンがスープを注ぐと、グウェンはにこりと微笑み返した。

「戦場の狼」という異名に恥じず、男でも一瞬彼を見れば怯むに違いない。

しかし強面《こわもて》な外見とは裏腹に、物腰は丁寧だった。

勢いよくスープを掻き込んでも、他の者達のように口の周りに食べ物をべったり付けることもない。

(単なる脳筋ってわけじゃないのね。それに権力を振りかざしてもいない)

将校や部隊長は自分の天幕を持っていて、そこへ食事を運ばせていたが、グウェンは他の兵士たちに混じって食事を取っていた。

寝る時も自分用の天幕ではなく、下級兵士達と同じところで雑魚《ざこ》寝《ね》をしているようだ。

間近で見るグウェンは体も大きく、顔もいかつい。戦場に身を置いているせいで気が立っているのか、いつも殺気立っていた。それでも部下への気配りは欠かさない。

「隊長、今日はありがとうございました」

グウェンの側に、額に包帯を巻いた兵士が近づいてきてお礼を言った。

「ああ、怪我は大丈夫なのか？」

「はい。頭の怪我だったからか血はたくさん出ましたが、傷はそれほど深くありませんでした」

「それは良かった」

「全部隊長のお陰です。隊長があそこに斬り込んできてくれなかったら、おれは死んでいました。このご恩は絶対忘れません」

「大袈裟《おおげさ》だな。味方同士なんだから助け合うのは当たり前だ」

どうやら怪我をした兵士は窮地《きゅうち》をグウェンに救われ、恩義を感じているらしい。

「おい、おれのスープは？」

「あ、は、はい。すみません」

二人の様子に気を取られて、列に並んでいた兵士に声を掛けられた。彼らのことは気になったが、とりあえず自分の仕事に集中することにした。

「戦場の狼」という存在は、レスヤーラ国の軍の中では、士気を高める効果があるようだ。

アリスンは、雑用と称して陣営内をあちこち動き回り、こっそりと噂話に耳を傾け情報を集めた。時には下級兵士達と雑談を交わし、その中でさりげなくグウェンのことを質問して、皆から話を聞き出した。

「それでグウェン隊長が『怯むな、俺に続け』って叫んだのが聞こえて、先頭を突っ走って行くのが見えた時、自分の中からもの凄い力が湧き出てきて、あれについて行けば絶対に勝てると思いました」

「次々と目の前に立ち塞がる敵兵を斬り捨てていって、辺りに血飛沫《ちしぶき》が舞い散る中を駆け抜けていく姿に、味方で良かったとつくづく思ったな」

「へえ、そんなに凄かったんですか」

アリスンが感心して相づちを打つと、彼らは機嫌良く何でも話してくれた。

彼らにとっても「戦場の狼」は自慢で、尊敬しているのがわかる。ほんの短時間で、色々と話を聞くことができた。

しかし、絶賛しているのは階級の低い者が殆どだった。

「第六部隊隊長のアシェルか。中尉のくせに、よく上官に楯突《たてつ》くやつだな」

「自分が強いことを鼻に掛けて、一番敵を倒したのは自分だと息巻いている目立ちたがり屋だ」

一定の階級以上の将校たちからはそんな声が聞こえてきて、印象があまり良くない様子だった。

さすがに上級の人たちに話しかけることはできないので、アリスンは彼らが話をしている側で不審に思われない程度に隠れて聞き耳を立てた。

軍でのグウェンに対する評価は、二通りあるようだ。

ひとつは、熱血漢で面倒見が良く、決して人を見捨てず、戦場ではどこまでも頼れる男。

もうひとつは腕は立つが育ちの悪い粗野な無法者で、無鉄砲な上に派手な立ち回りが多い男。

前者は主に彼と同じような平民出身の者達からの評価で、後者は上官や育ちの良い者達からの評価だ。

共通しているのは「戦場の狼」が、戦闘において頼れる存在だということ。けれど、どれだけ功績を積んでも、孤児の彼に対し貴族出身の者達の評価はどこまでも厳しい。多分、彼の活躍に対する妬《ねた》みなどもあるのだろう。

中でも一番辛辣《しんらつ》な言い方をするのが、第一部隊隊長のジャスティナという人物だった。

普段彼は一番近くの城塞都市に滞在し、時折野営地にやってきては偉そうに隊長達を集め、命令しているだけだった。

彼は戦わないのかと疑問に思っていたが、第一や第二部隊は殆どが貴族出身で、余程のことがなければ前線には出てこないらしい。

一方グウェンのような所謂《いわゆる》成り上がりの兵士達は、最前線に立たされることが多く、命の危険と常に向き合っているのは、いつも弱い立場の者だった。

グウェンの第一印象は、腕も立ち目つきが鋭いので、近寄りがたい印象だった。でも人となりを知れば、悪い人ではなさそうだ。むしろ規律には殊更《ことさら》厳しく、軍規を乱しそうな行いをしている者達を見つけると、いち早く注意し行いを改めさせている。グウェン自身軍に入りたての頃に、些細《ささい》なことで上官からネチネチと嫌味を言われたり、軽い懲罰を受けていたりしたこととと関係があるようだ。

「お前達を俺のような目に遭わせたくない。つまらないことで足を掬《すく》われることもある。隙を見せるな」

そう部下達に話していたということも聞いた。

きっとグウェンなりに、かつての自分の体験を教訓に、部下を守ろうとしていたのだとわかる。

部下達と肩慣らしに剣戟《けんげき》を交わしている姿は、何度か見ることができた。一対五で向かって来る部下達を、荒っぽいが無駄のない動きで躱《かわ》す。体幹もしっかりしていて、少しもぶれない動きに目を奪われた。

だが、それはあくまでも訓練の一環に過ぎない。命の掛かった戦場で、彼はどのように立ち回るのだろう。

（一度戦場での彼を見てみたい）

アリスンの中で、彼に対する興味がむくむくと湧き上がっていった。


ある朝、アリスン達補給部隊は荷物を纏《まと》めるように上官から命令された。

数日前、エルムンドとの国境付近を流れる河の上流で大雨が降り、それにより溜め池が決壊した。溢れた水が河を下り、国境へと続く橋が壊れかけているということだった。

このままでは、おめおめと敵を逃してしまう。増水により崩れかかった橋を渡るか、大きく南へ迂回《うかい》するか、浅瀬を選んで歩いて渡るか。攻め入るのが遅くなれば、相手に態勢を整える時間を与える。しかし歩いて河を渡るにしろ、壊れかけの橋を渡るにしろ、兵士を危険に晒《さら》す可能性は拭えない。

上層部は、敵に猶予《ゆうよ》を与えてはならない。今ならエルムンドの士気も下がっているだろうから、一気に叩き潰そうという理由から橋を渡ると同時に浅瀬を進んでいくという決断をした。

水嵩《みずかさ》が増した状態で、いつ崩れてもおかしくない橋を渡るというとても危険な行軍だった。重い鎧《よろい》を身につけた状態で万が一、渡っている時に橋が崩壊すれば、溺死は免れない。他の部隊は南から回って、挟み討ちにするという作戦だった。

グウェンはその策に反対したらしいが、抗議は受け入れられず、ならばとグウェンと第五部隊隊長のガートナーが部隊を率い、身軽な者の内から志願させるということで納得したそうだ。

希望者は補給部隊からでも構わないということを聞き、アリスンは近くでグウェンを見る好機とばかりに志願することにした。

そして幸いにも、橋は全員が渡り終えるまで持ちこたえ、最後の一団が渡り終えた瞬間、木造の橋の橋桁《はしげた》がバキンと折れた。

「俺たちはついている。勝利はきっと俺たちが掴むぞ」

グウェンが叫んだ。

その後間もなく、レスヤーラ軍とエルムンド軍は交戦を始めた。

「怯むな！　敵も同じだけ疲弊している。ここを乗り切れば、勝利は俺たちのものだ！」

周囲に響き渡るグウェンの声。

アリスンはただただグウェンのすぐ近くで、彼の戦いぶりを見ようと、進んで前線に赴いた。

そしてアリスンは戦場を鮮やかに力強く駆け抜け、敵を打ち倒していくグウェンの姿を見た。

敵の血を浴び、自らも傷を負いながらも、誰よりも一歩先を行き、先陣を切っていく彼の姿を見て、アリスンの心は激しく揺さぶられた。

「『戦場の狼』だ！　倒せ、あいつを倒せば奴らの士気が下がるぞ」

敵兵がグウェンの姿を認め、一斉に襲いかかる。それらを迎え討ちながら、仲間を助けることも忘れない。

アリスンもそこそこの数の敵兵を打ち倒したが、グウェンが倒した数には遠く及ばなかった。

彼の前には大勢の敵が押し寄せていたが、その後ろにも多くの屍《しかばね》が転がっている。

「隊長に続け！」

「勝利は我らにあり！」

味方の兵達はそれを見て益々士気を上げ、反対に敵兵は尻込みしている。

そこへ南から迂回してきた援軍が加わり、開始からたった三週間で戦は終結した。

もちろん、グウェン一人の力で勝ち取った勝利ではない。

それでも、あの戦場で見たグウェンの姿を、アリスンは忘れることができなかった。

★　☆　★

「アリスン・トルーヤです。配属希望は第六部隊です」

アリスンがグウェンの自室に訪れてから一週間後、彼女は居並ぶ隊長達の前で挨拶をした。

彼女はにこりとグウェンに向かって微笑む。アリスンの希望を聞いた他の部隊長達が驚いて口をあんぐり開けている。

その日は訓練生達の訓練最終日で、無事に厳しい訓練を耐え抜いた訓練生たちの配属先が、今日決まる。

一応部隊所属か事務方配属かの希望を聞くが、配属先は部隊の力のバランスや適性を考えて、訓練時の成績も考慮し上層部が振り分けるため、個人の希望が通らないこともある。

しかし、成績トップの者だけは、希望を聞いてもらえるという規則があった。

そして成績トップで訓練を終えたアリスンは、当然のようにグウェンが隊長を務める第六部隊に配属を希望した。

「本当に第六部隊でいいのか、トルーヤ。第一部隊でもどこでもお前なら選べるのだぞ」

「そうだ。知らないで言っているのなら、撤回もできるぞ。第六部隊など荒くれ者の集まりだ。狼の群れに羊が紛れるようなものだぞ」

他の部隊長たちがアリスンの考えを改めさせようと躍起になる。

第一、第二部隊は貴族の出身者が多い。一方、第三、第四部隊は下級貴族や平民でも比較的裕福な家の者が占め、そして第五、第六部隊の大半がスラム出身や孤児などだった。

「大丈夫です。私はグウェン隊長のところがいいんです」

「しかし、第六部隊は……」

第一部隊のジャスティナ伯爵《はくしゃく》は、なおもアリスンの第六部隊入りに難色を示している。

「私のところへ来れば、優遇するぞ。何も好き好んで面倒なところへ行かなくても」

「お気遣いありがとうございます。ですが、私はグウェン隊長に憧れてこちらの軍を志願しました。

成績トップなら希望を聞いていただけるのですよね。それとも、その規則は嘘だったのですか？」

「いや……そんなことは」

「ジャスティナ隊長、貴殿の気持ちもわかるが、これは決まりだ。もうそれ以上は止めておけ」

最高司令官のデヴォンシャ元帥《げんすい》にそう言われてしまえば、それ以上何も言えない。規則や規律を軽んじては、全体の風紀にも影響する。

「では、トルーヤは第六部隊へ」

「はい」

他の部隊長は不満そうだったが、成績トップは配属先を選べるという大前提を覆すわけにもいかず、彼らは諦めるしかなかった。

「もし異動したいと思ったらいつでも相談しなさい」

「大丈夫です。絶対に有りえませんから」

アリスンがはっきり言い切って、ジャスティナの恨みがましい視線がグウェンに向けられる。

できるだけ他の隊とのいざこざは避けたいところだが、武芸の名門出身のジャスティナは、何かにつけグウェンを目の敵《かたき》にしてくる。

「よろしくお願いします」

アリスンは心から嬉しそうにグウェンに駆け寄ってきた。

「あ、ああ。ようこそ、第六部隊へ」

グウェンが周りを見渡すと、日頃第六部隊を下に見ている者たちが、憮然《ぶぜん》とした表情で喜ぶアリスンを見ている。

「トップの成績だったらしいな。おめでとう」

「ありがとうございます。一日も早く隊長のお役に立てるよう励みます」

軍でのことだろうが、彼女が言うと違う意味に聞こえてくる。

あの夜以降、部屋を立ち去る際に言った「今夜は」という台詞が気にかかっていた。

今夜は諦めるということだったのだろうか。

聞き間違いかも知れないとも思う。怒号や鬨《かちどき》の声や、剣と剣とがぶつかり合う金属音が溢れる戦場に慣れているグウェンが、たとえ小声だったとしてもあんな静かな環境で聞き間違う筈がないが、万が一ということもある。

しかし、あの夜の後訓練生たちは最後の野戦訓練に入ったため、彼女にあれがどういう意味なのか聞く機会がないまま、今日を迎えた。

第六部隊に配属されたのは他に三人。訓練生五十人の内で残った女性は五人。そして部隊所属となったのはアリスンだけで、他の女性は殆どが事務を希望した。

第六部隊に配属になった他の三人の内二人は成績最下位と最下位から二番目の者で、後一人はグウェンと同じ孤児だった。

バランスを見て決めると言っても、そこに忖度《そんたく》が成されているのは一目瞭然だった。

それでも今期は成績トップのアリスンがいる。

しかも第六部隊初の女性隊員である。彼女の部隊編入を知ったら、部隊は大騒ぎだろう。

グウェンの想像通り、第六部隊の詰め所に行き、今年の新人だと非番の者以外を集めて紹介すると、「ヤッター」「待ってましたぁ」と隊員たちが歓喜した。

「はいはいはい、質問があります！」

隊員から手が挙がり、いきなり質問時間が始まった。

「質問しろと誰が言った？」

グウェンがギロリとその隊員を睨むと、「まあ落ち着いてください」と副官のモーフィッドが取りなした。

「いいだろう。ひとつだけ認めてやる。ただし、質問したやつは十キロの荷物を持って五キロの距離を歩く。それでどうだ」

ここは学校ではなく軍隊だ。当番中に浮かれて好き勝手させるわけにはいかない。

しかしそれに怯むことなく手を挙げた隊員は、意気揚々と立ち上がる。罰より好奇心が上回ったようだ。

「どうして第六部隊を希望したんですか？　どこの部隊だって選べるなら、楽なところが良いに決まっているじゃないですか」

他の者も皆同じことを聞きたかったようで、そうだと頷いている。

自分の部隊がハズレのように言われて心外ではあるが、実際他の部隊から素行が悪いと回されてくる者もいて、軍なのか傭兵《ようへい》なのか区別がつかない。

でも、グウェンとしては一度自分の懐に入ったからには、家族だと思ってとことん面倒を見るつもりだ。孤児で家族とはどんなものかもよくわかっていないが、最後まで部下を信じ、上から何か言われても彼らを擁護《ようご》することにしている。

「トルーヤ、答えてやれ」

アリスンが答えていいのかと、グウェンの顔を見たので、仕方ないなと肩を竦《すく》めた。

一応調子づかせないようにするためあのように言ったが、グウェンも本気で罰するつもりはない。それに別名「お散歩」と呼ばれるほど、今言った罰は日頃の訓練で当たり前のように行われている軽いものだった。

「グウェン隊長に憧れて」

アリスンが少しはにかむように言う。

「え、トルーヤさんも？　おれもおれも、『戦場の狼』に憧れて軍に入ったんだ」

「へえ、隊長を……」

「わかるわかる」

「隊長かっこいいもんな」

アリスンの返答に、周りからも同意する声が聞こえる。

グウェン自身は自分のことを崇め奉られるのは恥ずかしいのだが、「戦場の狼」の名を聞いて敵が怯み、仲間の士気が上がるならばと黙認しているところだ。

「でもアリスンちゃんの憧れって、もしかしてあれ？　ほら、アリスンちゃんは女の子だし、隊長は男だから……」

男と女がいれば、当然そういう話になる。男がグウェンに憧れていると言えば、尊敬の念を抱いていると先に思うだろうが、相手が女性だと、別の意味にも取られるのだろう。

実際、アリスンはグウェンに「子種がほしい」と迫ったのだから、その勘繰りは当たらずも遠からずと言える。

しかし、グウェンは自分が不能であることを明かしたのだから、その希望を叶えられないことは彼女も知っている。だからてっきり諦めたと思っていた。

それなのに、こうしてグウェンの部隊に配属を希望したのはなぜなのか。

「もちろん、軍人としても尊敬していますが、隊長は私の理想の男性です」

「ト、トルーヤ、何を」

周りからヒュ～ヒュ～、やるなぁ隊長とヤジが飛び、グウェンは浮かれた様子の隊員達を鋭く睨みつけた。

すると一瞬で怯んだ彼らは冷やかしを止めた。

「今発言した奴は、これから一週間厩《うまや》の掃除だ」

グウェンの殺気立った怒鳴り声に、皆が押し黙った。

「それにトルーヤ、ふざけるのはやめろ！　俺は隊長でお前は新人兵士だ。初日だから大目に見るが、次に不適切な発言をしたら、規律違反で罰を与えるからな」

叱責されてアリスンは押し黙った。新人とはいえ、隊長として部隊の規律と秩序を乱すわけにはいかない。

その後は紹介も終え、各自訓練を始めた。

最初は新人同士で組ませて一対一で打ち合いをさせていたが、アリスンの腕が想像以上だったため、それを見て他の隊員達も彼女と組みたがった。女であることで隊員達が彼女に対し遠慮がちにならないかと心配していたが、それはどうやら杞憂《きゆう》だったらしいと、見守っていたグウェンも胸を撫《な》で下ろした。

★　☆　★

その日の夕食も終わり、自室に戻ったアリスンは寝台の上にばさりと仰向けに倒れ込んだ。

訓練後の心地よい疲労感と共に、胃袋が満たされたことで眠気が襲って来ていた。

一週間ぶりに見たグウェンは、相変わらず素敵だった。

第六部隊への希望理由を聞かれ、好機だと思い自分の想いを口にしたが、グウェンはまったく取り合ってくれず、心の中で不満を呟《つぶや》いた。

(本気なのに)

アリスンが皆の前で言ったことに、嘘偽りはなかった。

(でも、相手にとって不足はなし。ここで簡単に諦める私じゃないわ)

手強い相手であればあるほどに、闘志も湧いてくるというもの。

側にいることで、アリスンもグウェンのことをもっと知ることができる。またグウェンにも自分のことを知ってもらえる機会が増えるだろう。

「私が第六部隊を希望していると言った隊長達の顔ったら、おかしかったな」

何より第一部隊のジャスティナが、一番信じられないという顔をしていた。

「おまけにグウェン隊長のことをただの目立ちたがりとか言って、ほんとに嫌な奴よね」

アリスンが「戦場の狼」を一目見ようと参加した戦で、彼がグウェンについて語っていた内容を思い出す。

彼は貴族で、顔立ちも整っている方だ。実際女性達の中に、彼のことを素敵だと言っている者は多い。

反対にグウェンについては、武勲を立て立派だとは思っているが、怖いだの野蛮だのと敬遠している。

「私としては、ライバルがいなくて助かるけど……」

そう思いつつ、グウェンの素晴らしさを理解してもらえないことが、悔しくもあった。

グウェンがアリスンの申し出を断った理由として口にしたのは、不能ということだった。

それを口にすることは、男にとってどれほどの屈辱か、女のアリスンでも理解できる。

諦めさせるためもあることはわかっていたが、それが彼の誠意だとも思った。

もっとはっきり「お前は俺の好みではないから、その気になれない」とでも言って誤魔化すこともできた筈だ。だが彼はそうしなかった。

それに、他の隊員達がアリスンをからかった時の彼の言動は、隊長として風紀を乱す行為を正しただけかも知れないが、自分を気に掛けてくれているようにも思えた。少なくとも嫌われてはいない。それは確かだった。

ただ今はまだ、他の部下達と同等程度に気に掛けてくれている、と言ったところだろう。

だが、アリスンはグウェンのことを子種を求めるほどに好ましく思っているが、不能を克服したあかつきに、グウェンが自分に子種をやってもいいと思ってくれるかどうかはわからない。

男をその気にさせる手練手管《てれんてくだ》は学んだが、それは机上でのこと。相手があってのことならば、必ずしも思い通りにはいかない。そう教えられた。

自分の容姿が一般的に見て劣っているとは思わないが、誰をも魅了するほどに優れているとも思っていない。好みは人それぞれで、だからこそどこかに子種を欲しいと思える人物がいると信じて国を出てきた。

そして見つけたのがグウェンだ。

「絶対に諦めませんからね」

暗い部屋の中で、天井を見上げながら自分自身に言いきかせた。

「グウェン・アシェル、覚悟してね」

そう言って、アリスンは眠りについた。

「ねえ、アリスン、大丈夫なの？」

部隊に配属されて二週間が経ち、同期のヘレンがアリスンの部屋を訪れ聞いてきた。

「大丈夫って、何が？」

「何って、第六部隊って軍の中で一番荒っぽくて乱暴者の集まりでしょ。そんなところに行って、酷い目にあったりしていない？　もし辛いなら私が上に掛け合ってあげる」

ヘレンは内勤を希望し、人事部に配属になっている。

「あなただって配属されたばかりじゃない。そんな権限ないでしょ。それに、うまくやっているから大丈夫よ」

「ほんとにほんと？　そう言えって脅されているわけじゃなくて？」

第六部隊に対する偏見もあるのだろう。心配してくれるのはわかるが、ここまでくると呆れてしまう。

「脅されてもいないし、私は第六部隊への配属を許してもらえたこと、後悔していないわ」

「でも、不満とかはない？　あそこって他に女性がいないし、肩身の狭い思いをして、不満を言い難いなら匿名で告発もできるわよ」

「不満もないし、肩身の狭い思いもしていない。告発する理由もないわ」

ヘレンの心配に対し、困った様子でそう答えた。

「でもジャスティナ卿が……あ」

思わず口を滑らせたらしく、ヘレンは慌てて手を口元に当てた。

「ジャスティナ卿？」

しかし、アリスンはそれを聞き逃さなかった。

「また彼の指図？」

実はアリスンに第六部隊からの転属を示唆《しさ》したのは、ヘレンが初めてではない。同期の女性が他に四人いたが、一昨日もそのうちの一人であるルイーズがアリスンを訪ねてきて、同じようなことを言ってきたのだった。きっとあれも彼の差し金だったのだろう。

「あなたのお心遣いには感謝していますが、第六部隊で私はつつがなく過ごしています。隊長はじめ皆さんに良くしてもらっていますと、そう言ってちょうだい」

困った様子でアリスンはヘレンに伝えた。

「悪く思わないで、皆あなたのことが心配なのよ」

「それはうれしいけど、皆心配しすぎよ」

アリスンはため息を吐いて言ったが、すぐきつく言いすぎたのではと思い「ごめんなさい」と謝った。

「いいの。私もお節介だったわ」

「ジャスティナ卿に言われたら、あなたも断れなかったでしょ」

「ジャスティナ卿はとっても優しいのよ。軍は男社会だから、そんな中で私達女性が困っていないかといつも気に掛けてくれているし、だからあなたのことも放っておけないと仰っていたわ」

ヘレンの表情から、彼に心酔しているのが見て取れた。彼女だけではなく、他の女性達も皆そんな感じだった。

生粋《きっすい》の貴族で家柄も良く、甘い顔立ちのジャスティナ卿は、丁寧な物腰で女性達から人気がある。

彼を囲んで皆で楽しくお茶会も開催しているらしい。

彼女達は彼の言うことは正しく、間違いはないと思っている節がある。本人も自分の影響力をわかっていて、それを上手く利用しているのだ。彼女達に罪はない。

でも、何を言われてもアリスンは第六部隊を抜ける気はなかった。その気持ちをヘレン達に理解してもらおうとは思わない。

第六部隊での生活は皆に言ったように、悪くはない。隊員達ともうまくやれている。ただ、彼女が一番近づきたいのはグウェンだ。

しかしそのグウェンとは部隊に配属が決まって以降、隊長と隊員という関係から一向に縮まらないのだ。

もちろん毎朝の訓練では、余程のことがない限り隊長として彼は立ち会っていた。他の隊長はどうか知らないが、グウェンは決して部下達の指導に手を抜かない。アリスンとも何度か手合わせをしてくれ、彼女の気づかなかった欠点を見抜き、指導も熱心にしてくれる。

しかし、一隊員でしかないアリスンが、隊長であるグウェンと接する機会は訓練以外ではなかなかない。

二百人いる隊員と隊長が、そうそう仲睦まじくするわけにはいかない。そこは分け隔てなく対応しなければならないということもわかっている。

だからアリスンも彼の立場を考慮して、その辺りは弁《わきま》えて接するようにしている。

あまりしつこくして嫌われたくないし、彼の立場を悪くして困らせたいわけではない。

でも今のままでは、一生距離は縮まらない。

ヘレンに不満はないとは言ったが、グウェンともっと近づくにはどうしたらいいか。アリスンは何か行動に移さなければと思っていた。

そんな時、朗報が舞い込んできた。

「実は、近く私は退任することになった。それで、後任を探しているのだが、興味はあるか?」

グウェンの事務補佐官を勤めているテレスタに、話があると呼ばれ、彼の部屋に行くとそう尋ねられた。

(これだわ)

補佐官ともなれば、当然彼との接触の機会も増える。

訓練生だった時、成績トップになれば希望の部隊に入れると聞き、剣の腕だけでなく座学も好成績を収めていた。それを認めてもらえたことによる打診だったようだ。

「あります、もちろん、やりたいです」

喰い気味にそう答えると、テレスタ事務補佐官は顔を引きつらせていた。

「す、すみません」

「いや、気合い十分で嬉しいよ。第六部隊から後任を探すのがベストだから。もし君に断られたら上層部に頼んで探してもらうことになるからね。そうするとなかなかすぐに決まらないから」

彼はこれで心置きなく辞めることができると、嬉しそうに言った。

「書類は出しておく。隊長にも君に任せることを伝えておこう」

「わかりました」

アリスンが後任だと聞いたら、グウェンがどんな顔をするか見てみたいと思ったが、そこはぐっと我慢した。

「それから、申し訳ないが、私の正式な退任は一ヶ月後の予定だったから、本当は引き継ぎをすべきところではあるが、すぐにでも実家に戻らないといけなくなってしまってその時間がないんだ」

テレスタの家は農家で、少し前に父親が亡くなり、母親と妹だけでは収穫が追いつかないらしい。

「だから、暫くの間、他の部隊の補佐官について、仕事を教わるようにしてほしい」

「承知しました」

こうしてアリスンはグウェンの事務補佐官の辞令を受け、第五部隊の事務補佐官の下で一週間の研修を受けることになったのだった。

★　☆　★

コンコンと、誰かがグウェンの執務室の扉をノックする。

「すみません、隊長、トルーヤです」

やって来たのはアリスンだった。

「なんだ?」

「本日から隊長の補佐官を務めさせていただきます」

「そうか」

少し前、前の補佐官のテレスタが実家の農業を継ぐため退任することになり、テレスタに後任の人選を任せていたところ、彼が推薦してきたのはアリスンだった。

訓練生時代の座学の成績の良さが推薦理由で、それを聞くと彼女を補佐官に任命しない理由はなかった。

そして書類上の手続きも済んで、本来ならテレスタから引き継ぎを受けるところ、彼が早々に帰郷してしまったため、一週間第五部隊で研修を受け、今日が彼女の補佐官としての初日だった。

彼女が入隊して一ヶ月半が経ち、表向きは何も問題は起こっていなかった。

隊員達ともうまくいっていると聞いている。何より彼女自身が優秀で、殆どの者が彼女の腕前を認め、隊員達も彼女に一目置いていた。グウェンとも何度か手合わせをして、その実力も疑いようがない。

最初の挨拶であんなことを言った割には、グウェンに対しても他の隊員よりは懐いているという程度だった。

隊員の前で叱って以来、彼女も明らかに迫るようなことをしなくなったので、もう子種は諦めたものとグウェンは踏んでいる。これからも部下と上官として、うまくやっていけるだろう。

「……隊長？　入ってもよろしいでしょうか」

グウェンが入室の許可を出さないので、アリスンが確認してきた。

「ああ、すまない。入れ」

「よろしくお願いします」

部屋に入ってきたアリスンが、丁寧に頭を下げる。

「早速で悪いが、そこにある書類を内容別にまとめてくれるか」

グウェンは補佐官用の机を示した。そこにはテレスタが辞めることが決定して以降、処理しきれずグウェンが溜めに溜めてしまった書類の山があり、その乱雑ぶりに、アリスンが目を瞠《みは》ったのがわかった。

「急ぐものは処理してあるし、一応全部目は通しているが、整理まで追いつかない」

書類仕事が苦手だということを隠すつもりもないが、ほったらかしではないことを、言い訳がましく口にした。

「どのように分けるかは決まっているのですか？」

少し手を触れるだけで雪崩《なだれ》落ちそうな書類の山に恐る恐る近づき、アリスンが質問する。

「机の引き出しにテレスタが書いたメモがある筈だ。そこに彼がどう整理していたか書いてある」

「わかりました」

最初こそ怯んでいたが、彼女は言われたとおり引き出しを開け、見つけたメモを暫く眺めた後に書類を片付け始めた。

途中でグウェンは会議に出席するため、執務室を出る際、「急がなくていいから」とアリスンに声をかけたが、戻ってきた時にはうず高く積まれていた書類はすべてなくなっていた。

「早いな。もう終わったのか」

優秀なのは戦闘においてだけではないのかと、グウェンは素直に感心した。今は、乱雑に並べられていた本棚の整理に取りかかっている。

「あの、隊長、もしよろしかったら、今からお茶をお淹れしてもよろしいですか？」

「あ、ああ。では頼む」

グウェンは自分の机ではなく、その前の応接用の椅子に座った。

「変わった匂いだな」

アリスンが出したお茶は、グウェンがこれまで飲んだことのないお茶だった。匂いも少し薬みたいだ。

「実家から送ってもらいました」

「エルヴァスから？」

「はい。隊長に是非飲んでいただきたくて」

「俺に？　わざわざ？」

グウェンは銘柄や品質に拘りはない。高い茶葉でも不味《まず》いものはあるし、昔は白湯《さゆ》を飲んでいたくらいだ。それよりアリスンが自分に飲ませたいと、わざわざエルヴァスから取り寄せたということに驚いていた。

「はい。勃起不全に効く薬草茶です」

「ブーーーー」

お茶を飲み込みかけたグウェンは、アリスンの言葉を聞いてお茶を吹き出してしまった。

「だ、大丈夫ですか？」

慌ててアリスンが駆け寄ってきたのを、手で制す。

「ゴホッ、ゴホッ、な、何に効くって？」

咳き込みながらグウェンが聞き返した。ポケットからハンカチを出し、それで口元を拭く。アリスンも机の上などの濡れたところを布巾で拭いた。

「勃起不全です。効果は実証済ですよ。これを飲んだ七十のおじいちゃんのあそこもビンビンになって、子供を作っていました」

「ビ、ビンビン……お前……は、恥じらうとか……」

この前も思ったが、エルヴァスの情操教育はどうなっているのだろうか。

平気で股間を触らせろと言うし、今度は勃起不全やら、ビンビンやらを口にして、グウェンの方が顔を赤くしてしまう。

「恥ずかしいことじゃないです。私達は親が性交したから生まれたんですから」

「そ、それはそうだが……まさか他の者の前で、そんなこと言っていないだろうな」

「もちろん、他の人達の前でそんなことは言いません。痴女とか好き者ではないんです。私は純粋に隊長だけを狙っていますから」

一応は安心したが、喜んでいいのかわからない。

「諦めたんじゃなかったのか」

「不能だと言われたから、隊長の子種をもらうことを諦めたのかという質問なら、答えは『いいえ』

です」

「なぜ？」

「なぜ？　それは私がどうしても隊長でなければ、隊長の子種でなければほしくないからです。他の人のものはいりません」

これが「好き」という告白だったなら、そんなものは気の迷いだと断言することができただろう。人の気持ちは目に見えないし、グウェンは心というものを信用していない。

しかし、アリスンは「グウェンの子種」がほしいと、物質的なものを望んでいる。

それに対して今のグウェンは応えてやれないが、「好き」と言われるよりは、現実的に思えた。

「隊長は生まれつき勃たないわけではないのですから、治る筈です」

「しかし、俺も色々試したが、無理だった」

「エルヴァスは医学が発達しています。島国ですからもし嵐などで船が出せない時でも、自国内で解決できるよう、色んな国の薬草を育て、医療技術も常に最新のものを習得しています。きっと治す方法はあります」

「それは素晴らしいことだが……まさか、この前から何も言ってこなかったのは」

「はい。あの後すぐに国の両親へ手紙を送りました。『孕《はら》ませてもらいたい男性を見つけましたが、その人は命が危険な目にあった時に、不能になったと言っているので、治す薬を送ってください』と。それでつい先日この薬草が届きました」

「………う」

グウェンは絶句してただ唸《うな》った。

グウェンの状況を馬鹿正直に書いたアリスンもだが、娘が送ってきた手紙を読んで、何の抵抗もなく薬草を送ってきた両親もどうかしている。

しかもアリスンの両親ということは、母親は一国を治める女王で、父親は王配だろう。

「少々苦いかも知れませんが、良薬は口に苦しと言いますからね。それに蜂蜜を混ぜると飲みやすくなりますし、蜂蜜も滋養にいいものですから、相乗効果が見込めます。毎日一杯ずつ飲み続ければ、改善すると思います」

押し黙るグウェンとは反対に、アリスンは効能について説明を始めた。

「あの、隊長、お口に合いませんでしたか？　特に副作用もなく、慣れれば癖になると飲んだ人達からは聞いています」

「……して」

「え？」

「どうしてそこまで俺にこだわる。俺でなくても強い男はたくさんいる」

アリスンはグウェンの前に膝を突き、下から見上げてきた。そしてグウェンの膝に手を置いて、太ももを股間に向けて擦り上げた。びくりとグウェンの体が反応する。

「もちろん、隊長はこの国でも指折りの強さをお持ちですが、世界一強いかといえば違うと思います。でも、私が求めているのは強さだけではありません」

「しかし、強い男の『子種』がほしいのだろう？」

「強さは腕力だけではありません。ひとつ上の姉の相手は、武人ではなく吟遊詩人《ぎんゆう》です。叔母の相手は画家でした」

強い男と言うからには、武人だとばかり思っていたグウェンは、それを聞いて驚いた。

「人の好みもありますから、筋骨隆々が好きと言う者もいれば、知性や芸術的才能に惹《ひ》かれる者もいます。でも私達の言う強さとは、ここの強さです」

アリスンはグウェンの心臓の辺りを指差す。

「心？」

アリスンは頷いた。

「どんな危険な場所であっても赴き、そこに歌を伝えた吟遊詩人。なかなか芽が出なくてもひたすら己の才能を信じて、絵を描き続けた画家。厳しい境遇でも道を外れることなく、己の才覚で運命を切り拓いてきた軍人。心が弱かったりねじ曲がっていたりしては、ここまで成功しなかったと思います。私はそんな強さを持ったあなたがいいのであって、他の人なんて眼中にありません」

単にグウェンの腕っぷしの強さで選んだのだと思いきや、どうやらそうではないらしい。

グウェンの表面ではなく、芯の部分を見つめ、他は考えられないというその言葉に、グウェンは胸が熱くなった。

ここまで自分を見てくれているアリスンの想いに、グウェンの心は大きく揺さぶられる。

「絶対に私を選んでとは言いません。でも、やってみる価値はあると思います。とりあえず一ヶ月。騙されたと思って、飲んでみませんか？」

そこまで言われて、グウェンも断る理由が見つからなかった。ならば、彼女の言うとおりやってみるのも悪くないと思う。

「わかった」

グウェンの返事を聞いて、アリスンはほっとしたように体の力を抜いた。

「それで、お前はさっきから何をしている？」

「え？」

話をしている間、アリスンはさも当然のようにグウェンの股間を擦っていた。

「これも治療の一環です。刺激を与えてあげるのも効果があると。ほ、本当ですよ。それも手紙に書いて……」

「だからと言って、ここは職場だぞ」

グウェンはぱっと立ち上がって彼女から離れた。疑わしそうに彼女を見る。

「す、すみません。でも、本当に」

「匂いを嗅ぐのはやめろ」

グウェンの股間を弄《いじ》っていた手を顔に押しあて、スーハーしているアリスンに、グウェンが呆れ顔で注意する。

「いいか。お前は部下で俺は上官だ。職場では常にそのことを忘れるな」

「は、はい」

「薬草は、せっかくだから飲んでやるが、そっちはやめておけ」

女性の部下に股間を触らせていたと万が一誰かに知られでもしたら、グウェンだけでなく、アリスンの評判も傷つくことになる。それだけでなく、彼女がエルヴァスの王女だとバレれば、国際問題にも発展するかもしれない。

「風紀的に問題なのはわかっています。で、でも……両方やらないと」

「なら、俺が自分でやる」

自慰をする方がまだましだ。

「え！」

「これは俺自身の体の話だからな。ただし、一ヶ月経っても何も変わらなければ、今度こそ諦めろ」

アリスンが言うように、医療技術の進んだエルヴァスの薬でも効かないなら、もう治癒は見込めないということだ。気が済むまでつきあってやれば、彼女も諦めがつくだろう。

「わかりました」

本当にわかったのか怪しいが、とにかく一ヶ月は様子を見ることになった。

初日こそそんな様子だったが、アリスンは前任のテレスタに匹敵するほどに優秀だった。

トップ成績者というのも伊達《だて》ではなく、彼女のお陰で第六部隊から提出する書類の精度が上がったと、周りにはすこぶる評判だった。テレスタが補佐官だった頃も、彼を引き抜きたいと他から申し出があったが、彼女を是非にと言ってくる者がそう遠くない内に出てくるだろうことも、容易に想像できた。

「トルーヤ、そんなに根を詰めて大丈夫か？　その書類はまだ提出までに余裕があるから無理しなくていいぞ」

一度取りかかると最後までやり遂げないと気が済まない性格なのか、そう声をかけないと彼女は没頭するあまり時間を忘れることがある。隊員としての訓練も、いつも真剣に取り組んでいて、体を壊さないか心配になる。

「ご心配いただき、ありがとうございます。でも大丈夫です。自分の限界はわかっていますから」

書類から目を上げて、彼女が微笑む。

「隊長に気に掛けていただけて嬉しいです。それだけ私のことを見てくれているということですよね」

グウェンが気に掛けていることを、アリスンは喜んでいる。

「お、俺の補佐官になったせいで、お前が体を壊したとあっては、俺がこき使うからだと言われかねないからな」

慌ててグウェンは言い繕った。

ふと、テレスタに対してここまで気に掛けたことはあっただろうかと自問する。

一人の部下を特別扱いはしないと心に決めていたが、いくら鍛《きた》えて他の女性より力があろうとも、男と女の体の造りは違う。

自分が勃起不全に陥った時、あれこれ図書館にある蔵書を読み漁《あさ》った。それはまったくの徒労で終わったが、アリスンが補佐官になることが決まってから、もう一度自分の状況について新情報はないかと調べるついでに、女性の体のことについても調べていた。

貸し出しの際、蔵書の題名を見た図書館司書に怪訝《けげん》な顔をされたが、「うちにも女性兵士が入ってきたから、知識として知っておくべきだと思って」などと、顔を強張《こわば》らせてもっともらしく言った。そのつもりはなかったが、目つきが鋭すぎて司書を怯えさせてしまったことを覚えている。

「その……今までうちの隊には女性はいなかったから、いまいち加減がわからない。辛いと思ったら正直に言ってくれ」

「ふふ、それは私を女性として意識してくれているということですか？」

頬杖を突いて、アリスンが少し頭を傾けて見つめ返す。

「勘違いするな。俺が言いたいのはそういうことではない」

シトリン色の瞳がグウェンを熱っぽく見つめ、思わずどきりとする。

執務室で二人きりで仕事をしていると、時折彼女の視線を感じていた。これまで気づかない振りをしてきたが、今日はまともに視線が絡み合った。

「俺が言いたいのは君は女で、俺は男で……」

アリスンの自分に向けられた視線に、グウェンは一瞬何を言おうとしていたのか忘れ、頭が真っ白になった。口の中が乾き、心臓は鼓動を速め体温が一気に上がった。

そんな彼の様子を、アリスンはじっと見据えている。

「そうですね。隊長は男で、私は女です。改めて仰らなくても、十分わかっています」

そう言った彼女の口調は、面白がっているように聞こえた。

「すまん、変なことを言った。つまりいくら君が体を鍛えて剣の腕が良くても、俺たち男とは体の造りが違う。体調の変化もあるだろうし、気を付けないとだめだと言いたかったんだ」

「女性の体のことに、お詳しいのですね」

「これくらい常識……変な意味に取るな。部下の健康管理も隊長の仕事のうちだから、知識として知っているだけだ」

女性の体のことに言及するなんて、変態と思われても仕方がないと思い直した。

「少し休憩されますか。お茶を淹れて参ります」

「普通のお茶だろうな」

前科があるだけに、警戒して尋ねた。

「もちろんです。普通の、皆が飲んでいるお茶です」

アリスンもそのことをわかって、意味ありげに微笑む。

彼女が出て行き一人になったグウェンは、先ほど二人の間に流れた奇妙な親密感に戸惑っていた。

それは二人の間でだけ、通じる会話だった。

「まったく、調子が狂う」

彼女を前にすると、どうしてこうなるのか。

孤児のグウェンに母親の記憶はない。彼が知っている女性は、彼を見れば怯えるような女性ばかりで、あんな風に真っ直ぐに視線を向けてきたのは、アリスンが初めてだった。

彼女には、出会った頃から心を掻《か》き乱されてばかりだ。

無理矢理自分と彼女を男と女という二極に当てはめたが、アリスンと視線が絡まっただけで、こんなにも胸が高鳴るとは思わなかった。

「冷静になれ、グウェン・アシェル。相手は十歳も年下の部下で、王女だ。彼女が欲しているのは俺の子種だけだ」

グウェンは呪いのように自分に言いきかせた。

約束の一ヶ月が過ぎて、何も変わらなければ今度こそ諦めてくれるだろう。なら飲んだ振りをして飲まなければばいいのに、馬鹿正直にグウェンは薬を飲み続けた。


「そういえば、トルーヤのこと、聞きましたか？」

それから三週間が経った。グウェンは毎日薬草を飲み続けている。味については、アリスンが言ったように、飲み慣れてくると癖になってきた。

そして毎晩風呂でアリスンに教えられたとおり、自慰ならぬマッサージを続けているが、アリスンの手の感触や彼女のことを思ってやっていることは内緒だ。

しかし今のところ何も変化はない。

もう駄目なのだろうか。

アリスンは気を遣ってか、進捗《しんちょく》を聞いてくることはない。ただ、焦りは禁物だと言っている。

「え、な、何をだ？」

まさか彼女と不能の治療を行っているのがバレたのかと、一瞬焦る。

今日彼女は週に一度の休みだった。代わりに副官のモーフィッドが補佐を務めている。近いうち、全部隊合同の野戦訓練があり、その打ち合わせを行っていたのだが、その時不意にモーフィッドが話を切り出したのだった。

「第一部隊の隊長と、最近頻繁に会っているそうです」

「ジャスティナ卿と？」

「ええ。そろそろ新人が配属になって三ヶ月ですからね」

新たに配属となった者に対して、三ヶ月経つと人事考課が行われる。配属されてみたがそこで馴染めなかったり、逆に上の者が不適格だと思ったりした場合に配属転換が認められる。

正式には合同の訓練を終えての発表になるが、水面下ではそれぞれ査定に動いている。

しかし、短期間での異動は無能の烙印《らくいん》を押される場合もあり、一般的には残留する者が多い。

ただ隊長が直接声をかけてきた場合は例外となる。

第一部隊の隊長は、アリスンが第六部隊への配属を希望したことに、最後まで抵抗していた。人事考課の時期を狙って接触しているということは、アリスンを第一部隊に引き入れようという思惑があると考えられる。

「第一部隊に入隊させようとしているのか」

「そう思われます。トルーヤはこれまでにない優秀な人材です。もし異動を望んだらいかがします」

「それが本人の決めたことなら、尊重するしかない。それに、まだ異動を希望すると決まったわけではない」

「しかし、第一部隊は常に希望者が溢れていて望んでもなかなか入隊できるところではありません」

「トルーヤはそれを蹴ってうちに来た。大丈夫だ、彼女を信じてやれ。この話は以上だ」

モーフィッドの心配もわかる。アリスンが第六部隊配属を望んだのを、彼もよく知っている。

不能治療もそろそろ終盤になってきて期待していたが、成果は上がっていない。そのことにグウェンは自分でも驚くほど落胆していた。

もし約束の一ヶ月が来て状況が変わらなければ、もしかしたら今度こそ彼女はグウェンを見限るかもしれない。口では大丈夫だと言いつつ、内心グウェンも穏やかではなかった。


次の日、グウェンは出勤してきたアリスンにそれとなく声をかけた。

「トルーヤ、何か今の職場に不満はあるか？」

グウェンから見てもアリスンはここでうまくやれていると思う。特にトラブルもなく、隊員達とも過ごせていると聞いた。

だが、これまで第六部隊の残留率は二分の一程度で異動しなかったとしても、他の部隊から相手にされず仕方なくという者を含めての二分の一だ。

「不満ですか？　特にないです」

「本当か？」

少し考えてアリスンは答えた。それに対してグウェンは食い下がった。

「ありません。仕事は楽しいですし、みなさんも親切です」

「そ、そうか。嘘はつかなくてもいいぞ」

「嘘などついていません。本当です。あ、もしかして人事考課のことですか?」

言い当てられてグウェンは目が泳いだ。

「最初は隊長の近くにいたかったからですが、第六部隊のことも気に入っています」

「そうか……」

「もしかして、私が異動を望んでいると思ったのですか?」

「そ、そんなことは……だが、可能性はゼロじゃないからな。第一部隊の隊長が君に声を掛けたと聞いた」

「ああ、確かに誘いはありましたが、お断りしました」

「断った?」

すでに断っていたと聞いてグウェンは目を見開いた。

「実は、ジャスティナ卿は、私が第六部隊に入ってすぐの頃からからずっと第六部隊を辞めさせようと、同僚の女性達を通じて言ってきていたのです」

「え、そんな前から?」

「はい」

驚くグウェンにアリスンは頷《うなず》き返した。

「でも私が一向に行動に移さないから、痺《しび》れを切らせてとうとう自分で直接言いにきたみたいです」

「そうか……」

ジャスティナがそこまで彼女に拘っているとは思わず、彼の執念深さに呆れた。

「私が第六部隊を辞めないのは、隊長に脅されているからだとか、補佐官になってからは、あれこれこき使われているだとか勝手なことを言って、私がいくら違うと言っても、まるで聞く耳を持ってくれませんでした」

ほとほと困り果てているのか、アリスンは深くため息を吐いた。

しかし次に彼女はにやりと不敵な笑みを浮かべ、とんでもないことを口にした。

「どちらかと言えば、私の方が手を出している方ですよね」

「お、お前、そんなこと」

彼女の大胆な発言にグウェンは慌てふためいた。確かにグウェンに対する彼女の言動には、そうとも言えるところがあった。

だが、一体誰が信じるだろう。目の前の一見小柄な普通の女性が、夜に男の部屋に忍び込んで、子種を求めて男の股間を弄ったことがあるということを。

「もちろん言っていませんよ。言ってもあの人は信じません」

それを聞いて、グウェンはほっと胸を撫で下ろした。

「それに、そう言ったら、私が隊長に洗脳されているとか、騙されているとか何とか言い出しそうです。思い込みが激しくて、自分の意見が正しいと思っている。自分の信じたいようにしか受け取らない人ですから」

随分な言われようだと思いながら、グウェンも不思議と納得する。

「それとも、私がいなくなった方が良かったですか？」

「いや、君は優秀だし、我が部隊に必要な人材だ。そんなことはない」

「隊長としてではなく、あなた個人はどうですか？　私に異動してほしくないと思いました？」

そう聞かれて、グウェンは言葉に詰まった。

「今のところ俺は、君の希望を叶えてやれていない」

「でも、努力してくれています。結果はどうでも、私のために頑張ってくれていて、私は嬉しいです」

「だが、もうすぐ一ヶ月だ」

「言いましたよね。焦りは禁物だって。そうやって気に病むのも良くないんです」

「それはわかっている」

「それに私は最後まで諦めません。三年放浪してようやく隊長を見つけたんです。簡単には匙《さじ》を投げたりしません」

力強いアリスンの言葉に、グウェンは自分の方が励まされた。

「それに、もし異動するにしても、第一部隊はないです」

「どうして？」

「あの隊長、気持ち悪いんです」

「気持ち悪い？」

そんな風に人のことをはっきり拒否するアリスンに驚く。

グウェンはジャスティナ卿の顔を思い浮かべた。見た目は男が見ても男前だと思う。グウェンに対しては馬鹿にしてくるし嫌な奴だと思うが、女性受けはいいし、上官にも気に入られている。しかし、はっきりと拒否したアリスンの眉は不愉快そうに顰《ひそ》められ、珍しい表情に思わず目を見張る。

「ジャスティナ卿は剣術の教官でした。剣の持ち方とかを指導してくれるのはいいのですが、腰つきがどうとか言って他の部分も触ってきて、はっきり言って私は不快でした。必要ないと言っても、これも我が軍のやり方だからと、自己流はだめだと言って無理やり………」

「触る？」

アリスンに気安く触っていたと聞き、グウェンはなぜかジャスティナ卿にむかついた。

「はい。正直腕も私より劣《おと》るし、有り難迷惑でした。訓練が終わって正直ほっとしました。だからできるだけあの人とは離れていたいんです」

同時に彼女がジャスティナからの接触を「嫌」だと思っていると知り、なぜか嬉しく思った。

「そ、そうか。しかし、君はそういう異性との接触は気にしないと思っていたが」

「他の男性は眼中にないと言いましたよね。誤解があるようですが、私は隊長だから触るし、触られたいんです。他の人は関係ありません。隊長がいいんです」

「わ、わかった。すまない」

アリスンの剣幕に押されて、グウェンはなぜか謝ってしまった。

「もう、本当にわかっていますか？　私が他の男性に迫っているところを見たことありますか？」

「い、いや……ないな。だが、俺が知らないだけで……あ、いや、何でもない」

何を気にしているんだとグウェンは思った。アリスンと自分は、表向きは部下と上司で、彼女が一方的にグウェンに子種をくれと迫ってきたが、恋人でも何でもない。その上、グウェンはすぐにその願いを叶えてあげられない。

「私、実はエルムンドとレスヤーラが争っていた時、レスヤーラの補給部隊にいたんです」

するとと突然アリスンが話を切り替えた。

「隊長にスープを配膳したこともありますし、最後の一戦では一緒に橋を渡って戦いました」

「え、あそこにいたのか？」

グウェンはエルムンドとの戦場での記憶を手繰《たぐ》り寄せる。

「男装していましたし、目立たないようにしていましたから、記憶にないと思います。素《す》のままでは目立つので、ずっと地味な格好をしていましたから」

「男装……」

「旅の間もずっとそうしていました。腕に自信はありますが、無用な争い事は避ける方がいいですから」

「それは賢明だ。いくら君が強くても、数には負けるだろう」

アリスンが今のように素の自分のまま一人で旅をしていたら、きっと邪《よこしま》な考えを抱いて近づく男が後を絶たなかっただろう。

グウェンが初めて彼女を間近で見たのは、あの夜部屋に忍び込んでいたのを押さえ込んだ時だ。髪は特に珍しくもない茶色、背はそれほど高くない。肩幅も広くないし全体的に華奢で腕も細かった。だが、機敏で体力もあって、腕前は彼の部隊でも上位の実力だ。隊員達と談笑している姿を見ると、時折はっと、気品のようなものを感じる時もあった。

何より印象的なのは大きなガラス玉のようなシトリン色の瞳だ。

最初から彼女は、グウェンに対してその視線を逸らすことなく、まっすぐに向けてきた。

子種を迫られたあの日から、自分はそんな彼女に目を奪われ、自分より一回りも小さな手に幾度となく翻弄《ほんろう》されている。

（そんな魅力的な彼女が一人旅など……）

と、そこまで考えて、グウェンは自分の頭に浮かんだ言葉に驚いた。

（え、俺は今何を……）

グウェンは戸惑って目を瞬《またた》かせた。

今自分は頭の中で、彼女のことを「魅力的な女性」だと表現しようとした。

（俺は、彼女をそんな目で見ているのか）

「隊長？」

口元に手を当て、自分の思考に彼自身が戸惑っていると、訝《いぶか》しげにアリスンが問いかけた。

「あ、す、すまない。その、なぜエルムンドとの戦に居たんだ？」

彼女が何を言いかけていたか思い出し、確認する。

「隊長のことを知りたかったから」

太陽の光を集めたような、美しい彼女の瞳が今、自分を真っ直ぐ見つめている。あまりに真っ直ぐで力強い瞳の輝きに、グウェンはなぜか胸が苦しくなり、無意識に拳《こぶし》を胸に当てた。

もし、自分が不能ではなく、彼女の誘いをすぐに受け入れられたとしたら、一体自分はどうしただろうか。

「俺は、そこまで思われるほど立派な人間ではない」

戦士としての自分に、誇りと自負はある。戦場で誰よりも敵を多く倒す自信もある。

だが、不能となったことで、男としての自信があるかと問われると、今はないに等しかった。

「謙遜《けんそん》は悪いことではありませんが、私も隊長が非の打ち所がない完璧な人間だとは思っていません」

グウェンの不安に対し、アリスンがそんな言葉を吐いた。

「言ったではないですか。求める強さは腕力だけではないって」

「それは『心』か」

グウェンは自分の胸を見下ろした。本当に心があるのか見たことはないが、そこに何かがあるのはわかる。でなければ、殴《なぐ》られてもいないのに痛くなったり、締めつけられるような苦しみを感じたりしないだろう。

「その『心』だって、君が言うほど強いのかどうかわからない。ただの勘違いかも知れない。俺だって弱音を吐きたくなる時もある」

強くあろうとしても、そうできない時もある。常に気を張って生きてはいられない。

「そうですね。隊長の言うとおりかも知れません」

「え？」

「『強い』という基準も、物理的な強さなら計ることができますけど、『心』の強さは、同じように計れるものではありません」

「……そうだな」

彼女の言うことは正しい。心の強さを計る術《すべ》はない。

挫《くじ》けない心。折れない心。諦めない心。たとえ簡単に屈しない鋼《はがね》の心を持っていても、あの戦況をくぐり抜けた後、不能となってしまったように、どんなことがきっかけで弱さが表れるかわからない。

心を強くあろうとする反面、彼女には最初から振り回されっぱなしだ。

子種をくれと部屋に忍び込まれ、思いも掛けず自分が不能だと告白するはめになった。それで諦めてくれたかと思ったが、彼女はグウェンの部隊への配属を希望してきた。

そのまま隊長と部下という関係を続けようとしたら、補佐官として側に置くことになり、勃起不全の薬草茶を持ち込んできて、治療という名目で自慰までさせられている。

振り回されているはずの彼女の言動に、気持ちが浮き沈みしている自分がいて、しかしその状況を悪くないと思っていることに気づいた。

「もし、隊長を私の家族に紹介したとしても、皆が隊長のことを認めるかどうかはわかりません」

アリスンの家族とはすなわち、エルヴァス王家の人々のことだ。彼女があまりに気軽に接してくるのでつい忘れがちになるが、彼女は王女で高貴な血筋の人間のはずだ。グウェンの知る王族というのは、もっと偉そうにふんぞり返っているような人たちだ。

「それはそうだろう。ようやく現実に気づいたか。いい加減、君も諦めた方がいい」

たとえアリスンが求めたとしても、グウェンのような者の血が王家に混じることを認めるとは思えない。

今なら二人の間に何もない。

これまでグウェンは誰かに、自分の深いところに立ち入らせることもなかった。

なのにアリスンは、グウェンのそんな場所にぐいぐい踏み入ってきて、それを自分自身許しかけている。踏み止まるなら今のうちだ。手遅れになる前に。

「すみません。私の説明が悪かったようです」

「……どういう意味だ?」

深い思考に陥りかけたグウェンを、アリスンの言葉が遮る。グウェンは怪訝な顔で彼女を見返す。

「以前姉の相手が吟遊詩人で、叔母の相手が画家だとお話ししたことを覚えていらっしゃいますか?」

「もちろんだ」

「私は彼女達の選択を悪いとは思いませんが、彼女達の意見には同意できませんでした」

「どういう意味だ?　彼女達も君と同じように国を出て、その相手を見つけてきたのだろう?」

彼女の言わんとすることの意味を測りかね、グウェンは目を細める。

「だから、誰も反対はしません。彼女達がいいと思って選んだ相手ですから。だけどそれは彼女達の物差しで測ったことで、彼らの何がいいのか、私にはさっぱりわかりませんでした」

肩をすくめ、軽く頭を振る。

「つまり？」

「つまり何が言いたいのかというとですね。心の強さだとか何だかんだと理屈を並べていますが、実際はその人に運命を感じるかどうか。いかに自分の胸に響く人だったかってことなんですよ」

「え？」

グウェンは目を丸くする。

「『戦場の狼』に辿り着くまで、強いと言われる人に何人も会いましたが、いまひとつでした。今度もそうかと諦め半分期待半分でエルムンドとの戦に参加しました」

グウェンを見つめる彼女の瞳の輝きが増したように思う。その瞳からグウェンは目が離せなかった。

「自分の天幕があるのに、部下達と混じって一緒にご飯を食べ、外で雑魚寝をして、危なくなっている人を見つけたら身を挺《てい》して助けに行き、誰よりも危険な場所に自分から飛び込む。不器用だけど熱い。そんなあなたがいいと思ったのです」

グウェンは唾をゴクリと呑み込んだ。

「他の人たちだって、悪い人ではなかった。でも、あなたを見て、あなたを知って、なぜ彼らではだめだったのか、理解しました。彼らはグウェン・アシェルではなかった」

「……グウェン・アシェルは俺で、俺以外にはいない」

「そうです。グウェン・アシェルはあなたです。私が望むのはあなたで、ジャスティナ卿でも他の誰でもない。だから私に、あなたを諦めさせようなどという、無駄な努力はしないでください」

「む、無駄」

「そうです。それよりもっと、しなければならない大事なことがあります。隊長は毎日薬草茶を飲んで、私が教えたとおりのことを、続けてくれているんですよね」

「もちろんだ。やると言ったからには、きちんとやる。手は抜かない」

なんだか挑発されている気もするが、約束したことはやり遂げる。

彼女に都合良く振り回されている感は否めないが、やはり男としてこのままでいいとも思っていないのも事実だ。

「じゃあ、あの時は何を考えているんですか？」

「へ？　あの時⁇」

唐突すぎる質問で、一瞬何のことかわからなかったが、その意味に思い至り頭の中がカッと熱くなる。

「そうです。まさか無心？」

「そ、そんなことはない！　ちゃんと考えて」

焦って思わず言ってしまった。

「では、何を考えているんですか？」

「う、そ、それは……」

アリスンのことを考え、彼女に触られることを想像していると言っていいものか言い淀《よど》む。しかし、もうすでに彼女には恥ずかしい自分も見せてきた。そんな姿を見ても彼女は決して怯まない。ずっと彼女は変わらない。

彼女はいつだってグウェンに対して正直だ。ならば、自分も素直になるべきではと思った。

自分の中でこれまで無意識に築かれていた壁が、がらがらと音を立てて崩れ去った。

「君を思ってやっている」

心を決めて潔ぎよくそう言うと、アリスンは少し驚いた後ににんまりと笑った。

「具体的にはどんな風に？」

「ぐ……そんなことまで言わなければいけないか？」

「当然です。私は毎晩寝る前に想像しています。隊長の唇はどんなだろうとか。私の胸を揉んだり乳首を摘まむ隊長の手つきとか、乳首に吸い付かれたらどんなだとか。それから……」

「わ、もういい。やめろ」

指を一本ずつ立て、次々とあげていくアリスンを、慌てて制する。

「それで、隊長はどうなのですか？」

勤務中であることも忘れ、アリスンのペースに巻き込まれている。

「君の手がおれのを握り、おれのものが君の中に包み込まれることを想像している」

彼女の真っ直ぐな瞳が、グウェンの口を開かせる。

「他には？」

「君の奥を穿《うが》ち、何度も君を果てさせ、俺の子種を君の中に溢れるくらい注ぎ込む。君が孕むまで何度も何度も何度も」

「そんなことを想像しているんですか？」

「頭がおかしくなったと思うか？」

「いいえ。想像することは大事です。実は、あの薬草茶には少し興奮剤というか、幻覚剤みたいなのも含まれていて、人の願望を呼び覚ますんです」

「……え？　今、なんて？」

聞き捨てならない話を耳にして、グウェンは問い直した。

「ほんの少し、ほんの少しですよ。依存性もありませんし、ただその人の拘りというか、抑圧しているものを緩める効果があるんです。言ったでしょ、我が国では普通に使われている薬草茶です。安心してください」

そう言われても素直に安心はできない。しかし、もうすでに三週間も飲み続けている。依存性はないという、彼女の言葉を信じるしかない。

「でも良かった。隊長が誰か別の人のことを思っていたら、どうしようかと思いました」

「俺には他に思う人などいない。家族も恋人も。今、俺の一番近くにいるのは君だ。君以外にはいない」

少々の打算があったとしても、アリスンが自分を見つけ出し、そして今の状況になっていることに、グウェンは身を任せる覚悟を決めた。

何よりも、自分を真っ直ぐに見つめる瞳の輝きに、すでに魅了されていることに気づいてしまった。彼女が自分のことを求めたように、彼自身もアリスンともっと一緒にいたいと思い始めていた。

これまでジャスティナのような権力や血筋に拘る人間とは、できるだけ争わないようにしてきた。

だが、今回は違う。

グウェンはアリスンを手放すつもりはなかった。いや、手放したくないと思った。

彼女自身が、グウェンを見限らない限りは。そして、自分がグウェン・アシェルである限り、彼女は自分を見限らないだろうという確信があった。

普段、第一部隊と第六部隊が同じ任務に就くことは殆どない。

だが、年に一度の部隊合同の野外戦は別で、王族も見学に来る一大行事だ。第一から第六までが東軍と西軍の二手に分かれて戦う。丸三日戦い、生き残った人数の多い方が勝つ。本当に殺し合うわけではないが、実戦さながらの迫力だ。

第六部隊は東軍として、第一部隊と第二部隊と組むことが決まった。

主導権を握ったのは、一年前アリスンが「戦場の狼」を一目見ようと参加した戦と同じく、第一部隊のジャスティナ隊長だった。グウェン達を最前線へと追いやり、自分たちは最後まで部隊を温存させるつもりなのだろう。姑息な作戦とは思ったが、要は生き残ればいいだけだとグウェンは思った。

最初の二日間、グウェンの部隊は善戦した。グウェンの指揮と、隊員一人一人の能力の高さが功を奏したようだ。しかし、西軍の部隊もそれなりに強く、戦闘は拮抗していた。

「明日で最後だが、今のところ戦況五分五分だな。この状況を打破するために、思い切って敵陣に踏み込もうと思う」

「それは危険行為だ。これが本物の戦闘なら確実に大敗だぞ」

敵本陣への突入を提案したジャスティナに対し、グウェンは一応反論したが、第二部隊の隊長がどちらに付くかで決するが、結果はわかっている。第二部隊の隊長は、常に第一部隊隊長の言いなりだ。

「『戦場の狼』が何を弱気なことを。その実力を発揮してもらおう」

ジャスティナのそのひと言で、対応は決まった。

翌朝、日の出と共に第二部隊と第六部隊が敵陣に打って出た。

しかし、その作戦は敵も予想していたらしく、敵本陣に辿り着く手前で待ち伏せを受けた。

「隊長！　半数がやられました」

「くそ！　味方の援軍はまだか！」

「伝令です。援軍を送ることはできない。何とか持ちこたえろとのことです」

隊員からの報告にグウェンは思わず舌打ちをする。

「隊長！　第二部隊がいません」

「何だって！」

気付けば味方の第二部隊は一人もおらず、第六部隊だけが取り残されていた。

「どういうことだ？」

副官に尋ねたが、彼も意味がわからないと肩をすくめる。

「やられた」

頭に浮かんだのは、ジャスティナと第二部隊隊長のほくそ笑んだ顔だった。この無謀な作戦も、第二部隊の撤退も、グウェンと第六部隊を陥れようとしてのことだろう。

そして互いに口裏を合わせ、グウェンが勝手に暴走したとでも言い張るつもりなのだ。

「こうなれば、強行突破だ。お前達、何が何でも生き残って敵を一人でも多く討ち取れ！」

グウェンの号令に、「おおー！」と皆が呼応して腕を天に向かって突き出した。

「『戦場の狼』に続け！」

副官のかけ声で、全員がまるで神がかったように敵を薙ぎ払っていく。

グウェンも刃を潰した訓練用の剣と、鏃《やじり》の代わりに先端に染料の付いた布を巻いている矢で、五人の敵を打ち倒す。不意を衝かれて背後から襲われそうになったが、目の前でその相手が倒れた。

「隊長！　大丈夫ですか」

倒したのはアリスンだった。彼女はこの二日間、目覚ましい働きを見せている。

団体での勝利とは別に、戦績により個人にも評価が与えられる。上位に食い込めば報償が与えられる。これまではグウェンがその常連だったが、今回はもしかするとアリスンが優勝するかも知れない。

「トルーヤ、すまない」

「いいえ。それより、どうしてこんなに味方が少ないのですか？」

「どうやらジャスティナの罠にはめられたらしい」

「え？」

アリスンは驚いた顔をしたが、すぐに全てを察したようだった。

「おそらく第二部隊隊長もグルだろう」

「じゃあ、我々の取るべき道はひとつですね」

「ああ、ここを突破して西軍を追いつめる」

「そして彼らの鼻を明かす」

グウェンの言葉をアリスンが引き継いだ。見つめ合って二人で微笑んだ。

二人で背中を護《まも》り合いながら、敵陣に踏み込む。グウェンが右に動けばアリスンは左に。グウェンの死角から来た敵は、アリスンが一人も取りこぼすことなく倒す。これまで何度か共に討ち合ってきたからか、アリスンとグウェンの息はぴったりだった。

「ハアハア、ここを抜ければ敵陣の本拠地だ。気を引き締めて行くぞ」

「はい」

そこは森の端で、さっきまでと違い木々がまばらに生え少し拓《ひら》けた場所になっていた。こういう場所は弓などで狙われやすい。木立の陰から陰に身を隠しながら、グウェン達は森を抜けようとした。

「危ない隊長！」

その時、こちらに向かって矢が飛んできて、先にそれに気づいたアリスンが彼の背後に回った。

「う！」

アリスンがうめき声を上げる。

「トルーヤ！」

振り返ったグウェンが彼女を見ると、アリスンは目を見開き、呆然とグウェンを見つめている。

「たい……ちょう……」

「トルーヤ！」

ぐらりと倒れ込んできた彼女の体をグウェンが抱き留めると、その肩には、矢が突き刺さっているのを見た。

訓練用なら赤い染料が付くだけで、突き刺さる筈がない。しかしそれは本物の矢だった。

「アリスン！」

驚いたグウェンは、そのまま意識を失っていく彼女の名を叫んだ。


「う……」

うめき声と共に、アリスンが目を開けた。

「気がついたか？」

彼女はぼんやりとした表情で、グウェンの顔を見る。

「あの……ここは」

彼女は自分がどこにいるのか、ベッドの横にある椅子に座ったグウェンに尋ねた。

「俺の部屋だ」

「え！」

アリスンは驚いてベッドから起き上がろうとしたが、痛みに顔を顰めて傷を負った左肩を押さえる。

「動くな。傷はまだ癒えていないんだから」

自分の肩に巻かれた包帯に気づいたアリスンは、何が起ったのか思い出したようだった。

「私……肩に」

「ああ、そうだ。訓練の筈なのに、本物の矢が使われた。しかもその矢には麻痺薬が塗られていた」

「本物……麻痺」

「そうだ。女子寮では看病するのに不便だし、一人部屋が心配だから俺の部屋に運んだ」

「看病？　隊長が？」

アリスンは目を見開いて、驚いた顔を向けた。

「すまない」

グウェンは呆然とするアリスンに頭を下げた。

「どうして隊長が謝るのですか？」

「矢は俺を狙っていた」

「え？」

「ジャスティナが俺を戦闘不能にしようとして、矢を放ったらしい」

「第一部隊の隊長が？」

「ああ」

「どうしてわかったのですか？」

「君が倒れたので、すぐに白煙灯を放って訓練を中止にした。状況がおかしいことに気づいた西軍の隊長が辺りを探り、矢を放った人間を見つけて吐かせた。全部ジャスティナの指示だと」

「それで、彼は？」

「そんな事実はないと言い張ったが、事態を重く見た元帥が彼を拘束し、取り調べを行っている」

「そうだったんですね」

アリスンは状況を理解し、そう呟いた。

「それより、私はどれくらい寝ていたんですか？」

「丸二日だ」

「二日も……あ、隊長、ちゃんと薬草茶は飲み終えましたか？」

「気にすることはそれか」

「大事なことです。どうなんですか？」

「ちゃんと飲み終わったよ。これで満足か」

「それで、どうですか？」

「今のところ何の変化もない。だからもう諦めろ」

彼女の言うことを信じ、真面目にやり遂げたグウェンだったが、体には何の変化もなかった。グウェン自身も何とか彼女の願いを叶えてやりたいと思っていたが、無理なものは無理なのだ。ここまでやって駄目なら、彼女も諦めるだろう。

これで彼女に求められることもないのだろうと思うと、グウェンは「心」が掻きむしられる思いがした。

身を挺して自分を庇ってくれたのに、申し訳ない気持ちでいっぱいになる。

「いいえ。まだ手はあります」

「は？」

しかし、彼女はそんなグウェンの言葉に真っ向から反論した。

「イタ、イタタ」

怪我をした左肩を庇《かば》い、アリスンは右手をついて起き上がろうとし、グウェンが手を添えてそれを手助けする。

「大丈夫か？」

「はい」

心配して尋ねるグウェンに、アリスンは笑顔で返事をすると、ガウンを脱ぎだした。

「おい、な、何をする」

「イタ、あの手伝ってください」

「そうじゃなくて、何を……」

いきなり目の前で裸になろうとしたアリスンに、グウェンが目を白黒させて尋ねた。

「今から私の裸を見てもらって、触ってもらうんです。それで何か感じるかもしれません」

「お前……恥じらいは？　怪我をしているんだぞ。そんなことを今する必要があるのか」

手はあると言ったが、まさかそれが自分の裸体を曝《さら》け出し触らせることとは思わず、グウェンはあんぐりと口を開けた。

「大事なことですよ。うんしょ、やっと脱げた。イタタ」

いきなりアリスンの美しい二つの白い乳房が、グウェンの目の前に現われ、つんと上を向いたピンク色の乳首が、彼の方を向いている。

「どうですか？」

アリスンは自分で右胸を持ち上げると、指が乳房に食い込む。そして彼女は親指と人差し指で乳首を摘まんで引っ張った。

その姿に目を奪われたグウェンは、ごくりと生唾を飲み込んだ。

「触ってみたくないですか？」

蠱惑的《こわくてき》にアリスンが微笑む。肩に包帯を巻いていて、完全に裸とは言えないが、それでもアリスンの大事な部分ははっきり見えている。

「お前、それは卑怯《ひきょう》だぞ。そこまでされて拒める筈がないじゃないか」

「なら、抵抗しないであなたの好きにしてください」

グウェンは両腕を伸ばし、アリスンの両胸を掴んだ。

「あん」

グウェンの指が柔らかい乳房に食い込み、アリスンが喉を晒《さら》して喘《あえ》いだ。

「んん……ああ」

グウェンが傷を気遣いながら、優しく孤を描くように乳房を揉みしだくと、彼女の口から歓びの声が漏れた。

「んん、隊長」

「グウェンだ。グウェンと呼べ、アリスン」

「グウェン……あの時、私の名前……呼んでくれましたね。んんん」

グウェンが親指で乳首を押し潰すと、アリスンは頭を振って身悶《みもだ》える。

「聞こえていたのか」

グウェンの腕の中に倒れ込んで意識を失っていくアリスンの耳に、彼の言葉がはっきり聞こえていたようだ。

「アリスン」

「グウェン」

溜まらずグウェンは、立ち上がって彼女に口づけした。

「ふ……んん」

猫のように喉を鳴らし、重ねた唇の奥から互いの声が漏れる。右腕を首にかけてアリスンがグウェンを抱き寄せる。

舌を絡ませ深い口づけを交わしながら、グウェンの手はアリスンの胸からお腹を滑り降り、やがて下穿きの中へ侵入していった。そこはすでにしっとり湿り気を帯びていて、割れ目に沿ってグウェンが指を這《は》わせると、びくりとアリスンの腰が跳ねた。

「グウェン……」

アリスンは、熱に浮かされたように彼の名を繰り返し呼び、肩から背中を撫で回す。同時に怪我で上げることのできない左手は、グウェンの股間へと伸びた。

彼女の手がそこに触れるのは初めてではない。しかしこの一ヶ月、自身で触りながら想像してた彼女の手が、ようやくそこに触れた。

自分で触れるのとどう違うのかわからない。だが、アリスンの手が触れたことで、確実に心が沸き立った。

「！！！！！」

「え」

アリスンの手が触れたその場所に、熱い血が滾《たぎ》るのがわかり、グウェンは目を見開いた。アリスンも気づいて、声を発した。

身体を離し二人でグウェンの股間を覗《のぞ》き込むと、そこは明らかに盛り上がっている。

「まさか……」

「グウェン」

二人で協力し合い、急いでグウェンのズボンの前を寛《くつろ》げる。

すると中からボロンと屹立《きつりつ》したグウェンのものが飛び出した。

「そんな……こんなことが」

まだ全盛期程の大きさには及ばないが、確実にそれは独り立ちしている。

「や、やったわ！」

「あ、お、おい！」

アリスンは興奮してグウェンの襟首を摑むと、自分が今まで寝ていたベッドに彼を仰向けに押し倒した。そしてグウェンに跨《また》がって膝立ちになると、片手で器用に自分の下穿きを下ろす。

「な、何を……」

「せっかくだから、一回やりましょう」

「い、だが、君はまだ怪我が」

「そうです。だから私は仰向けになれませんので、私が上で」

アリスンはまだ少し柔らかいグウェンの陰茎を、指で扱《しご》き出す。

「ほら、グウェンはこっち、ちゃんと解《ほぐ》してね」

扱きながらグウェンの手を摑み、自分の陰部へと誘導する。そこはさっき触れた時よりも湿っている。

アリスンの陰部は、処女にしてはすんなりとグウェンの指を受け入れた。それは彼女が日頃から自分で慣らしていたからだろう。グウェンは思い切って二本目の指を差し込んだ。

「ああ、はあ、グウェン」

グウェンのものを扱きながら、中の指の動きに感じて声を震わせている彼女の姿に、グウェンの目は釘付けになる。

「あん……グウェン、ああ」

「アリスン、早く、君の中に俺を埋《うず》めたい。だが、まだだ。もっと、もっと俺を昂ぶらせてくれ」

指を出し入れしながら、グウェンは起き上がってアリスンの胸に齧《かじ》りついた。

舌で乳首を転がし、吸って舐め回し、また吸い上げる。同時に下にある蕾《つぼみ》も皮を剝いて指で押し潰すと、アリスンは全身を痙攣《けいれん》させ、中に差し込まれた指をぎゅっと締めつけた。

胸とクリトリスへの刺激で軽く達したのがわかり、グウェンは中に入れた二本の指をばらばらに動かして膣壁を広げ、彼女の感じる部分を探す。

「ひゃん！」

すると彼女が反応したその部分を、グウェンは繰り返し攻める。

「あ、そこ……気持ち……いい。やだ……ああ」

「こうして何度も自分で触っていたんじゃないのか？」

「う……でも、グウェンの指の方が……長くて……」

自分でするには限界があったらしく、アリスンは腰を激しく揺らしながらグウェンが与える刺激に翻弄されている。手だれているように振る舞っても、まだどこか慣れていない初々しさを併せ持つアリスンの姿は、グウェンはますます昂ぶらせた。

彼女は、自分を探し求め、そして自分だけを求めている。彼女をイかせられるのは、自分だけだ。

そう思うと、グウェンの陰茎が、アリスンの手の中で痛いほどに膨れ上がった。

「やだ、また大きく……これ以上になったら、入んない」

「何を言っている。ここまでした責任は取ってもらうぞ」

これまで萎《な》えていたのが嘘のように、グウェンのそれはビキビキと膨れ上がり、太い血管が浮き出て先端からは先走りが零れ落ちている。

グウェンはその湧き出たものを自分の指で拭い、アリスンのお腹に擦り付けた。

「わかるか。この奥へ、俺のが入って、そしてこれよりもっと沢山の精液を、君の中に放出するんだ。君が望んでいたものだ。今更怖気《おじけ》づくなよ。このために頑張ってきたんだぞ」

「わ、わかってる。グウェンの……早く、早くちょうだい。早くひとつになりたい。あなたを、中で感じたい」

ポタポタと、アリスンの足の間から滴り落ちる液にとろみが交じる。彼女の方も準備ができているようだ。

「いいのか、初めてでこの体勢はきついぞ」

「大丈夫……痛みには……強い」

アリスンがグウェンのものが待ち受けている場所へと体をずらす。最初は先端だけを当てて、秘唇に沿って腰を揺らした。その刺激だけで今にも出そうになるのを、グウェンはぐっと堪《こら》えた。

互いの粘液が絡みつき、グウェンのものがアリスンの愛液に塗《まみ》れる。

そしてアリスンが腰を下ろすタイミングに合わせ、グウェンはぐっと腰を突き出した。

「…………！！」

ヒュッとアリスンが息を吸い込み、力む。まだ亀頭の部分しか入っていない所で、一度侵入が止まる。グウェンが両手でアリスンの腰を支え、アリスンも右手をグウェンのお腹に突く。

解していても、指と陰茎では太さが違う。狭いアリスンの膣壁を押し広げながら、グウェンは汗を滲《にじ》ませ自身を押し進めた。

「く……」

勃起自体が久しぶりだからか、それともアリスンの中があまりに気持ちいいからか、グウェンは気を抜けばすぐにでもイきそうになるのを堪える。

やがてアリスンのお尻がグウェンの鼠径部《そけいぶ》に触れた。

同時に先端がアリスンの奥に当たるのを感じた。

「あ、ああ……グウェン……グウェン……あなたのが……中に……はあ、すごい、気持ちいい、ああ、お腹が、裂けそう」

今グウェンは初めてアリスンを抱き、そして彼女は自分が中で解き放つのを望んでいる。

自分のものに絡みつき、締め上げるアリスンのすべてを包み込む温かさに、グウェンは我知らず感動して、涙が滲み出てきた。

「グウェン……泣いているのですか？」

アリスンがグウェンから流れる涙を指でそっと拭う。

「はは、なんで……俺、泣いて……こんな……恥ずかしい」

「恥ずかしがらないで。私だって嬉しくて泣きそうです。ようやく愛しい人とひとつに繋《つな》がれたんですから」

「いと……しい？」

初めて聞く言葉に、グウェンは目を見開く。

「愛しいって……」

「だって、子種がほしいということは、そういうことでしょう？　愛してもいない男の種を宿したいと思うわけないじゃないですか。エルヴァスの女の『子種がほしい』は、愛してるってことなんです」

「愛、愛って……」

「大丈夫、あなたに同じだけの愛は求めません。これは私の想い。あなたを愛して、あなたの子供を宿して産むのは私です。だから……は。あぁ」

アリスンの中にあるグウェンのものが、さらに質量を増して、アリスンは身を震わせた。

「俺を、愛しているのか、この俺を？」

そうグウェンが言うと、アリスンはグウェンの頬を両手で挟んで軽くキスをして微笑んだ。

「あなたはグウェン、グウェン・アシェル。他の誰でもない。レスヤーラ国軍が誇る『戦場の狼』と呼ばれる勇将で、エルヴァスの末姫、アリスン・トルーヤが見込んだ男です。私はそんなあなたの子種が何よりもほしい。そのためなら地位もお金も、好きなだけあげる」

「……いや、そんなものは何ひとついらない。アリスン・トルーヤの夫、アリスン・トルーヤの子供の父親という役割には興味はあるが、それだけあれば他は何もいらない」

真剣な表情でグウェンが言うと、アリスンは目を瞠り、またもやグウェンを締めつけた。

「だめだ。これ以上は耐えられそうにない」

彼女から伝わる刺激がグウェンの脳を痺れさせ、果てそうになるのを、何とか持ち堪えさせる。

精巣いっぱいに精子が満ち、解き放たれるのを待ち構えているのがわかる。

「私も、我慢できない。早くあなたの子種を私にください。たくさん注いで、私の中をあなたで満たしてください」

二人同時に腰を動かし始める。グウェンの亀頭の括《くび》れがアリスンの襞《ひだ》を擦り、何度も出たり入ったりを繰り返す。アリスンの額から飛び散った汗が、グウェンの胸やお腹、顔に降りかかる。

結合した部分からグチョグチョと水音が響き、グウェンの動きを更に加速させていく。

「はあ、は、ああ、グウェン」

「アリスン」

今にも抜けそうなくらい彼女が腰を浮かせ、また腰を落とす。彼も同時にずんと奥まで何度も穿ち、二人で絶頂へと昇り詰める。

グウェンはありったけの集中力を、アリスンの中を行ったり来たりする己のものに注ぐ。

「あ、あああああ」

アリスンが背中を弓なりに反らせ天を仰いだと同時に、グウェンが熱い子種を彼女の中に解き放った。

「ああ、感じる。グウェン……あなたのが……」

お腹の奥にグウェンの子種が注がれる快感に、アリスンは身を震わせる。ほしいと思っていたものが、終《つい》に与えられてアリスンは恍惚《こうこつ》とした顔をグウェンに向け、彼の胸にしなだれかかった。

「うれしい……グウェン」

「まだだ、まだ注ぎ足りない」

一度放ったらそれで落ち着くと思っていたが、グウェンの興奮はまだ収まらない。

そのまま、グウェンは二度、三度とアリスンの中へ注ぎ続けた。

怪我をした左肩を庇いながら、体勢を変え、勃ち続ける限りグウェンはアリスンとの密事に耽《ふけ》り、やがて二人で力尽きて横たわった。

「やっぱり、依存性はあると思うぞ」

裸のままアリスンの体を抱きしめながら、グウェンが言った。

「え、そうですか？　おかしいな。体質の問題でしょうか。普段薬を飲まない人が薬を飲むと、効きすぎると聞いたことがあります」

グウェンに飲ませた薬草が、効きすぎたのだろうかとアリスンは慌てた。

「薬草茶のことじゃない」

「え？」

グウェンの裸の胸に手を添えていたアリスンが、驚きに目を丸くする。

「依存性があると言ったのは、君に対してだ」

ごろりと横になると、グウェンは彼女の触り心地のいい適度に引き締まった臀部を摑んで引き寄せた。

引き寄せられた彼女のお腹に、固くて熱いグウェンのものが押しつけられる。

「子種だけでいい、子供のことは責任を取らなくていいと言われたが、俺はそれだけでは満足できない。君とこの先二度とできないのは嫌だ。それに、自分の子供を父親のいない子にはしたくない」

「グウェン……」

自分の名を呼ぶアリスンの唇に、グウェンは自らの唇を重ねる。

「俺に人を愛する喜びや、諦めない心を教えてくれたのは君だ。アリスン。俺のことを見限らず、向き合ってくれた。君に出会わなければ、俺はずっとあのままだった」

会話を続けながら、グウェンは屹立したものを彼女の股間へと挟み込み、秘裂に沿って擦り付ける。

「グウェン……あ……」

「この先俺は、君以外にこいつを使わないと決めた。君がほしいのは俺の子種だけかもしれないが、その持ち主に興味はないか？」

「あります。もちろん、子種だけじゃなく、その持ち主が一番ほしいです」

アリスンは右手を突いて起き上がり、グウェンに飛びついた。

「俺は責任をとるなんてことは言わない。これはどっちかが負担に思うことでも、詫びることでもない。上手く言えないが」

「わかっています。これは私達二人が望んだこと」

「そうだ。アリスン。俺はずっとお前とこうしていたい。きっとこの先お前にしか勃たないだろうし、お前しかほしくない。そして、俺たちの子は、二人で育てていこう」

「はい、グウェン」

「愛しているアリスン」

「私も、愛しています」

もう一度深く口づけを交わしながら、グウェンは気づいた。

愛している。

それはグウェンが生まれて初めて、誰かに対し口にした言葉だ。

自分が誰かに「愛」を囁《ささや》く日が来るとは思わなかった。

しかし、これは最初だが最後ではない。

これから何度も、自分はアリスンに「愛」を囁き、愛情を注ぐだろう。

グウェンはそう確信していた。


そして結婚から数ヶ月後、「戦場の狼」は、軍を辞めた。

曰《いわ》く「妻の実家を手伝う」ということだったが、どこへ行くのかは誰にも言わなかった。

アリスンとグウェンの間には女三人と男四人の子供が生まれ、二人はエルヴァスで幸せに暮らしたとか。

すいようび
織尾おり
見習い
魔女は
こじらせ
天才魔術師
に
猛攻中
～子作りしましょう！
お師匠さま～

第一章

昔々、あるところに、深い森の中に住む魔術師がおりました——。

思わずそう語りたくなるような木々が鬱蒼《うっそう》とした場所に、魔術師オズワルドの住む屋敷は建っている。

人嫌いの彼は、数年前に王都からこの森に移り住んだ。しばらくしてから、弟子のメメットがここに住み着いたが、それ以外の人間はいない。

世間から隔絶された環境で、メメットとふたり、日夜研究に励んでいるはずだったのだが……。

「お師匠さま、どうかメメットにお師匠さまの子種をくださいませ‼」

オズワルドはハッとして魔術書から視線を上げて、何事もなかったかのように魔術書に視線を戻し、しばらくしてもう一度顔を上げて、ようやく声の主——弟子のメメットの方を見た。

「メメ、貴方《あなた》は自分が何を言っているのか分かっているのですか？」

「はい！　お師匠さまから子種をいただいて、子を成そうと思っています！」

メメットが元気よく返事をするたびに、毛先だけふわふわと癖のある赤い髪が、肩の辺りで揺れる。その忙しない動きを、オズワルドはシルバーグレーの瞳で訝《いぶか》しげに見つめた。

「メメ……。子種とは何か知っていますか？　それをどうすれば子を成すのでしょうか？」

「ええと……。子種というのはお師匠さまが育てている植物の種のことで、それを丸呑《まるの》みして十月十日待てばいいんですよね？」

「不正解です」

小首を傾げるメメットを一瞥《いちべつ》した後、オズワルドは深いため息をつき、指でこめかみを押さえた。

弟子のメメットは明るくて快活な性格だが、その反面、鉄砲玉のようなところがある。完全に習得していないのに爆発魔法を暴発させ、近くの山を三分の一ほど吹っ飛ばしたり、きちんと内容を確認しないまま転移用の魔法陣を起動して、危うく壁の中に入りそうになったり。

彼女の突拍子のなさは毎度のことではあるが、さすがのオズワルドも今回は理由を聞かずにはいられなかった。

「あのですね、メメ。子を成すというのはそんなに簡単な話ではないのですよ」

「そうなんですか？」

「森の中で動物が交尾しているのを見たことがあるでしょう？　あのように、人間にも交尾……つまり、性交が必要なんですよ」

「こうび？　あっ、前にお師匠さまとお散歩した時に見たやつですね！」

メメットは若草色の目をキラキラと輝かせたが、その反対にオズワルドはどんよりと目を濁らせた。

少し前に、オズワルドとメメットが散歩がてら結界を張り直しに行った時、野生の猪《いのしし》が交尾しているのを目撃した。

オズワルドは非常に気まずくなって、すぐにその場から立ち去ろうとした。しかし、メメットは興味津々になってしまい、交尾が終わるまで彼女は一歩も動いてくれなかった。

弟子とふたりで猪のマウンティングを眺める時間は、拷問《ごうもん》かと思うほど長く感じた。

メメットが無邪気に言い放った「お師匠さま、あれ何やってるんですかー!?」という質問に、自分がなんと答えたのか全く覚えていない。

「子を成す方法も知らないのに、どうして急に子種が欲しいだなんて思ったんです」

「それはですね！　里にいる姉からの手紙に『親がそろそろ孫の顔が見たいと言っている』と書いてありまして！　これは期待に応えなければと思ったんです！」

「一応、子を成すには子種が必要ということだけは知っているんですね……」

オズワルドは呆《あき》れ顔で呟《つぶや》いた。すると、メメットは物凄い勢いでオズワルドに歩み寄り、彼の上等なローブを皺《しわ》がつくほど強く握りしめた。

「だからお師匠さま、さっそく交尾しましょう！　あたし、お師匠さまの赤ちゃんが産みたいです！」

メメットの若草色の瞳は、希望に満ちていた。

しかし、オズワルドは表情を曇らせながら、彼女の小さな手をやんわりと押しのけた。

「メメ、人間にとって性交というのは、簡単なものではありません。妊娠や出産にも危険がつきまといます。もう少しよく考えて発言しなさい」

幼い子どもを宥《なだ》めるように、オズワルドはメメットの柔らかい髪の毛を撫《な》でる。しかし、彼女は一歩も譲らなかった。

「いやです！　あたし、お師匠さまの子種をもらうまで諦めません！　何がなんでもお師匠さまと交尾します！　後で夜這《よば》いに行くので、覚悟しててくださいねっ！」

メメットはそう高らかに宣言すると、パタパタと駆け足で部屋を出て行ってしまった。

メメットを見送った後、オズワルドは実験室のドアを閉めた。その瞬間、部屋のあちこちに積まれていた本が一斉に崩れ落ちた。オズワルドはその中に倒れ込み、絶叫しながらゴロゴロと転がった。

（メメが！　メメが‼　私のっ！　私の子種が欲しいなんてっ！　わっ、私の子どもが産みたいなんて！　交尾っ交尾っ！）

先ほどの紳士然とした振る舞いは一転し、両手で顔を覆って悶《もだ》えている。

人嫌い、女嫌いのオズワルドだが、彼にとって弟子のメメットは別格だ。

彼はメメットを目の中に入れても痛くない、いや、魔法でこの目の中に封じ込めて、二十四時間、三百六十五日、視界の中に入れておきたいと思うほど溺愛《できあい》している。そんな彼女がオトナの階段をのぼろうとしている。しかもオズワルドの手で。

メメットが十四歳の頃から成長を見守ってきたオズワルドの興奮は、今や頂点に達していた。

オズワルドとメメットの出会いは、五年前にさかのぼる。

オズワルドが宮廷の魔術師団の拠点からこの森へ引っ越した後、野生動物やモンスター避《よ》けとして張っていた結界にメメットが引っかかっていたのだ。

そもそも、なぜ彼が拠点から離れ、こんな森の中で暮らしているのか。それには深い訳があった。

魔術の才能に長《た》けていたオズワルドは、十五歳にして宮廷の魔術師団に入団した。その時の彼の美少年っぷりは今でも語り継がれるほどである。

髪の色は濃緑。前髪を伸ばして、さらりと斜めに流しているのが非常にミステリアスだった。

背中でひとつに束ねた髪は、美しい絹糸が風に揺れているように見えた。

形のいい唇にシュッとした鼻筋。そしてどこか憂《うれ》いを帯びたシルバーグレーの瞳。当時、王妃が魔術師なんて辞めて男妾《だんしょう》になってほしいと破格の報酬を提示した話は宮廷内で有名だ。

そんなオズワルドが二十歳を迎えた日、師として仰いでいた女性魔術師に麻痺《まひ》毒と媚薬《びやく》を盛られ、童貞を奪われかけるという事件が起こる。

彼は信頼していた先生からの裏切りと狼藉《ろうぜき》に酷《ひど》く傷ついた。しかし周囲の同僚たちは女魔術師を咎《とが》めるどころか「童貞喪失のチャンスだったのにな」と言って、オズワルドをニヤニヤとからかうばかり。

女なんて、人間なんて――!!

こうして他者に対して強烈な嫌悪《けんお》感を抱いたオズワルドは、この出来事を境に、身を隠すかのように森へと移り住んだのだった。

それからしばらくして、森の中でボロボロになった少女を発見する。

——口減らしに、親に捨てられたのだな。

これまでもそういう子どもを見かけたが、大抵発見した時には既《すで》に白骨化していた。生き延びただけまだましだろう。

このまま放置しておくのも後味が悪いし、数日後に様子を見に来てみたら骸《むくろ》になっていた……なんて展開、考えたくない。オズワルドは少女の前で膝をつき、じっと見つめた。

「名前は？」

「メメット……」

「うちに来ますか？」

「……うん」

交わした言葉はたったそれだけ。

オズワルドは少女の体に絡《から》んだ結界を外してやると、華奢《きゃしゃ》な体をそっと抱え上げ、屋敷へと連れて帰った。

とはいえオズワルドは生粋《きっすい》の人嫌い。どうやって他者と共同生活を送ればいいか分からず、初めこそ非常に戸惑った。しかし、それはすぐに払拭《ふっしょく》された。

メメットの裏表のない性格に明るい笑顔。綺麗な服を与え、髪をとかしてやるだけで「ありがとうございます！」と元気よくお礼を言ってくれる礼儀正しさ。人間の汚さに辟易《へきえき》していたオズワルドにとって、メメットはいつしか一条の光となっていた。

そして、そんな彼女に愛おしさを感じるまで、そう時間はかからなかった。

試しにとメメットに魔法を教えてみたものの、彼女はさっぱり上達しなかった。それでもひたむきに努力する姿は健気《けなげ》で美しかった。

（メメが立派な魔術師にならなくたっていい。ひとりの人間として真っ直ぐ幸せに育ってくれれば、師匠として本望《ほんもう》だ）

心からそう思っていた……はずなのだが。

（弟子の成長を記録することも、師匠にとって外せない務めだからな！）

彼はメメットのためという大義名分を掲げ、彼女を覗《のぞ》き……いや、見守っている。

メメットの周りには常にオズワルドが召喚した目玉の形の使い魔がふわふわと浮いており、これを通じて彼女の着替えや入浴をしっかりと確認できるようになっている。

傍《はた》から見れば最低最悪な行為だが、誰かに咎められたとしても「服で隠れたところに怪《け》我《が》でもしていたら一大事だから」という理由があるので何ら問題ない。

（保護した直後のスレンダーなメメも可愛かったけれど、以前にも増して腰つきがふっくらしたメメも大変可愛いものだな！）

使い魔が記録したメメットのあられもない姿は、オズワルドの寝る前の楽しみとして大変重宝《ちょうほう》されている。

ちなみにメメット自身は、自分にまとわりつく使い魔たちのことを「アイちゃん」と呼んで可愛がった。

他にも、メメットが十六歳で初潮を迎えた時、オズワルドはその経血をこっそり採取して結晶化し、今もピアスとして肌身離さず身につけている。

大事な大事な弟子の体に起きた変化。その時の喜びをいつまでも忘れないでいたい――。オズワルドはことあるごとに耳たぶに触れ、メメットの体が子を孕《はら》めるようになったと狂喜乱舞したことを思い出した。

ちなみにメメット本人から「その宝石はなんですか？」と尋ねられた時は、ピジョンブラッドルビーだと言って誤魔化《ごまか》している。

しかしここまで変態的なことをやっていても、オズワルドは絶対に自分からメメットに手を出さなかった。

少なくともメメットにオズワルドを嫌っている様子はない。その上、彼女は今や十九歳。世間では結婚相手を探す頃合いだ。ひと思いにペロリといただいてしまえばいいものを、彼は絶対にそうしなかった。それには重大な理由がある。

本の海に溺《おぼ》れそうになりながら、オズワルドは「あぐあぐ」と情けない声を漏らす。そしてローブ越しに、すっかり屹立《きつりつ》している己の陰茎に触れ、ため息をついた。

（どうしよう、どうしたらいいんだ！　メメが本当に夜這いしに来たら、私が技巧《テク》なしの情けない男だと露見してしまうではないか！）

オズワルドは、愛しいメメットに幻滅されたくなくて、彼女に手を出す勇気がないのだ。

どんな人間でも肉体の成長は拒《こば》めない。年々、少女から女性へと成熟していくメメットは、さなぎから羽化する蝶のように見えた。

性を撒《ま》き散らす女を毛嫌いしても、メメットだけは別格。

率直に言うと、あの細い体に己を打ち付けて、思い切りメメットを喘《あえ》がせてみたい。メメットの最初で最後の男になって彼女を悦楽の極みへと誘《いざな》いたい。そんな妄想をしながら自慰にふけるのは、オズワルドにとってもはや日課に等しい。

しかし、ぴっかぴかの童貞であるオズワルドに、処女のメメットを気持ちよくする自信はない。メメットの同意がないまま媚薬なんかに頼れば、かつての自分と同じように彼女の心を傷つけてしまう。

（あうあう……。メメの夜這いを拒否したくない。でも、下手くそだとバレて幻滅されるのも怖い……）

そんな葛藤《かっとう》を繰り返した末、オズワルドはある答えにたどり着いた。

第二章

夜の帳《とばり》が下りて、オズワルドがフクロウの鳴き声を聞きながら魔術書を読んでいると、扉の向こうから小さな声がした。

「お師匠さま、お師匠さま。メメットです」

「お入りなさい」

ごくりと生唾を飲み込んだ後、オズワルドは努めて冷静に返事をした。

静かに音を立てて扉が開く。そして隙間から滑り込むように入ってきたメメットの姿に、オズワルドは言葉を失った。

「えへへ、どうです？　お師匠さま。似合いますか？」

メメットが身につけているのは、透《す》け透《す》けの薄い生地でできた服。丈は太ももの付け根くらいまでしかなかった。更にその下は、大切な部分しか隠れていない扇情《せんじょう》的な下着。フリルやリボンがあしらわれていて、可愛いデザインがやけにアンバランスに見えた。

ふっくらと柔らかそうな乳房がまろび出ていて、裸よりもエロスを感じるメメットの姿に、オズワルドの鼻の奥がもぞもぞする。

（いかん！　鼻血が……っ！）

オズワルドはこっそりと鼻の粘膜に凍結魔法をかけて、流れ出す前になんとか血を凝固させた。

メメットは恥ずかしいのか、服の裾をぎゅっと伸ばし、できる限り体を隠そうとしている。その姿もたまらなく可愛い。

（メメのえっちなランジェリー姿をあらゆる角度から撮影しろ……！）

オズワルドが思念だけで使い魔に命令すると、たちまち目玉がふわふわとメメットの周りを漂った。

「メメにとてもよく似合っていますよ。いつの間にそんな下着を調達したんですか？」

「これはですね！　姉が最近送ってきてくれたんです！　『オトナの女のたしなみだ』って言って！」

「そうだったんですか」

オズワルドは微笑みながらメメットに近づき、至近距離で彼女の全身を舐めるように眺める。

メメットの下着は全て把握しているが、これは初見だ。「未来の義姉、グッジョブ！」と、オズワルドは心の中で親指を立てた。

「メメ、本当に私の子が欲しいですか？」

「はい！」

「私と性交したいのですか？」

「はい、もちろんです！」

「よろしい。では、今夜からメメが無事に子を成すための準備を始めたいと思います」

「準備？」

「言ったでしょう？　妊娠にも出産にも危険がつきまとうと。今のままではメメが安全に子を成せるか分かりません。だから、これからしばらく貴方に性教育を行って、私との子を安全に孕む体にしたいと思います」

自分のテクニックに自信がないオズワルドが導き出した答え。それはメメットに性教育を施すふりをして彼女の体を開発し、何をやっても感じるようになったところで美味しくいただこうというものだった。

これなら童貞のオズワルドでも、最終的にはメメットを快楽に溺れさせることができるだろう。

（我ながらなんて名案なんだ！）

オズワルドは自画自賛した。

「さあ、メメ。今日はまず身体検査です。ベッドに横になりなさい」

「はい、お師匠さま！」

メメットがベッドの上に横たわる。控えめかと思っていた胸の膨らみは、しっかりと弾力を持っており、彼女が仰向けになってもぷるんと丸みを維持している。それだけでオズワルドの興奮は振り切れそうだった。

（はーっ！　はーっ！　メメのおっぱい！　可愛いおっぱい！　舐めたい！　揉みしだきたい‼）

内心そんなことを叫びながら、オズワルドは優しく彼女の髪を撫でた。

「服と下着を脱がせても？」

「はい！」

メメットの明るい返事に心の中でガッツポーズをしつつ、オズワルドは彼女の首の後ろにある細いリボンをゆっくりと引いた。

まるでカーテンを開けるように、はらりと薄い生地が肌の上を滑り落ちていく。そして現れたのは、ふんわりとしたふたつの丘。使い魔の映像よりずっと美しくて、見ているだけで柔らかさが伝わってくる。

（ああっ！　もう死んでもいい！　いや、まだだ！　生乳首を拝んでいない今、まだ死ぬわけにはいかない！）

震える指で胸当ての紐をほどくと、恋い焦がれていた薄桃色の突起がついに現れた。

（ふわああああぁぁぁ！）

思わず鼻から抜けるような、情けない声が出そうになった。

これがメメットの乳首。ふっくらとした乳輪の上に、ちょこんと愛らしい小粒が乗ったそれは、どんな巨匠も作り出すことのできない至極《しごく》のデザートのようだ。あまりの愛らしさに、ローブの下ではオズワルドの剛直がダラダラと先走りをこぼしている。

しかしこれで満足してはいけない。本題はこれからだ。

「さあ、今から実際に検査を始めます。あちこち触りますが、全て貴方の体を調べるため。くすぐったくても我慢するんですよ」

「分かりました！」

やはりメメットは元気よく返事をしてくれる。なんていい子なんだ……と感動しながら、オズワルドは念願のメメットの乳房にそっと触れた。

(何これぇ……♡)

柔らかい。今まで触れてきたどんなものよりも柔らかくて温かい。

焼き立ての白パンともスフレとも違う、極上の触り心地。脳がとろけてしまいそうだ。

ふにふにと十本の指を動かし、メメットの胸を堪能する。気を抜くと顔がデレッデレになってしまいそうなので、オズワルドは必死で真剣な顔を作った。

「ふむ。胸は問題なさそうですね。では、今度はこちらを……」

「っあ……！」

オズワルドはメメットの乳首にむしゃぶりついた。メメットの背中がシーツから浮く。オズワルドはその隙間にすかさず腕を差し込み、彼女の腰をかき抱いた。

(メメのピンク色の乳首が、私の口の中に――‼　美味しい……！)

夢中になって吸い上げるたびに、頭の中で火花が次々とスパークする。

メメットの薄桃色の乳首を舐めたい、吸いたい、味わいたい――。オズワルドは毎日のように、いや、毎秒のようにそんな不埒《ふらち》なことを考え、生きてきた。それが実現したのだから感動もひとしおだ。

「お、お師匠さ、まッ！」

「なんですか？」

「これは何の検査なんでしょうか……」

「子を成した時、ちゃんと母乳が出るか調べているのですよ」

「んっ、な、なるほど……」

そう、これは身体検査なのだ。無駄に乳首をいじっていると思われないよう、オズワルドは真面目に調べているような雰囲気を醸しだした。とはいえ、頭の中は「メメが子を孕んだら、初めての母乳は私が飲ませてもらおう。いや、経血のように結晶化するのもいいいな」などと、ろくでもないことでいっぱいだった。

「んんっ！」

「メメ？」

夢中になってメメットの乳首をしゃぶっていると、メメットの体がぷるっと小さく痙攣《けいれん》した。オズワルドは乳首から唇を離し、メメットの顔を覗き込む。

そこには、目を潤ませ、とろけるような甘い表情を浮かべる彼女がいた。

別人のように蠱惑《こわく》的なメメットに、オズワルドの劣情《れつじょう》がどうしようもなく掻《か》き立てられる。

女の顔をしていても、天使はやはり天使のまま。嫌悪感など微塵《みじん》も感じない。

「お師匠さまぁ……。体がムズムズします」

「体のどこですか？」

「ここ……」

メメットが指差すのは、へそよりもう少し下の部分――子宮の辺り。オズワルドはごくりと生唾を飲み込む。

「ムズムズするとは不思議ですね。何か異常でもあるのでしょうか」

「やだ、やだっ。そんなのこわい……」

「メメ。それなら私が確認してもっ？」

「んっ、おねがい、します……！」

身体検査とはなんて便利な言葉なのだろう。こんな場所ですら正々堂々と見ることができるのだから。

オズワルドはメメットのパンツのサイドリボンを震える指に引っかけ、一気に下ろした。

「!!」

オズワルドは絶句した。いい意味で。

メメットの秘部に下生えがない。

昨晩までは彼女の髪の毛とお揃いの、ふわふわの和毛《にこげ》があったはずなのに。嬉しい動揺で心臓がバクバクと音を立てている。

オズワルドは声の震えを必死に抑えてメメットに問いかけた。

「ねえ、メメ。ここの毛はどうしたのですか？」

「こっ、これは……姉が『毛を処理するのも大人の女のたしなみだ』って、脱毛剤も一緒に送ってくれたから……」

その答えに、オズワルドは再び「未来の義姉、グッジョブ！」と心の親指を立てた。もちろんローブの下もガッチガチに勃《た》っている。

「メメ。ムズムズするのは外側ですか？　内側ですか？」

「内側ぁ……」

メメットのふわふわの乳輪に円を描くと、彼女は再び腰を浮かせた。

「内側ですね。では、しっかり確認するので、足を開いてください」

メメットは大人しく両足を開いていく。そしてダメ押しと言わんばかりにオズワルドが膝を掴み、ぐいっと力をこめた。

（あ、あ、あ……）

これがメメットの女性器――。

ふっくらとした膨らみの間に美しいスリットが縦に伸びており、ほころびかけの花のようだ。そしてその隙間から、とろりと愛液が溢《あふ》れ出している。

彼女の秘裂の間に舌を差し込み、愛液を啜《すす》りたい。

欲求が暴れだし、オズワルドの体の奥から迫《せ》り上がる。しかし今はまだその時じゃない。童貞に焦りは厳禁なのだ。

（いっ、今からっ、メメの膣内《なか》を撮影するっ!!）

頭に血がのぼり、激しいめまいを覚えながらも、オズワルドは目玉の使い魔に命令を送った。

一匹の使い魔がメメットの秘裂の傍にふわりと降りてくる。

「膣《ちつ》の中を見てみましょう。痛みはないですからね」

「はっ、はいっ」

メメットの返事に反応するように、使い魔の瞳孔《どうこう》がカッと開き、光を放つ。そしてオズワルドは肩で息をしながらメメットの秘裂を左右に広げ、内側を覗き込んだ。

蜜まみれの狭い道はひくひくと蠢動《しゅんどう》し、その奥にメメットが処女である証しが見える。

(ああ、なんて素晴らしい……。正真正銘、私がメメの初めての男になるのか……!!)

感動で涙が出そうになるのを、すんでのところでこらえた。

「お師匠さま……。あたしの体、どこかおかしいでしょうか……?」

「ふむ。特に炎症などはなさそうです。ただ、奥の方はやはり肉眼だけでは確認できそうにないですね」

「そんなぁ……」

オズワルドはメメットに見えないように、ニヤリと口の端を持ち上げる。こんなこともあろうかと、以前からしっかり準備しておいた召喚魔法の出番だ。

「メメ。少しもぞもぞしますが、我慢してください」

「はい……。っあ——」

オズワルドがメメットの下腹部をそうっと撫でると、彼女の肌がぽわっとピンク色に光った。その光が体の中へと消えていくと、メメットは突如体をよじらせた。

「あああッ! お、お師匠っ、さまァっ! な、なに、これっ……」

「淫蟲《いんちゅう》ですよ」

彼女を怖がらせないように、オズワルドは穏やかに答える。

オズワルドが召喚したのは、人間の体液を好物とする下級の魔物だった。大きさもオズワルドの親指ほどぐらいしかなく、シャクトリムシのようにぐにぐにと動く。小さな口で体液を吸引し、自身の体からも極めて微量の媚毒《びどく》を出す生き物だが、基本的に悪さはしない。強いて言うなら時折淫蟲から与えられる快感に悲鳴を上げてしまうくらいだ。

「いやぁ、あっ！　あっ、うごく、これ、うごうごするっ！」

「この蟲《むし》は私がしっかり飼い慣《テイム》らしていますので、メメの膣の中に異常があればすぐに知らせてくれるようになっています。しばらくはこちらを入れたまま生活してみましょうね」

「ふあぁぁぁっ」

「とても小さい生き物ですから、メメの体を傷つけることは絶対にありません。安心してください」

メメットは顔を真っ赤にして太ももを擦り合わせている。彼女が動くたびに、足の間からくちゅっと水音が立つ。これは期待できるかもしれない。

（淫蟲よ。これから二十四時間メメを開発し続けるように。決して処女膜は傷つけるな！　異変があればすぐに私に知らせること。いいな！）

優しくメメットの赤い髪を撫でながら、オズワルドは魔物に最低最悪な命令を送った。

身体検査の翌日から、メメットは四六時中淫蟲が与える刺激に悶えた。

「んぁぁっ。お、おししょうさまぁ……」

「どうしましたか?」

「あっあっ、おなかのおくが、んんッ。へん、ですっ……」

「おかしいですねぇ。淫蟲からは特に異常の知らせはないのですが」

「ひ、あ、あ、あ……。なんかっ、くるっ、きちゃう、あ――」

実験の途中であろうと、メメットはオズワルドにしがみつき、涙目で悶絶する。そして絶頂の直前、オズワルドがさりげなく膝で彼女の下腹部をぎゅっと刺激すると、メメットはびくっと全身を痙攣させた。

(これで、もう六回目……♡)

オズワルドは息を荒くしているメメットの頭を撫でながら、うっとりとする。

体液を求めて、襞《ひだ》の上をずり……ずり……と這《は》う淫蟲のおかげで、メメットの膣は処女膜を失わないまま一晩のうちに快感を拾うようになった。

(ああ、メメのイキ顔はなんて可愛いんだっ!)

若草色の瞳が潤み、白い頬が桃色に染まり、そのまま貪《むさぼ》ってしまいたくなる。

ちなみに彼女がオーガズムを迎える瞬間は、部屋のあちらこちらに飛ばしている使い魔によって全方位から記録している。記念すべき初オーガズムの瞬間ももちろんだ。後日あらゆる角度から五十回は見返すつもりだ。

「さ、メメ。今日は後で薬草を摘みに行きましょう。ついでに貴方の好きな果物も取ってきましょうか」

「はいっ、あ、また――ッ」

しなだれかかるメメットを、わざとらしく「おっと！」と言いながら抱きしめた。

「メメ、今、貴方の体はどんな感じですか？」

「きゅうって……うずいてっ、あっ、じくじく……ぅあッ」

「それはおそらく、気持ちがいいということです」

「きもち、い……？　んんっ！」

「ほら、どんどん体が熱くなっていくでしょう？　人間はそうやって快感を得ることで、何度も性交をしたくなるようになる生き物なんですよ」

「あ、っん――これ、かいかん？　あ、くるっ、くるっ、おしょうさまっ」

メメットがオズワルドのローブをぎゅうっと握る。オズワルドもまた、メメットと同じように息を荒くしながら彼女の耳元で囁《ささや》いた。

――こんな時はね、イくと言いなさい。

「おしょう、さ、まっ！　いくっ、いくっ。ぅううう～～……っ！」

そしてこの時から、オズワルドに教わったとおり、メメットは果てる瞬間を口にするようになった。

＊＊＊

淫蟲をメメットの体に入れてから三日。シャワー中でも夜にベッドで寝そべっている時でも、淫蟲はところ構わずメメットの襞を刺激する。だから彼女は昼夜問わず身悶え、果てた。

そしてオズワルドもまた、乱れる弟子の記録を見ながら何度も何度も欲を吐き出した。

（もうそろそろ、次のステップに進んでもいい頃だろう）

その日の夜、オズワルドはうきうきしながら、自室でメメットの体を開発するための新たな魔道具を準備していた。

今度は張り形。しかも形も大きさも自分の男根《だんこん》にそっくり。要はレプリカだ。

しかしこれをそのままメメットに挿入すると、彼女が張り形で処女喪失してしまう。そのため、挿《い》れたそばから彼女の体温で溶けて潤滑油《じゅんかつゆ》になる安心安全設計にしてある。

ちなみにこの張り形がメメットに好評であれば、娼館《しょうかん》にでも売り捌《さば》こうかと考えている。

（近い将来、メメとの子どもを養うのだし、貯蓄は多いに越したことはないからな！）

妻になったメメットと可愛い子どもたちに囲まれている自分を想像し、「むふふふ」と笑っていると、部屋の扉をノックする音がした。どうぞと声をかければメメットが入室してきた。

今夜の彼女の装いは、体のラインがくっきりと出た薄手のネグリジェ。淡いラベンダーカラーは清楚《せいそ》だが、凹凸が見えるのが妙に扇情的だ。そして彼女のふっくらとした丸みの上には、ぽっちりした突起がある。

（メメ、乳首！　乳首出てるよ‼）

危うくまた鼻血が出そうになって、オズワルドは大慌てで鼻に凍結魔法をかけた。

「メメ。下着はどうしたのですか?」

「どうせ脱いでしまうことになると思ったので、着ていません!」

そう言いながら、メメットはオズワルドのベッドにちょこんと腰掛けた。

(裸もいいけれど、着衣のメメもけしからん! 最高!!)

心の中でガッツポーズしながら、オズワルドもメメットの隣に腰掛け「困った人ですね」と笑う。

「淫蟲はいかがでしたか?」

「えっと、あの……。お師匠さまに教えてもらった、『いく』っていうのが何度も起こって、ちょっとびっくりしました……」

「そうだったんですね。気持ちよかったですか?」

「……はい」

頬を赤らめて頷くメメットを見て、オズワルドの興奮が急上昇する。

本当はもっともっと卑猥《ひわい》な言葉を浴びせたい。メメットの蜜がけ苺のような唇で淫語を言わせたい。しかし、それはもう少し先の楽しみとして取っておこう。今はとにかくメメットの体を敏感にすることを最優先しなければ。

オズワルドがメメットの腹部に手のひらを当てる。ほんわりとピンク色の光が浮き上がると、メメットの膣から淫蟲が消えた。

「あ――」

「淫蟲からは異常など何も報告されませんでした。よかったですね」

「はいっ！」

「では、今日からは別の性教育を行います。メメはこれが何か分かりますか？」

オズワルドは例の張り形を取り出し、メメットの目の前に差し出した。

「……？　これは？　バナナにしては変な形……。でも美味しそう！」

そう言うと、メメットは何の前触れもなく張り形にちゅっとキスをした。

（うわあああああああ!?）

まるで自分の男根にキスをされたかのように悶絶したオズワルドは、思わずベッドに倒れ込んだ。

彼の服の下では、バナナではない「本物」がギンギンに存在を誇示《こじ》している。

「お師匠さま!?　どうしました!?　大丈夫ですか！」

「へ、平気です。申し訳ない。ちょっとめまいがしただけです……」

メメットが背中に手を添えて起こしてくれる。心臓が止まるかと思った……と、オズワルドは深呼吸を何度か繰り返した。

「それで、このバナナみたいなのは一体何ですか？」

「これは張り形というものです。男性器の模造品です」

「だっ――!?」

メメットはオズワルドの言葉に驚いたのか、張り形から手を離そうとした。すかさずオズワルドが手を伸ばし、張り形を持ったメメットの手のひらを包み込む。

「人間の性交というのは、これを膣に挿れて先端から子種を放出するのです」

「挿れる……」

子種を植物の種だと思っていたメメットには衝撃だったのだろう。彼女の顔に若干の怯《おび》えが浮かんでいる。オズワルドはそんなメメットを安心させるように、頬を優しく撫でた。

「大丈夫です。これは体温で溶けるように作られていますから、ちっとも痛くありませんよ」

「ほ、本当ですか？　全然痛くないんですか？」

「ええ、もちろん。ほら、ネグリジェを脱いでベッドに横になりなさい」

そう促すと、メメットは言われたとおりネグリジェを脱ぎ捨て、シーツの上に横たわった。

（ああ、このまま覆い被さってしまいたい……！）

今回もオズワルドはメメットの裸体に見とれていた。くびれた腰、そこから豊かにカーブを描く臀部《でんぶ》。成熟と未成熟が共存する彼女の色香《いろか》にくらくらする。

「あの、お師匠さま……？」

オズワルドが恍惚《こうこつ》の表情を浮かべてメメットの肌に触れていると、彼女の不思議そうな声が聞こえた。いけないいけない。完全に自分の世界に入っていた。

「それでは、さっそく張り形を使ってみましょう」

言いながら、メメットの太ももを割り開こうとすると、小さな手のひらがオズワルドを遮った。

「どうしましたか？」

「お師匠さま、お願いがありますっ」

メメットがゆっくりと起き上がりながら、オズワルドの目をじっと見つめる。若草色の瞳には好奇心が爛々《らんらん》と輝いているように思えた。

「あたし、その張り形を使うところを見てもいいですか⁉」

「えっ」

「猪の交尾を観察した時は、挿れてるところがよく見えなかったんですよね！　だから今日はじっくり見てみたいです！」

「ええええっ⁉」

「だめでしょうか？」

耳を下げてしょんぼりする子犬のような顔で、メメットがおねだりをした。

（待って待って！　予想外すぎる！）

余裕たっぷりに見せかけて、実はオズワルドに余裕など全くない。経験の浅さをメメットに悟られないよう必死なのだ。そんな彼に予期せぬ出来事への対応というのは困難を極めた。

しかしメメットはお構いなしにオズワルドの方へとにじり寄り、彼の胸の中にぐりぐりと体をねじ込む。そして自分の背中をオズワルドの上半身に預けると、「ほら！」と言わんばかりに細い足を広げた。

メメットを後ろから抱きかかえながら、オズワルドは嫌な汗をかく。

（だ、だだ、大丈夫だろうか……。上手くやれるだろうか……）

女体に触れる機会すらほとんどなかった自分が、後ろから腕を伸ばして問題なく張り形を膣に挿入できるのか不安でしょうがない。

（間違えて尿道や後孔なんかに挿れてしまったら、メメに嫌われちゃう……!!）

そんなことを考えるほど手が震えそうになる。

何か策はないか……。不慣れであることをメメットに悟られず、かつ一発で張り形を膣に挿入できる方法は――。

ふと、壁かけの鏡が目にとまった。

（これだ!!）

オズワルドは慌てて指先で楕円《だえん》を描く。するとふたりの目の前に、大きな鏡が現れた。

「わあ！」

「この鏡があれば、貴方もここがどうなっているか分かるでしょう？」

「はい！　これならよく見えそうです」

メメットが満足そうに笑っている間、オズワルドは胸をなでおろしていた。よかった。これで自分もメメットの蜜口を確認することができる。尿道や後孔に間違って挿れることもないだろう。

「さあ、いきますよ」

そう言って、張り形の先端をゆっくりと陰唇にあてがいながら上下に動かす。メメットの口から「うあ……」と、声とも吐息ともつかない何かが漏れた。

既《すで》に張り形はメメットの肌の温度によって溶け始め、愛液に混ざってとろとろと垂れている。オズワルドは意を決すると、メメットの蜜口に張り形をつぷりと埋めた。

「……!!」

メメットがオズワルドの腕の中でのけ反る。まだ本当に先の先しか挿れていないのだが、無垢《むく》なメメットには刺激が強かったらしい。

入り口付近で、張り形を溶かすようにゆっくりと出し入れすると、ちゅくちゅくと粘り気のある水音が立った。そのたびにメメットがびくん！　と反応する。体を反らした際に見える真っ白な喉が、なんとエロティックなのだろう。

「大丈夫そうですか？」

「は、はいっ……。あ、でもっ、へ、へんなかんじっ！　あぅっ」

「変な感じとは？　ちゃんと言ってみなさい」

「い、いいっ！　きもちがいい……ですっ！」

喘《あえ》ぎながら答えるメメットに、正直こちらの方が大丈夫じゃなかった。

メメットの膣を張り形が往復すると、粘膜が「出て行かないで」と言うようにねっとりと絡み付く。これが張り形ではなく自分のものだったら、どれだけ気持ちがいいのだろう。

手を動かしながら、オズワルドは鼻息を荒くしていた。

メメットの体温で溶けた張り形は、膣の中で潤滑油となっている。そのおかげか、メメットは全く痛みを感じていないようだ。

「あーっ！　あーっ！」

抽送に合わせて漏れる喘ぎ声。

清楚な少女が女の顔になるのは、なんと淫《みだ》らで美しいのだろう。

（メメが乱れてる姿を撮ってくれ‼）

オズワルドが命令を送れば、すぐに目玉の使い魔が飛んでくる。今日の映像も「オトナの階段をのぼるメメの秘密のアルバム♡」と名付けた専用の水晶にきっちり封じておかなければ。

ぐちゅ、ぐちゅ、ぐちゅ。

張り形が動くたびに卑猥な音が響く。そして鏡の中で痴態《ちたい》を晒《さら》す、穢《けが》れなき天使。

あまりにも背徳的すぎる光景に、オズワルドの陰茎は大変なことになっていた。

「少し奥に挿れてみましょう」

そう言って、ずるっと張り形の先を子宮の方へと押し込む。先端が溶けて細くなっているので、処女膜を傷つけずに、ニチッと沈んでいった。

張り形に押し出されて、愛液と潤滑油がシーツを汚す。そうだ、このシーツはシミの部分を切り取り、額縁に入れて永久保存しよう。

「ぅあああ……」

「どう？　痛くないですか？」

「いいです……！　きもちいいですっ」

メメットがもどかしそうに体を揺らせば、その動きに合わせてふわふわの胸も弾む。

オズワルドは天国にのぼるような心地で――いや、既に下着の中はある意味昇天しかけているのだが——じっくりとメメットを犯していく。

下生えがないので、張り形が入り込むと膣口がぽっかりと開いていくのがよく見える。そして彼女が腰を浮かせた瞬間、張り形がきゅーっと奥へと勝手に進んでいった。

（あっ！　メメが締めてる！　凄い！　私のペニスを締めてる!!）

オズワルドは思わず張り形から手を離して、その様子を凝視してしまった。

淫蟲から「彼女は非常に締め付けがいいですね。名器ですので開発し甲斐《がい》がありますよ」と報告を受けていたが、そのとおりらしい。

「んんんんっ！　おしょうさまの、きもち、いっ……。あ、あっあっ……！」

「私のものが、そんなにいいですか？」

「はいっ！　……んんっ、あ、らめ、ああああっ！」

厳密に言えば、張り形はオズワルドのモノでもなんでもない。しかしメメットの「お師匠さまの」という言葉だけで、オズワルドは完全に挿入している気分になっていた。

処女膜を傷つけないように気をつけながら、抜き差しの速度を上げていく。すると、メメットがオズワルドの服をぎゅっと握り、何かに耐えるように全身を硬直させた。

（あ、あ、メメがもうすぐイキそう！）

オズワルドはメメットの耳たぶを甘噛みし、吐息まじりの声で彼女の名前を呼んだ。

「メメ……」

「っあ……、いくっ！　いくぅぅっ！　～～～～ッ！」

メメットは一際激しく体を痙攣させて、涙を流しながら果てた。

オズワルドはそんな彼女を抱きしめながら、鏡越しにメメットの蜜口が収縮する様を目に焼き付けた。

もちろん鏡に映る像は、魔法によって最大まで拡大していた。

＊＊＊

性教育が進むにつれて、オズワルドの中で「メメットを抱きたい、孕ませたい」という欲望が膨れ上がっていた。

元来真面目な性格のメメットは「交尾の本番に備えて、もっともっと練習したいです！」と意欲的だった。その結果、オズワルドが毎晩張り形で彼女の膣内を開発することになってしまった。

それを喜んでいたのは序盤だけで、次第にオズワルドは、自分が今、強烈な生殺し状態であることに気づいてしまった。

ふたりで真剣に新薬の実験をしている最中でも、森の中でメメットの魔法の練習に付き合っている時でも、オズワルドの頭の中はメメットとの情交のことでいっぱいだ。

（メメに挿れたい……。あのぬるぬるでキツキツで、とろとろでムチムチなメメの中に入りたい……）

張り形を挿れるふりをして「あっ、間違ってホンモノを挿れちゃった！」なんてラッキースケベでも装ってしまおうかと真剣に悩んだりもした。

しかし、オズワルドはまだ己のテクニックに自信がない。もう少しメメットがすんなり中イキできるようになるまで我慢するのだと、自分の理性と陰茎に言い聞かせた。

「……お師匠さま？」

小鳥のさえずりのような可愛い声で、意識が引き戻される。ふたりで実験室の整理をしていたのに、いつのまにかメメットとのめくるめく官能の夜について考えてしまっていた。

「ああ、メメ……。申し訳ない。ぼんやりしていましたね」

微笑みながらメメットの髪を撫でると、彼女は気持ちよさそうに目をつぶる。

こうしてメメットの髪に触れると、彼女を保護した日、ボロ雑巾のようになっていた彼女に洗浄魔法をかけた時のことを思い出す。

ペッタリしていた赤い髪がふわふわ揺れて、子犬か子猫のようだった。

思わず手を伸ばし、感触を確かめようとした瞬間、メメットがそっと目を伏せた。まるで「撫でて」と言わんばかりに。その時、初めてオズワルドは目の前にいる少女に、何か特別なものを感じた。

あれ以来、オズワルドはことあるごとにメメットの頭を撫で、その柔らかさを確かめながら、己に彼女の保護者としての自覚を促してきた……つもりなのだが。

（メメがパイパンになったのは大歓迎だが、陰毛の手触りも堪能してみたかったな！　永久脱毛薬を渡す前にもう一度生やしてもらおう！）

……とまあ、今や見る影もない。

魔法陣を描いた羊皮紙をくるくると丸め、箱に詰め込んでいると、メメットから声をかけられた。

「お師匠さま、お師匠さま！」

「ん？　何かありましたか？」

「この『オンナが悦ぶ！　ミラクル四十八手　～初めての人にも分かりやすいフルカラーイラスト付き～』って本は、召喚魔法の棚でいいんでしょうか？」

「なっ、メメ⁉　それはっ……‼」

メメットが手にしているのは、ここぞという時のために自習用に買っていた参考書だった。本のチョイスが最悪なのが、こじらせたオズワルドらしい。

（あああああ！　だめだだめだ！　これ以上は見ないで！　破廉恥《はれんち》な本だから見ないで‼）

オズワルドは慌ててメメットから本を取り上げようとしたが、既に彼女は興味津々な様子でページをめくっている。

「うわぁ！　すっごい！　男の人と女の人の裸がたくさん載ってるー！　お師匠さま、これが人間の交尾ですか？」

「……ええ、そうです」

「あ、これ、この前見た猪と同じやつだ！　わ、こっちは縄なんて使ってる！　交尾って色々あるんですね～！」

さまざまな体位のイラストをしげしげと眺めるメメット。オズワルドが開発したばかりの魔法を見る時のように、瞳が好奇心に満ちて輝いている。

オズワルドはこほんと咳払いをすると、そっとメメットの手から本を取り返した。「あっ」と、一瞬だけ小さな手がこちらへと伸びたが、すぐに引っ込む。

「メメ。片付け中に読書は厳禁だと約束したでしょう？　掃除が終わらなくなってしまいますよ」

「そうでした！　お師匠さま、ごめんなさいっ」

メメットはぺこりと頭を下げると、すぐに本棚に向かった。

(ここでごねたりしないのが、メメの可愛いところなんだよねぇ……♡)

こんな本を所持していると愛弟子《まなでし》に知られて、物凄く決まりが悪いはずだった。しかし素直なメメットの様子を見ると、羞恥心《しゅうちしん》も忘れてニコニコしてしまう。

その後、ふたりは黙々と部屋を片付け続けた。汚れたままだったフラスコを綺麗にしたり、出しっぱなしだった獣の角を粉末にして薬箱に入れたり。メメットが間違って魔法をかけてしまったために、二度と開かなくなってしまったアプリコットジャムの瓶もこの機会に捨てた。

ふう、とオズワルドが息を吐く。普段から努めて綺麗にしているつもりだが、研究に没頭してしまうとつい疎《おろそ》かになってしまいがちだ。メメットと一緒に生活し始めてから、こうして定期的に掃除するようになって本当に助かっている。

「メメ、そろそろ休憩にしてお茶の時間にしましょうか」

オズワルドが振り返ると、メメットは再び魔術書が並んだ棚の前にいた。しかもその手には例の破廉恥な本。

「ねえ、お師匠さま！　あたしもいつかこれをするんですよね！」

「えっ⁉　え、ええ。そうですね……」

「それは一体いつですか⁉」

「んんっ⁉」

「まだですか⁉　ちなみに、どれでやる予定なんですか⁉」

「んんんっ⁉」

飼い主にじゃれつく子犬のように、メメットがオズワルドに飛びついてくる。

「あたし、この本に載ってるどのポーズでもいいので、早く子種が欲しいです！　お師匠さまの赤ちゃんが産みたいです！」

「んんんん‼」

オズワルドの戸惑いは一瞬にして鼻息で吹き飛ばされ、興奮に塗り替えられた。

メメがそこまで私の子種を求めているんだから、もうさっさと抱いちゃえよ――と囁く声。

いやいや、愛するメメに最高のとろあまえっちを味わわせてあげられるまでは我慢だ――と囁く声。

どちらもオズワルドの心の声だ。

そして、そんな彼に潤んだ瞳で上目遣いしてくる可愛い弟子。

「……分かりました」

「じゃあ――」

「いえ、正しく言うと、子種はもう少し後です。今夜は性交のお試しをしてみましょう」

「お試し……？」

首を傾げるメメットをじっと見つめながら、オズワルドは張り形よりも一歩進んだ性教育を実施することに決めた。

＊＊＊

その夜、メメットは裸でオズワルドのベッドに寝そべっていた。彼女は少し不安そうな様子でこちらを見ている。

「お師匠さまは今日はこちらに来ないんですか？」

「ええ」

「でも、今日は交尾のお試しをするんですよね？」

「もちろん。だから私はここにいるのですよ」

「どういうこと……って、うわわわっ！」

メメットが話の途中で慌てるように腕を伸ばした。そして、何かにしがみつくような体勢になる。

「お、お師匠さま！　これ、なに……うひゃあ！」

「幻惑魔法ですよ。今、貴方の前には私の分身がいるのです。分かるでしょう？」

「えっ、でもっ、何も見えないっ！　あ、そんなとこ触らないで……っ、んんん！」

透明のオズワルドがメメットを愛撫《あいぶ》し始めた。

まずは胸を揉みながら首筋に口づけを繰り返す。するとメメットはビクビクと体を跳ねさせたり、こわばらせたり、忙しなく反応した。

オズワルドはベッドの上でひとり悶えるメメットを静かに見守っている。しかし、内心は五感に直接訴えかけてくるメメットの体温やにおいに全力で興奮していた。

（メメってば美味しい……♡　女の子の肌ってこんなに甘いんだ……♡）

魔法で作り出したオズワルドの分身とは、感覚が共有されるようになっている。そのためオズワルドが直接触れなくても、メメットの体を堪能できる仕組みになっている。

本当はメメットを抱きたくてたまらないが、自信がないオズワルドは、魔法によってメメットとまぐわうことにした。

これは彼女の反応を探るのにも都合がいい手法だ。もし上手にできず、彼女を満足させられなくても、あくまで分身のせいだと言い訳ができる。

「メメ。どうですか？　今どうなっているのか、どんな気持ちか、正直に口にしてみなさい」

「……んっ、あ、あたしのっ、おしっこがでるとこっ、おししょうさまが……なめてますっ。ぬるぬる、してっ、ひぅッ!!」

分身の指がメメットの秘裂をくぱりと開いたせいで、愛液でとろとろになった花びらが見えている。オズワルドはまじまじと覗き込んで、クリトリスを探した。

（人差し指と中指で広げた後、少し上に肉を持ち上げるると露出するというが――）

ハウツー本の内容を思い出して、オズワルドが分身に命令を送る。すると、無事にメメットの小さなクリトリスが包皮《ほうひ》から顔を出した。

（あったぁぁぁぁぁぁ!!　メメの可愛いクリちゃんっ♡）

オズワルドの歓喜を反映するかのように、分身がそこにむしゃぶりついた。しかし、メメットは思ったような反応を示さなかった。

「やっ、痛っ！」

「ど、どど、どうしました!?」

すぐにメメットの秘部から顔を離すよう分身に命じる。

おかしい。クリトリスは女性が最も感じる器官ではなかったのか？　ハウツー本にはそう書いてあったはずなのだが……。

「び、敏感すぎて……。刺激が……強いんです……」

「ああ、なるほど。分身の力加減が下手で申し訳なかったですね」

勢いよく吸ったのは自分の命令のせいなのに、さも分身が勝手にやったかのように言うオズワルド。今度は最大限優しく舌先でつついてみることにした。

「……あ、……あっ」

メメットの声に再び甘さが戻ってくる。よかった、力加減は間違っていないようだ。

とろりと唾液をクリトリスに落とすイメージを送り込み、小さな粒の周りをゆっくりと舐める。

するとメメットがベッドシーツをぎゅっと握り、腰を浮かせた。

「……や、すごい……！　ここ、きもちいいっ。んああっ！」

唇で包み込めば一際《ひときわ》高くメメットが鳴く。あれほど小さかったクリトリスもすっかり充血し、ふっくらと腫《は》れていた。

「っあ、ああッ！　もういっちゃう……！　んあっ、あっ、いく、いくのっ！」

メメットが絶頂の予感を教えてくれる。オズワルドは強くしすぎないように気をつけながら、分身の唇をすぼめてちうぅっと蕾《つぼみ》を吸った。

するとメメットは「うううぅぅぅぅ――!!」と背中を弓なりにして、大きく果てた。

（さて、そろそろだろうか……）

オズワルドがごくりと喉を鳴らす。これが本当の性交ならば、ここからが本番だ。

分身がシーツの上に投げ出されたメメットの足を持ち上げて、見えない陰茎《イマジナリー・ペニス》を蜜口にあてがった。

「!?」

メメットの目が見開かれる。

「お師匠さま、これがもしかして……」

「ええ。性交です。あくまで分身ですから、メメットの体には何も変化は起きません。ただ快感はしっかりと得られますから、今日は気持ちよさを覚えましょうね」

百人中、九十八人は惚れてしまいそうな、とびきり美しい笑顔を浮かべながらオズワルドが答える。だが、心臓はバックバクだった。

分身とはいえ、ちゃんと挿れられるか？　メメットをイかせられるのか？　不安だ。ただただ不安だ。しかし今ここで自分が弱気になったら、彼女に性交のマイナスイメージを植え付けかねない。それだけはしたくなかった。

オズワルドはそっとメメットの頬にキスをすると、包み込むような表情で分身に命令を送った。

「メメに挿入せよ」と。

「んんっ！」

「っ……！」

イマジナリー・ペニスがメメットの内側へと入っていく。そこには何もないはずなのに、メメットの膣がオズワルドの形に開いた。

慎重に開発したおかげか、メメットの中は柔らかく、まったりとオズワルドを包み込むようだった。ぬるぬるとした膣壁の熱にオズワルドは体をぶるっと震わせる。

（なんなんだ、これは……。嘘だろ、気持ちよすぎる……！　脳がとろけてしまう‼）

身も心も感じるという初めての経験に、オズワルドはのけ反ってしまうほど悶えた。

「うあ、あ……。おししょうさまの、おっきい……」

熱にうかされるかのように、メメットがはふはふと喘ぐ。その声がまた可愛らしい。このまま狼に化けて、小動物のようなメメットを頭からぺろりと食べてしまいたいくらいだ。

オズワルドはしばらくじっとして、メメットの呼吸が整うのを待った。

いや、本当は少しでも動けば、あっという間に射精してしまいそうなので、なんとか気を静めようとしていただけなのだが、メメットのために待っているという体《てい》でいる。

すると、メメットが「んぅ……」と小さくうなりながら、物欲しそうな目でオズワルドの方を見ていた。オズワルドがメメットの手に自分の手のひらを重ねると、彼女はたぐり寄せるように指を絡ませてきた。

「ゆっくりやっていきましょうね、ゆっくりと……」

分身がとん、とん、と静かに奥をノックし始める。オズワルドの雁首《がんくび》にメメットの襞の感触が絡み付く。

（うあ、あ、……これはまずい。これは本当にまずい。もう射精してしまいそうだ）

いくらイマジナリー・ペニスとはいえ、早漏《そうろう》ではメメットにがっかりされてしまう。オズワルドは歯を食いしばり、必死になって吐精感をやり過ごそうとした。

「んっ、あ、あ……」

けれど、現実とは無情なもので。

「うぐ……っ!?」

分身によって穿《うが》たれていたメメットが、突然腰をシーツから持ち上げた。それと連動するかのように、彼女の襞がひくひくと収縮を繰り返し、オズワルドを締め上げた。

日課の手淫《しゅいん》とは全く違う刺激に陰嚢《いんのう》がきゅっとせり上がり、すぐに尿道を通って精液が込み上げてくる。

（くそっ、待ってくれ！　まだメメのナカを堪能しきれてないんだ……!!　いや、でももう無理!!　無理いいいぃ♡）

オズワルドは額に汗を滲《にじ》ませ、何かに耐えるように唇を噛む。

しかしメメットから与えられる甘やかな快感は止まってくれない。彼女は小さく痙攣しながら分身を奥へ奥へと導いた。

「おしょう……さまっ！　いくっ！　いくぅッ！　〜〜〜〜ッ‼」

「っあ……メメ……っ‼」

オズワルドがひと際切なげにメメットの名を呼ぶと同時に、彼は服の下で盛大に射精した。

蠢《うごめ》くメメットの膣からは、精液を中出ししたかのように蜜がどろりと溢れ出る。

（こんなに気持ちよくて幸せなことが……この世に存在するなんて……）

肩で息をしながら、オズワルドは繫《つな》いだ手と手の間に汗が滲むのを感じていた。

第三章

メメットからの子種のおねだりという思いがけない出来事があったものの、オズワルドとメメットの生活には、さほど目立った変化はない。

家事全般はメメットが行い、オズワルドは研究に没頭する。休憩がてらふたりで森の中を探索し、結界に動物が引っかかっていたら解放するか食料にする。

そして転移魔法を使って二、三ヶ月に一度王都を訪れ、研究の成果を報告し、日用品を買って帰る。その繰り返しだ。

「今日のメメはおしゃれですね」

「えへへ！　だって、久しぶりにお師匠さまと王都を歩けるのが楽しみだったから！」

赤いギンガムチェックの裾をひるがえしながら、メメットが笑う。

普段はシンプルなブラウスの上に、丈の短いローブを羽織っていることが多い彼女だが、今日はパフスリーブのワンピースにキャメルのケープを合わせている。

自分が買ってきた服を嬉しそうに着てくれるメメットを見るだけで、オズワルドは溢れんばかりの多幸感に包まれる。

何を着せても、何も着ていなくても、彼女は全力で可愛い。

そういうオズワルドは、今日は宮廷魔術師の制服を身につけている。

パリッと糊《のり》のきいた白いシャツに、繊細な蔦《つた》の刺繍《ししゅう》が施されたライトグレーのコート。同じくライトグレーのペリースの裏地には黒い布が使われている。

ズボンはダークグレーの生地で作られていて、革のベルトには首席魔術師にしか身につけることが許されていない、七色に光る希少鉱石がいくつもちりばめられている。

制服姿のオズワルドが人前に出ると、通り過ぎる人が十中八九、彼を二度見する。宮廷魔術師として登城していた頃、まだ幼い美少年だった彼は、二十代半ばとなって、老若男女を惹《ひ》きつける色気を纏《まと》うまでに成長した。

「メメ、用意はいいですか?」

「はいっ!」

メメットが元気よく返事をして、オズワルドの手を握ってきた。

オズワルドが転移魔法を使う時、メメットは必ず手を繋いでくる。空間の中で迷子にならないようにという理由なのだが、なんだか恋人のようでオズワルドはご満悦だ。これが嬉しくて、オズワルドは転移魔法を使う時だけグローブを外している。

オズワルドが呪文を詠唱《えいしょう》し、空間をこじ開ける。そしてその中に吸い込まれるようにふたりは姿を消した。

華やかな王都に出ても、メメットは慎ましやかだ。浪費もせず、お気に入りの洋菓子店でクッキーをひとつ買うだけ。

だからオズワルドが率先して服屋や雑貨屋に連れて行く。下着屋にだって一緒に行く。とにかく彼女が好きそうな店に入っては、片っ端から購入していった。

大して物欲のないオズワルドにとって、メメットに貢《みつ》ぐのは生き甲斐みたいなもの。それはもはや孫を可愛がる祖父の域に達していた。

「――あ」

並んで歩いていると、珍しくメメットがショーウィンドウの前で足を止めた。彼女の視線の先にあるのは花嫁のドレスだった。

「それが欲しいのですか？」

「す、すみません！　綺麗だなあって思って……」

メメットがはっとして、こちらを振り返った。しかしすぐに再びドレスに視線を戻す。

「姉が結婚した時を思い出したんです。式を挙げたのは田舎のオンボロの教会だったけど、ドレスを着た姉はすっごく幸せそうだったんですよ」

――あたしも、姉さんみたいに幸せになれるかな……。

風にかき消されてしまいそうなほど小さな声で囁かれた願い。

オズワルドはメメットの肩に手を置き、赤い髪にそっと唇を寄せた。

「大丈夫。メメも幸せになれますよ」

「お師匠さま……」

一瞬だけ泣きそうな表情を浮かべたが、メメットはすぐに笑顔に戻って、肩に置かれたオズワルドの手のひらにすりすりと頬を寄せた。

ああ、この可愛い弟子に早くたっぷりと子種を注ぎたい！　絵に描いたように幸せな家庭を築きたい‼　目抜き通りのど真ん中で、オズワルドはそう叫びたかった。

既にイマジナリー・ペニスによる開発も佳境《かきょう》に入っていた。メメットは分身の律動《りつどう》で上手に果てるようになったし、時折、潮まで吹くようになった。ここまでくればもう十分だろう――。そう思うのに、オズワルドには最後の一歩を踏み出す勇気が出ない。

張り形でも幻惑魔法でもない、生身の自分でメメットを満足させられるのか……。まだそんなことを悩んでは、うじうじと不安になっていた。

その意気地《いくじ》なしの自分のせいで、メメットに「あんなこと」を言わせてしまうなんて、この時のオズワルドは知る由もなかった。


「あ……」

帰路につこうとして、オズワルドは大事な仕事をひとつ思い出した。魔術塔で飼い始めた新種の魔物の様子を見ていない。

「メメ、やり残した仕事がありました。ちょっと時間を潰していてもらえますか？」

両手に抱えていた買い物袋をひとつひとつ自宅に転移させせながら、オズワルドがメメットに尋ねた。しかしいつもは素直に頷いてくれる彼女が、今日は首を縦に振らなかった。

「……メメ？」

「お師匠さま、あたしもついて行ったらだめですか？」

「魔術塔に？」

つい「あの欲求不満の獣の収容所に？」と言いそうになったが、すんでのところで踏みとどまった。

正直メメットをあそこに連れて行くのは気が進まない。陰気で、研究しかやることがなく、常にドス黒い欲望が渦巻いている場所だ。天使のメメットを連れて行けば、注目どころか精液を浴びせかけられるかもしれない。しかし彼女が行きたいというのであれば、むげに断ることもできないし……。

「分かりました。メメも一緒に行きましょう。ただし私から離れないという条件付きですが」

「やったあ！　あたし、お師匠さまの職場を見てみたかったんです！」

そう言ってメメットは腕を組んできた。ふんわりとした彼女の胸が、オズワルドの肘《ひじ》辺りに押し付けられる。

（あっ、役得♡　役得だ、これ♡）

こうして憂いは一瞬にして消え、デレッデレになりながら、オズワルドはメメットに初めて職場を案内することになった。

魔術師団の拠点、通称「魔術塔」は、王城の敷地内のはずれにある古い建物だ。陰鬱《いんうつ》とした場所にぽつんと建っていて、ひと目見ただけで辛気《しんき》臭いのが分かる。

オズワルドがメメットを連れて廊下を歩くと、突然現れた少女の気配に魔術師たちがわらわらと集まってきた。

口々に「可愛い」とか「美味しそう」とか「犯したい」などと言っているのが聞こえる。オズワルドは急激に不快感を催《もよお》し、メメットの耳に音を遮断する魔法をかけた。彼女の清らかな鼓膜に、こんな汚物のような男たちの呟きなどいれたくない。

目的の研究室にたどり着くと、オズワルドはようやくメメットにかけた魔法を解除した。

「さ、着きましたよ。ここが魔物の飼育施設になります」

「うわ……。凄い……。見たこともない子がたくさん……」

メメットは部屋をぐるりと見渡した後、食い入るように魔物を観察し始めた。

魔物は全て特殊な加工がされた透明ケースの中に入れられている。このケースの中で、どういう条件であればテイムできるのか、魔術師たちは日夜研究している。

オズワルドの担当は、鋭い尻尾をもったサソリのような魔物だ。あれこれと飼い慣らすための手立てを考えているのだが、食事の好みが合わないのか、ハンストのつもりなのか、あれこれケースの中に入れても一切口をつけない。

このままでは研究が進まないいし、何より魔物自身が弱ってしまう。それだけは避けたかった。

「お師匠さま、この子なんですけど、もしかしたらお花の蜜とか吸いませんかね？」

「花の蜜？」

「はい。口元が蝶に似てる気がするんですよね」

「ふむ、なるほど……」

オズワルドは試す価値があると思い、魔法で花を出してケースの中に落としてみた。すると、魔物が大慌てで花にしがみつき、ちゅうちゅうと吸い始めた。

「ほらー！　やっぱり！」

「凄い……」

――でも、どうして？

メメットはお世辞にも魔法の才能があるとは言えない。魔力自体も非常に小さい。そんな彼女がオズワルドさえ手こずっていた魔物の食性を見抜くなんて、偶然と言っていいのだろうか。

花の蜜を吸う様子をニコニコと眺めるメメットに、オズワルドが問いかけようとした瞬間、「オズ！」と女の声が響いた。

入り口の方を向くと、長い黒髪を揺らした魔術師が立っていた。

「っ……！」

オズワルドの全身に鳥肌が立つ。額に汗がじっとりと滲む。吐き気がする。

目の前に、かつて己を襲った女がいた――。

「お久しぶり、オズ。元気そうじゃない。あなたが女の子を連れてるって噂を聞いたから、見に来ちゃった」

もう結構な年齢だというのにちっとも衰えない容姿。女魔術師は自分の望む容姿になれる魔法をかけている者が多いというが、この女もきっとそうなのだろう。自分を犯そうとした時のままの姿でこちらに近づいてきた。

逃げろ。今すぐ転移魔法を発動させろ――。自分に言い聞かせるのに、頭が真っ白になって呪文が思い出せない。

「相変わらずいい男ねぇ。すっかり色男になっちゃって。いつ見てもほんとに美味しそう」

女の手がオズワルドに伸び、頬を撫でた。真っ赤に塗られた爪を見た瞬間、猛烈な気持ち悪さが襲い掛かってきた。

「……私に気安く触らないでください」

「まあ、他人行儀ね。あれだけ『先生、先生!』って、子どもみたいに私の後ろをくっついてきたというのに。それで? あなたのお連れさんが、こーんなちんちくりんな子なんだ。いつからこういう趣味に走ったの?」

「勘違いしないでください。彼女は私の弟子です」

「弟子ねぇ……」

女がメメットにじっとりとした視線を向けると、メメットはオズワルドのペリースをぎゅっと握り、後ろに隠れた。

(今、メメを守れるのは私しかいない……! しっかりしろ!)

メメットが傷つくような騒ぎにはしたくないし、何より敵からメメットを守るのも師匠の責務だ。

オズワルドはメメットを庇《かば》うように、肩を抱き寄せた。

「あーら、見せつけるつもり？」

「いえ。特別用がないのであれば、我々は失礼させていただこうかと」

「ふーん。言っておくけど、あたしはまだ諦めてないわよ」

「……っ」

横を通り過ぎようとしたところで、女がそれを引き止めた。反射的にオズワルドの体がこわばる。

彼が動かないのをいいことに、女はオズワルドの背中の髪を指でいじった。

「あたし、あなたみたいないい男を放っておけないタチなの。今度こそどんな手を使ってでも味見させていただくから、覚悟していなさいね」

「な……っ」

自分の尊厳をボロボロに引き裂いた女に、再び関係を迫られる。それはオズワルドの精神を蝕《むしば》む拷問のような行為だった。

思い出したくもないのに、否が応でもあの悪夢のような夜が蘇《よみがえ》る。オズワルドはただただ言葉を失い、立ち尽くすしかできなかった。

そんな中、これまでずっと黙っていたメメットが口を開いた。

「それって、合意のもとですか？」

「えっ？」

不意をつかれた女が素《す》っ頓狂《とんきょう》な声を上げた。

「お師匠さまを味見するっていうのは、お互いの合意のもとなんですよね？」

「お嬢ちゃんにはまだ分からないでしょうけど、大人の女は欲しいものを力ずくで手に入れたくなる瞬間があるの。だから合意なんてナンセンスよ。そもそも、そんなものを気にしてたら愉《たの》しくないじゃない」

「じゃあ、それってただのオナニーですね」

メメットから「オナニー」という単語が飛び出したことにギョッとして、オズワルドは思わずメメットの顔を覗き込んだ。彼女は至って真剣な表情をしていた。

「お互いの気持ちがないなら、そんなのセックスでもなんでもありませんよ。所詮、肉棒を使った一方的な性処理でしょ？　そんなことでお師匠さまが欲しいだなんてバカみたい」

「はあ!?　小娘のあんたに、何が分かるっていうのよ！」

「セックスっていうのは、お互いが欲しいと思って成立するものなんです！　無理矢理するのはセックスじゃない！　ただのオナニーです！　っていうか、そもそも犯罪！　そんなことでドヤ顔するの、やめてもらえます!?　同性としてほんっと恥ずかしい！」

メメットは怒気《どき》を孕んだ声で、女に反論する隙も与えずまくしたてた。

（メメが怒ってる……？　しかも私のために……？）

明るくて元気なメメットが初めて見せた激情にオズワルドは呆気《あっけ》に取られた。するとメメットが「あっ！」と言って、ぺろりと舌を出した。

「……っていうのは、全部姉からの受け売りなんですけど♡　えへへ」

「メメ……」

信じられない。あのメメットが性悪女に立ち向かい、自分を庇ってくれるなんて。天使が「交尾」ではなく「セックス」という言葉を使っていたのも、「肉棒」だなんて下品な言葉を知っていたのも、この際どうでもいい。勇気あるメメットの姿を目の当たりにして、オズワルドの心と体に力がみなぎってきた。

情交の前提条件すらクリアできない女など放っておいて、さっさと帰ろう。そうすればメメットとの甘美なひと時が待っている。

「メメ、帰りましょうか」

「はいっ！」

「ちょっ、待ちなさいよ！」

「そうだ。帰る前に洋菓子店に寄りましょう。テイムを手伝ってくれたお礼に、クッキーだけじゃなくてキャンディの入った瓶も買いましょう」

「わあ！　いいんですか⁉　お師匠さま、ありがとうございます！」

「こら、無視しないで！　ちょっと、オズ！」

女が慌てて駆け寄ってくるのを、オズワルドは右手を広げ、防御魔法で遮った。そして女をひと睨《にら》みした後、こじ開けた空間の中へメメットとともに飛び込んだ。

＊＊＊

（あっぶなかったわー……）

入浴を終えて、メメットはベッドに勢いよくダイブした。そしてクッションに顔を埋《うず》めながら、今日の魔術塔での出来事を振り返る。

この五年間、オズワルドの前では完璧なまでに猫をかぶっていたはずだった。それなのに、彼の童貞を奪おうとした女にカッとなってしまい、つい本性を出してしまった。

しかしオズワルドは、メメットの二面性について特に何も感じなかったらしく、帰りはとてもご機嫌だった。優秀なくせに案外ポンコツな人なので、とても助かっている。

実はメメットがオズワルドと出会ったのは、彼女が十四歳の誕生日を迎えた時のこと。父が王都に行くと言うのでついていった時、たまたま魔術師の一団が凱旋《がいせん》パレードをしていた。その時、先頭集団にいたオズワルドにひと目惚れしたのだ。

切れ長の目にはシルバーグレーの宝石がはめ込まれ、風になびく髪からはキラキラと光の粒が溢れ落ちていく。同じ人間とは思えないほど美しい人だった。

メメットはすぐに父にあの青年が誰か聞いた。彼は宮廷魔術師の若き首席、オズワルド＝ルベリア。真面目で研究一筋。このままいけば魔術師団長になるだろう、ということだった。

あの人にお近づきになりたいから、私も魔術師団に入る！　とメメットは宣言したが、父は苦笑するだけ。その理由はメメット本人が一番よく分かっている。彼女もまた父に似て、魔法の才能がなかったのだ。

オズワルドには告げていないが、メメットの父は宮廷魔術師だった。とはいえ、驚くほど下級の魔術師だが。なぜ試験に受かったか娘のメメットですら分からないくらい、父には魔法の才能がない。姉とメメット、そして四人の弟たちを養うために懸命に王都で働いてくれたが、結局田舎《いなか》に戻ってきて母とともに細々と魔道具屋を営んでいる。といっても、オズワルドが作るような複雑で高価なものではなく、ごくごく簡単な魔法で作れるものだ。

そしてその血を引いたメメットもまた、魔法のセンスが皆無。全く魔法が使えない姉や弟たちに比べれば、少しだけ魔力を持っただけまだましなのだろう。そんな様子だから、よほどの奇跡でも起こさないと魔術師団に入ることなど絶対に不可能だ。

それならば別の方向からアプローチするしかない……！　そう思ったメメットは、村に帰るなり超肉食系女子の姉に相談した。

「姉さん、姉さん‼　聞いて！　あたしね、ひと目惚れしちゃったの！」

「あんたが⁉　あんた、まだ生理も来てないじゃない！」

「生理は関係ないの‼　すっごくすっごく素敵な人に出会っちゃったんだから！」

「へー。相手は誰なのよ」

「宮廷魔術師のオズワルドさまって言うの！」

「宮廷魔術師ぃ？　あんた、魔術師だけは嫌って言ってたじゃん。鈍臭《どんくさ》い父さんを思い出してうんざりするって」

「でもでも！　オズワルドさまは別格なの！　ほら見て‼」

メメットは覚えたての記録魔法で、オズワルドの横顔を姉に見せる。極度に面食いな姉でさえも
「まごうことなきイケメンね……」と唸《うな》った。

「確かにあたしの魔力じゃ宮廷魔術師にはなれないと思う。でも、どーーーーっしてもオズワルドさまにお近づきになりたいの!! 姉さん、何かいいアイディアはない?」

こういう時、頼りになるのは姉だけだ。なんせ彼女は、幼馴染みの年上男子を長い年月をかけて自分好みの筋骨隆々に育て上げた末、婚前交渉に持ち込み、結婚することになったのだから。

「うーん。まあ一番確実なのは押しかけ女房よね」

「おしかけにょうぼう?」

「そ。問答無用で男の家に上がり込んで、そのまま妻ですって顔して過ごすの。どんなに追い出されそうになっても、居座っちゃえばこっちのもんよ」

「でも、それって相手は迷惑しない?」

「するわね」

姉はきっぱりと言い切った。

「私が言うのもなんだけど、やっぱりお互いの合意があって結ばれる方が、将来的には幸せだと思うのよ。だから、押しかけ女房は最終手段。とりあえず、宮廷魔術師御用達《ごようたし》の酒場とかで働いて、コネを作るのが一番じゃない?」

「コネかぁ……」

本当は今すぐオズワルドにお近づきになりたかった。しかし恋愛上級者の姉が言うのであれば、

それに従った方が得策だろう。

こうしてメメットはひとりで王都に行き、魔術師たちが数多く通う酒場を渡り歩いて、住み込みで働かせてくれる店を見つけたのだった。

メメットは年若いため、酒を提供する時間は働かせてもらえない。ただランチタイムは大活躍だった。

「メメちゃん、日替わりひとつ！」

「はーい！」

「あ、メメちゃん、こっちにはハンバーグ定食、ご飯大盛りで！」

「はいはーい！」

評判どおり、この店には多くの魔術師が通ってくる。そして明るく元気なメメットは、すぐに彼らの間で話題の看板娘になった。しかし肝心のオズワルドだけは一度も来ない。

（あんまり外食しないタイプなのかなぁ……）

メメットは、オズワルドの美しい顔が見られることを期待しては、がっかりする日々だった。

けれど、悪いことばかりではなくて。

魔術師たちが通っていることで、さまざまな噂話が漏れ聞こえてくる。誰が実験に失敗したとか、上層部で密かに派閥争いが起きているとか、男娼《だんしょう》にどハマりしたガチムチ魔術師がしばらく帰ってこないとか。

そしてある日、ついにオズワルドの話がメメットの耳に飛び込んできた。

「なんでもさぁ、女に薬を盛られて童貞喪失しかけたのがショックだったんだと」

「へえ〜。顔が綺麗なだけの、いけ好かないやつだと思ってたが、案外うぶだったんだな〜」

「しかも飛び出していった先が、西にある『混沌《こんとん》の森』の中だと。よほどショックだったらしいぜ」

「また物好きだな！　あそこまで転移するのにどれだけ魔力を消費するか分からんよ」

「魔力オバケのあいつらしいっちゃあいつらしいがな」

魔術師たちはランチを食べながら、メメットが聞いていることにも気づかずに好き放題喋《しゃべ》っている。

（えっ！　じゃあオズワルドさまって今、王都にいないの⁉）

傷心のオズワルドは王都を飛び出し、「混沌の森」というところにいる——。

メメットは注文をとるふりをして、今の情報をメモに書き記す。そして仕事が休みの日、慌てて村に戻り、姉にその話をした。

「姉さん、姉さん‼　オズワルドさまが王都から出て行ってしまったの！　これはもう押しかけるしかないよね⁉　ね⁉」

肉食系の姉のことだ。メメットはすぐに頷いてくれると思っていたが、姉はそうはしなかった。

「……一か八かってところね」

「どういうこと？」

「襲われてショックを受けて……ってことは、女嫌いになった可能性がかなり高いわ。いや、性別問わず、他人に嫌悪感を抱いているに違いないわね。そこにあんたがノコノコやってきても、きっと無視されるだけよ」

「えぇ……。じゃあどうしたらいい？」

「同情心をくすぐることと、あんたが女だって意識されない振る舞いを心がけること。このふたつが最低条件よ！」

そう言うと、姉はすぐにメメットのためにプランを組んでくれた。

混沌の森まではかなり遠いが、森の入り口までは大量の魔道具を使って転移する。そこから先は徒歩。大型の動物や魔物に出会った時は、テイムしてやり過ごすようにする。服や髪が汚れても洗浄魔法は使わない。食事は最低限。ただし塩分と水分の補給だけはしっかりとする。

こうしてボロボロになって疲弊しているところをオズワルドに見せて、彼の同情心をくすぐるというものだ。

そして何よりも大切なのは、とにかく性に対して無知であるよう振る舞うこと。ズル剝《む》けとかアへ顔とかチンアナゴとか――チンアナゴは卑猥な言葉でもなんでもないのだが――彼の前ではそんな言葉は絶対使わないよう姉に念押しされた。

何も知らない無垢な子どもというのをオズワルドにアピールするのだ。

（よーし！　押しかけ女房メメット、いざしゅっぱーつ！）

こうしてメメットは、オズワルドが住む混沌の森へ足を踏み入れた。

姉が考えたプランは見事なまでに功を奏した。

オズワルドはボロボロの状態で結界に引っかかったメメットに同情し、家に連れ帰ってくれた。

ただ予想どおり、人間嫌いで非常に警戒心が強かった。しかしメメットは掃除や洗濯など、まるで妻のように世話を焼いて、彼の心をテイムすることに成功した。

そして次第にオズワルドのメメットを見る目が変わっていく。

美しい銀色の瞳に浮かぶ情欲を、メメットは見逃さなかった。

着替えも入浴も、全てをオズワルドに覗かれているなんて百も承知だ。けれど何も知らないふりをして、敢《あ》えて目玉の使い魔に向けて胸や性器を露出し、師匠が興奮するよう仕向けた。

お師匠さま、早くあたしを女として見て――！

メメットの願いはそれだけ。

しかし姉から手紙で「ある程度の年齢になるまで行動に出るな」と止められていたため、メメットは何年も何年も爪を噛み、ようやく十九歳を迎えた。

ある日たまたまふたりで散歩していたところに、猪が激しく交尾しているのを目撃した。

メメットは横目でちらりとオズワルドの様子をうかがう。すると彼は顔を真っ赤にして、バツが悪そうにしているではないか。まるで「前評判を知らず、子どもと一緒に濡れ場がある演劇を見に来てしまった親」のように。

これは千載一遇のチャンス。メメットは無邪気にも「お師匠さま、あれ何やってるんですかー!?」と言い放ち、猪のマウンティングを最後まで堪能した。

その間、オズワルドはメメットを明らかに意識していた。だってその証拠に、猪の交尾を観察しながら彼のローブの下腹部は不自然に盛り上がっているではないか――!!

この出来事をきっかけに、「どうかメメットにお師匠さまの子種をくださいませ‼」というおねだりを開始したのである。

(それなのに、なんでお師匠さまは抱いてくれないの⁉)

淫蟲に張り形に分身。ここまでいやらしいことをしておいて、まだ手を出してこないオズワルドにいい加減痺《しび》れを切らしかけている。わざわざウェディングドレスのある店の前を歩き、いかにも「幸せな結婚に憧れてます」アピールまでやったというのに。

おかげでメメットの我慢はそろそろ限界を迎えつつあった。

そこへオズワルドを傷付けた女との邂逅《かいこう》である。積もりに積もった欲求不満が、何年も被っていた猫を剝《は》いでしまったのだ。よりによってオズワルドの目の前で。

師匠に自分の本性がバレてしまうのは時間の問題だろう。一刻も早く既成事実を作って、彼の妻になりたい。この五年間を無駄にしたくない。

そう。メメットもまた、姉に負けず劣《おと》らず肉食系だった。

(かくなる上は、もうこのプランしかないな……)

先日姉から届いた手紙に書いてあったひと言。「押して押して、それでもダメなら引きなさい」と。

メメットは姉が考えたセリフを頭に叩き込み、覚悟を決めた。

しん、と静まりかえったオズワルドの部屋の前で、メメットは深呼吸をする。

「お師匠さま、メメットです」

「入りなさい」

オズワルドの穏やかな声に吸い寄せられるようにメメットは入室した。

紙のにおい。薬品のにおい。そしてオズワルド本人の温かくて、男らしいにおい。メメットはこの部屋のにおいが大好きだ。息をするだけで胸がドキドキする。それは何年経っても変わらない。

「こんな時間にどうしましたか?」

オズワルドは珍しく眼鏡をかけていた。それをそっと外すと、優しい微笑みがメメットへと向けられた。

この五年間、毎日のように彼の笑顔に包まれていた。まるで命懸けでここに来たメメットへのご褒美かのように。それを今から手放すことになるかもしれない。

全てを手に入れるか。全てを失うか。

メメットは最後の賭《か》けに出た。

「お師匠さま。今まで本当にお世話になりました!」

「メメ……? 貴方はなにを――」

「実家からお見合い相手が見つかったと連絡が来たので、帰りたいと思います。これまで本当にありがとうございました! この御恩は忘れません!」

そう言って、メメットは深々と頭を下げた。

姉が考えたプラン。それは「オズワルドとは別の男との縁談を匂わせること」だった。

なかなか煮え切らないオズワルドについて相談したところ、「何か大きなきっかけがなければ、自分で自分の背中が押せないタイプなのかもしれない」と言って、このプランを提案されたのだ。

オズワルドにとっては青天《せいてん》の霹靂《へきれき》で、メメットにとっては背水の陣。失敗すればお互いに大ダメージなのは重々承知している。

けれどリスクを負ってでも、メメットは最後の一歩を踏み出す覚悟を決めたのだ。なんとしても彼の子種をもらうために。

すると、どこからかゴゴゴ……と地鳴りが聞こえてきた。少し遅れて森の生き物たちが騒ぐ声が聞こえる。

「メメ……。見合いとはどういうことでしょう」

低い低い、聞いたこともないような声でオズワルドが問いかける。

前髪で顔が隠れているので、メメットから彼の表情は見えなかった。

「えっと……。その……子種が欲しいのであれば、他の種でもいいんじゃないかって……」

「他の種だと……？」

メメットは思わず息を呑《の》む。

顔を上げたオズワルドの目が、燃えるように真っ赤になっていた。

「おし、しょ……」

「許さない……」

オズワルドがゆらりと椅子から立ち上がり、近づいてくる。

部屋から出ようとしてドアノブを押しても、びくともしない。メメットが逃げ出さないよう、オズワルドが魔法で固定したのだ。

「きゃあっ！」

手首を引っ張られ、ベッドに押し倒される。こんなに腕っぷしが強い人だなんて全然知らなかった。

「メメを孕ませるのは私だ。私だけしか認めない……‼」

森のあちこちで大きな爆発が起きている。ちょっと目を離した隙に、そこにあるはずの山も消えていた。

メメットはこの時、一生分の後悔をする。

自分の大好きな人がただの変態ではなく、この国でトップクラスの魔力を持つ魔術師だというのをすっかり失念していたことを。

第四章

「お師匠さま、待って！　待ってください！」

オズワルドの体の下でメメットがもがいている。しかしオズワルドにメメットの声はまるで届いていなかった。

（他の種？　他の男だと？　あり得ない。絶対にあり得ない!!）

彼女が自分以外の男に組み敷かれ、体を貫かれているところなど、想像したくもない。

怒りで暴走した魔力が、混沌の森にぶつけられている。先ほどの地鳴りはおそらく地面が割れた音だろう。こうなってしまうと、気が静まるまではオズワルド本人でもどうにもできない。

シーツの上にメメットを縫いとめるように、強く強く彼女の手首を押し付ける。幻惑魔法で生み出した分身にも、こんなに激しい命令を送ったことはなかった。

「メメ……！」

メメットの白い喉に歯を立てる。彼女がごくりと生唾を飲み込めば、その動きがつぶさに伝わってきた。

このままメメットを喰い破ってしまいたい――。自分でも信じられないほどの獰猛《どうもう》な欲望がオズワルドを突き上げる。

彼女を奪われるくらいなら、いっそ自分が全て奪ってやる。

彼女がやめてと泣いてすがるまで、その華奢な体に己を打ち付け注ぎ込んでやる。

メメットを抱くことに二の足を踏んでいた男は、今や極度の嫉妬によって猛獣に変わっていた。

オズワルドがメメットに覆い被さりながら指をパチンと鳴らすと、部屋中にびっしりと目玉の使い魔が浮かんだ。

これまでせいぜい二つ、三つだったのが、数十個、いや優に百は超えているかもしれない。オズワルド本人も一体いくつ召喚したの分からなかった。

まるで何十人もの人間に視姦《しかん》されているような状況に、メメットがおののいている。しかしオズワルドは構うことなく彼女の首筋に吸い付いた。

白い肌に所有の証しを残していく。そして二度と消えないようにと、その部分に時間停止の魔法をかけた。

「ひあ、……っ、あっ」

首筋を下からゆっくりと舐め、耳元までたどり着くと、オズワルドは柔らかな耳たぶをかぷりと甘噛みした。

「っ……」

「感じるのか？」

「あ……」

「感じるのかと聞いている。答えなさい」

赤い瞳でメメットを見つめる。すると、彼女は怯えながらも、どこかうっとりとした様子で「はい」と頷いた。その答えがオズワルドの欲望を刺激した。

欲しい。欲しい。もう我慢できない。メメットの初めてが、彼女の未来の全てが欲しい。他の男なんぞにくれてやるものか。

耳たぶから離れると、次にオズワルドが向かったのはメメットの唇だった。

は、と呼吸をひとつすると、苺のように赤くてぽってりとした彼女の唇を奪った。

重ねるだけでは満足できない。ゆっくりと吸って、強く食《は》んで。すると次第にメメットの腰が浮いて、オズワルドの下腹部の辺りで物欲しそうに揺れた。

本当はもっとロマンチックな口づけがしたかった。美しい花畑の中でもいい。宝石をちりばめたような夜空の下でもいい。メメットが思い出すだけで幸せな気持ちになれるようなファーストキスにしたかった。しかし現実は飢えた獣のようにしかできなかった。それでもメメットが感じている様子に、オズワルドの嗜虐心《しぎゃくしん》がくすぐられてしまう。

もう一度唇を合わせ、舌を差し込んでみた。するとメメットもすぐに反応し、くちゅくちゅと唾液を混ぜながら舌を絡ませてきた。

「ん、んふ……はむ……」

彼女の荒い呼吸をこんな間近で感じている。幻惑魔法によってメメットの膣の中が熱いことは知っていたが、口の中まで熱いなんて初めて知った。舌で粘膜をざらっとなぞると、メメットが「んっ」と喉の奥で声を上げる。彼女もまたオズワルドとの深いキスで興奮しているようだ。

メメットの味、肌のにおい。全てがオズワルドを狂わす猛毒のようで、頭がくらくらする。

メメットのネグリジェや下着を取ることすらもどかしかったオズワルドは、彼女の服に転移魔法をかけた。こうすれば一瞬にして裸に剝けるからだ。きっと今頃どこかの世界に、彼女のブラジャーやパンツが落ちていることだろう。

そして引き裂くかのようにオズワルドも自分の服を脱ぎ捨てると、再び彼女に覆い被さった。

メメットの視線がしきりに動き、オズワルドの肉体を舐めるように見ている。そして、ある一点で視線が止まり――。

「これが欲しいんだろう？」

そう言って、ガチガチになった陰茎をメメットに見せつけた。

ハウツー本に「手慣れていない男性が強気な言動をすると、大火傷《おおやけど》するのでおすすめしません。初心者はらぶえっちが基本です」と書かれていたにもかかわらず、我を忘れたオズワルドは、確実に大火傷一直線の道を突き進んでいた。

「やだぁ……」と愛らしく拒絶の言葉を口にしながらも、メメットの手がイマジナリーではないペニスに伸びる。そしてくびれの部分に親指を当て、オズワルドの敏感な部分を探るように、くにくにと動かし始めた。

「あっ、ちょっ……！」

メメットからの手淫とは予想外すぎる展開だ。

彼女の小さな手は絶妙な力加減で竿を握り、先端から溢れる先走りを使って扱いている。

確実に射精へと誘おうとする手つきに、オズワルドは怒りよりも混乱を覚えていた。

（メメがっ！　私のナニを握ってて っ、あ……）

直接的に与えてくる刺激も凄いが、視覚的な刺激も凄い。天使の手のひらを汚しているという背徳感がたまらない。

「メメ、……っ！　だめっ。それはだめですからっ……」

オズワルドが止めようとしても、メメットは手を離そうとはしなかった。

迫り来る吐精感。速度が上がるメメットの動き。そして——。

（うぁ、だめだ、いく、いく……あっ……）

腰をぐっとメメットの方へと突き出し、オズワルドはあまりにも呆気なく果て、彼女に向かって射精した。

「うう……」

メメットの胸元にべったりとかかった白濁を見ながら、オズワルドは猛烈に凹《へこ》んだ。

まさか彼女よりも先に自分が絶頂を迎えてしまうなんて。先ほどまでの我を忘れるような嗜虐心はどこへやら、魔術師のくせに賢者モードを迎えたオズワルドはすっかり意気消沈してしまった。

するとメメットが起き上がり、オズワルドに顔を近づけてきた。慌てて洗浄魔法を使って、彼女の胸元の精液を消してやる。

「お師匠さま、目の色が……」

「目の色？」

「戻ってる……。銀色に……戻ってる……!!」

メメットの瞳からぶわりと涙が溢れ、彼女はオズワルドに飛びついた。

「お師匠さまっ、ひっく……。お師匠さまぁ……！」

「ど、どうしました!?　なな、なにか痛い思いでもさせましたか!?」

「ほんとは、お見合いなんてしないいんです……っ」

「え……」

「お師匠さまと早くえっちがしたくて、お見合いするなんて嘘をついたんです……！　ごめんなさい、お師匠さま、ごめんなさい！」

幼子《おさなご》のように声を上げて泣き出すメメット。その小さな背中をオズワルドが優しくさすると、彼女はこれまでのことを洗いざらい話してくれた。

オズワルドにひと目惚れをしたこと。口減らしで捨てられたわけではないこと。偶然を装ってこの森にやってきたこと。本当は姉の影響で耳年増《みみどしま》で猥談《わいだん》が大好きなこと。そして、父が下級の宮廷魔術師だったということ――。

「ごめんなさい……。いっぱい嘘をついてごめんなさい……！」

溢れる涙が、彼女を抱きかかえるオズワルドの肌を濡らした。

にわかには信じられないという気持ちは確かにあった。しかし納得する点もあった。

宮廷魔術師ですらたどり着くのに一苦労するこの森で、なぜ少女が生き残っていたのか。

口減らしだと思っていたのに、どうして今も定期的に実家とやり取りしているのか。

オズワルドでも分からなかった新種の魔物の食性を、なぜ彼女がすぐに見抜いたのか。

メメットならどれも不可能ではない。

「ずっとお師匠さまが好きでした……。でも、どうしても接点が見つけられなくて……。姉といろいろと考えて、お師匠さまに拾ってもらえるよう画策《かくさく》したんです……。あたしは大好きな人を騙し続けた人間なんですっ……！」

そう言って、メメットは「わあああん」と大声を上げて泣きじゃくった。

ふわふわの赤い毛を撫でながら、オズワルドはぼんやりと考える。

（メメが天使だというのは嘘……。清らかで無垢というのも嘘……）

全ては最初から仕組まれていたこと。

メメットは自分を狙ってここへやってきた。それは考えようによっては、自分にトラウマを植えつけた女と同じ行動原理だ。オズワルドの意思など関係なく自分のものにしようとする、酷《みにく》く自己中心的で醜い欲望と全く同じ。

（でも……）

オズワルドはメメットを抱きしめる腕に力をこめた。

（メメを嫌いになんてなれない……！　なれるはずがない!!）

この五年間、彼女がいてくれてどれほど助けられただろう。それは生活面だけではない、精神面でも、だ。あの女に傷つけられた尊厳を、明るさと元気で修復してくれたのは、他ならぬメメットではないか。

「メメ。こっちを見て」

オズワルドが優しく声をかけると、大粒の涙をこぼしながら若草色の瞳がこちらを向いた。涙の粒が宝石のようだと思いながら、メメットの瞼《まぶた》にキスを落とす。

「正直に言ってくれてありがとう」

「け、軽蔑しましたか……?」

「いいえ。少し驚いてしまいましたが、軽蔑なんてしていませんよ」

微笑みかけて柔らかな髪を撫でる。オズワルドはこの素晴らしい手触りを五年の間に覚えてしまったのだ。今更手放すなんて考えられない。

「よく私のところに来てくれましたね。ひとりで森を歩くのは怖かったでしょう?」

「途中、狼の群れと仲良くなって、ずっと守ってくれたから言うほど怖くなかったんです」

「テイムのセンスがある人は、心が純粋で優しいと言われています。貴方がテイムを得意とするのも納得ですよ」

そう言うと、メメットが泣き笑いを浮かべてくれた。

子どもをあやすようにメメットの体を包み込み、ゆっくりと左右に揺らす。ときどき背中をぽんぽんと優しく叩く。すると、あれほどしゃくり上げていたメメットの呼吸が整い始めた。

同時にオズワルドは自分自身の気持ちも落ち着いていくのを実感した。

ああ、これがメメットと過ごした日々の全てなのだ。

きっかけはどうであれ、穏やかで幸福に満ちた時間を与えてくれたのは彼女に他ならない。

「少しは落ち着きましたか？」

「……はい」

瞼は真っ赤だが、もう彼女の瞳からは涙は溢れていない。それを確認したオズワルドは、ふたりの初夜を仕切り直すことに決めた。

やはりこういう時はムードが大事。ハウツー本でも、雰囲気作りだけで一章丸々使っていたじゃないか。あんな獣みたいなムードもへったくれもないまぐわいは、もう少し自分が手慣れてから再チャレンジすればいい。

「では、もう一度キスをしても？」

メメットは頷きかけたが、途中で「あっ、だめっ」と言って、オズワルドの胸板を手で押し戻した。

「だめ？」

「だって、だって……。お師匠さまの気持ち、まだ聞いてない……」

「私の気持ち……」

そうだ。オズワルドは肝心のメメットへの想いを伝えていなかった。これまで心の中では気持ち悪いくらい叫び散らしていたけれど、実際に口にしたことはまだ一度もない。

オズワルドがメメットの耳元に唇を寄せる。そして、ありったけの気持ちをこめて、彼女の名を囁いた。

「メメ」

細い肩がピクッと揺れたまま固まった。

オズワルドはメメットの背中から腕を外し、手のひらで彼女の頬を包み込んだ。

「愛しています」

先輩魔術師に裏切られ、女嫌いになってこじらせた男が、生まれて初めて口にした愛の言葉。

全部じゃなくていい、この気持ちの十分の一でも伝わるようにと祈りながら、オズワルドは額と額をくっつけた。

「貴方が私のところに来てくれて本当によかった。毎日楽しくて幸せで、怖いくらいに満ち足りて……」

この森に移り住んだ時、誰かと一緒に生活するなんて考えてもみなかった。どうせまた傷つけられるのだと斜《しゃ》に構えていた。けれど、幼いメメットは軽々とオズワルドの心の壁を飛び越え、「お師匠さま！」と抱きついてくれた。鬱蒼としたこの森の景色を鮮やかな色に塗り替えてくれた。

「でも……」

「でも……？」

突然の逆接に、メメットが不安そうにこちらをじっと見つめている。オズワルドは穏やかな笑顔を封印し、真剣な表情でメメットを見つめ返した。

愛しい弟子は、いつか美しい蝶となってしまう。その翅《はね》さえあればきっとどこへでも行けるだろう。この森の外へも、オズワルド以外の男の腕の中へも。

だからどこへも行けなくしてしまいたい。

翅をもいで、彼女のために準備した籠《かご》に閉じ込め、未来永劫《えいごう》自分だけに愛らしい姿を見せてほしい――。あの女に奪われたように、オズワルドもまたメメットの尊厳を奪ってしまいそうで怖かった。

けれど、そんな彼女から「子種が欲しい」と求められた。「ずっと好きだった」と言ってもらえた。オズワルドの願いはメメットの願いと繋がっていたのだ。だからもう何も怖がらなくていい。思う存分彼女を欲しがろう。

「私も、もう我慢できません。貴方が欲しい。貴方の全てが欲しいんです。体だけでは足りない。心も未来も何もかもが欲しい……」

そう言いながら、頬を包んでいた手のひらを彼女の髪の中へと滑り込ませる。メメットがぎゅうっと瞼を閉じ、顔を赤らめた。

「そのためなら私の子種なんていくらでもあげましょう。いえ、私の全てを貴方に捧げます。だからずっと傍にいてください。弟子ではなく、私の愛する人として。……妻として」

そして唇と唇が触れる距離で、オズワルドはもう一度呟いた。

「メメ、愛してる……」

言い終わった瞬間、オズワルドの肩に顔を埋め、メメットは泣き崩れた。何度も何度も「お師匠さま」と叫んで。この五年間、彼女が必死にこらえていた感情が、堤防を押し流して溢れるように。

「あたしもです……」

「メメ……」

「あたしも、お師匠さまが大好き。全部、全部あげます」

震える声で切れぎれに、メメットがそう告げる。

「だから、ください。お師匠さまの全部をあたしにくださいぃ……っ！」

メメットの唇がオズワルドの唇に押し当てられる。

花や星がなくても、お互いを愛おしいと思う気持ちがあれば、記憶に残るようなロマンチックなキスができるのだな――。

オズワルドはそんなことを考えながら、恍惚の表情でメメットの柔らかさを堪能した。

唇を重ねたまま、もつれ合うようにふたりはベッドに横たわる。そしてどちらからともなく舌を差し出し、絡める。舌が離れれば互いの歯列や上顎をなぞる。

あまりの気持ちよさに、もし立っていれば、きっと今頃腰が抜けてしまっていただろう。

オズワルドはメメットに気づかれないようそっと目を開けた。こんなに近くにメメットがいる。

（ふふ。メメってば気持ちよさそう……。ああ、まつ毛が長い……♡）

すっかりいつもの調子を取り戻したオズワルドは、彼女の体をまさぐり始めた。

細い肩を、腰を、太ももを撫でる。柔らかな皮膚を優しく摑む。我を忘れた自分が、彼女を壊さなくて本当によかった。

たっぷりと互いの味を堪能すると、メメットが口から舌を抜いた。ずっと息を止めていたのか、彼女の呼吸が荒い。こちらを見る目が完全にとろけている。

「お師匠さまぁ……」

これまでで一番甘えた声で呼ばれた。その響きだけで、オズワルドの下腹部に疼《うず》きが走る。今の声は目玉の使い魔がしっかりと記録しているので、後で何百回と聞き返そう。

「なんでしょう？」

「体の奥……お師匠さまが欲しいって言ってるの……」

「どんな風に？　ちゃんと説明してごらんなさい」

「お師匠さまのおちんちんで、とんとんっていっぱいノックして、赤ちゃんのお部屋にあったかいミルクを注いでほしいって……」

（うわああああ、メメの可愛らしいお口から、えっちな言葉がいっぱい出てくる……!!）

本性をさらけ出したメメットは、オズワルドが思う以上に卑猥な表現を知っていた。姉の影響で猥談が好きだと言っていたが、どこまで淫語を口にしてくれるのか猛烈に探りたくなる。

（いやいや！　今日は記念すべき初夜なんだから！　大事なのはエロじゃなくてラブなんだ!!）

散々開発なんてやってきた男とは思えない発想で、オズワルドは気を取り直した。

「欲しがっているのはこの辺りですね？」

「んああ……」

ちゅ、ちゅとメメットのへそ周りにキスをすると、メメットが声を上げて身悶えた。

彼女の子宮がオズワルドを求めている。それが男としての自尊心をどれだけ満たしてくれるか、きっとメメットは知らないだろう。

ふと何かを思い立ったオズワルドは、意地悪そうにニヤリと口の端を持ち上げ、メメットの腹を舐めながら彼女に話しかけた。

「メメ。貴方は私にたくさん嘘をつきましたね」

「っ、……はい」

「貴方が嘘をついたことについて、軽蔑はしませんでした。しかし嘘は決していいことではありません。だからメメにお仕置きをしようと思います」

メメットの両足の間に体を滑り込ませ、膝をぐいっと持ち上げた。

「今から私がいいと言うまで、果ててはいけませんよ」

「それって……」

メメットが何かを言おうとした。しかし、オズワルドはそれを遮るように彼女の秘部に顔を埋めた。

(憧れだった快楽責め！　寸止め!!　メメをどろどろのえちえちにしてやる！)

こじらせた童貞は、せっかく王道のらぶえっちへと軌道修正しかけていたのに、再び自ら大火傷するルートへと飛び込んでしまうのだった。

メメットの花びらは既に愛液でとろとろだった。それを指でくちゅりと開いて、改めてしげしげと観察してみる。肉色の粘膜がひくひくと蠢いていて、雄を誘う姿がどうしようもなく淫靡《いんび》だ。

「メメは可愛らしいのに、ここはこんなにいやらしいんですね」

「やだぁ……」

オズワルドは舌を出し、ゆっくりと下から上へと舐め上げた。柔らかな花びらがぐにゅりと形を変え、ほころんでいく。

「ぁ、ああ、っあ……」

蜜がたっぷり溢れているところに、更に唾液を垂らした。ぬめりが増した状態で、舌先を使って花びらの側面や内側をなぞる。メメットが気持ちよさそうに腰を揺らすと、蜜がとろりと落ちて後孔まで濡らすのが見えた。

初めのうちは探すのも一苦労だったメメットのクリトリスは、分身による愛撫のおかげで随分成長した。今も愛撫されることを望むかのように、ぷっくりと包皮から顔を出している。

オズワルドが猫が水を飲むように、ちっちと小刻みに舐めると、メメットの反応が一層顕著になった。

「あーーっ！　そこ、らめっ、すぐいっちゃうっ！」

「まだだめですよ。頑張って我慢しなさい」

「やだやだ、がまんむりっ！　あ……ああっ、いいっ！　いいっ！」

彼女がよがり始めると、オズワルドはわざとクリトリスの愛撫をやめ、唇にキスするかのように陰唇の周りを軽く吸った。

「あーー……」

名残惜しそうなメメットの声。それに気をよくしたオズワルドは、再びクリトリスに舌を伸ばした。今度は小さな円を描くように蕾の周りをいたぶる。根元を中心に刺激すると、メメットは腰を浮かせ始めた。

「ひ、あ……そこ、いいっ……。きもちいいっ！」

ちろちろちろ……と連続して刺激を与えると、更にメメットの腰の動きが激しくなる。同時に鳩尾に力が入り、ぴくぴくと上下する。

「いく、いくっ！　おししょう、さま！　いっ――」

「こら、まだ許可は出していませんよ」

無情にもオズワルドは舌を離した。

その後も散々同じことを繰り返した。

メメットの絶頂の予感は、これまで開発の中で何度も目にしてきたから、オズワルドにはすぐ分かる。顔のとろけ方、体の震え方、喘ぎ声のトーン。そしておねだりの言葉。それらをヒントに愛撫を止めれば、メメットは恨めしげに、そして物欲しげにオズワルドを見つめた。

爽やかさと清廉《せいれん》さの象徴だった若草色の瞳が、今や情欲に濡れ、ぎらぎらと妖艶《ようえん》な光を浮かべている。

「おししょうさまぁ……」

半分べそをかいているような状態で、メメットがオズワルドの腕に触れた。

「もうむりなの……」

「何がですか？」

「がまんするの、むりなのぉ……」

「そうですか」

「ううぅ〜〜……」

わざと核心に触れない返事をすると、メメットの両足がオズワルドの体に絡み付いた。ぐいっと腰を押し出され、剛直の先端が蜜口に触れた。その微かな刺激だけで、痺れるような快感が走る。

正直、寸止めされているのはオズワルドの方なのかもしれない。

「メメは何が欲しいんですか？」

キスの直前のような近さで、オズワルドがメメットに尋ねる。くるんとカールしたまつ毛が震えていて可愛い。

「うう……」

「ほら、言ってみなさい。私の指ですか？　それともまだ舌でいじられ足りないのですか？」

「ちがう、ちがうのぉ……」

いやいやとメメットが首を振る。そして耳まで真っ赤にした彼女は、ようやくオズワルドが求めていた答えを口にした。

「セックス……。セックスしたいの。おししょうさまのおちんちんで、いっぱいきもちよくしてほしいのぉ……」

（よし！　よし!!　メメから可愛いおねだりいただきました!!）

オズワルドは心の中でガッツポーズを繰り返していた。

寸止めからのおねだり。これこそまさに男のロマンだ。

オズワルドの興奮はピークに達し、今やテクニックに対する不安など吹き飛んでいた。

メメットの額や頬にキスを落とし、抱きしめる。彼女はオズワルドと異なる性を持って生まれた人間だ。今からそれをひとつにする。張り形でも分身でもなく、本物の陰茎で。

「メメ」

「……はい」

先端を彼女にあてがいながら、オズワルドが静かに呼びかけた。

「これを挿れれば、私たちはもう師匠と弟子ではなくなってしまいます」

「はい」

「だから、今から私のことを名前で呼んでください」

「名前で……？」

「ええ。『お師匠さま』は禁止です。いいですね」

「でもっ、でもっ……。なんて呼べば……」

メメットがうろたえた。この五年間、彼女はお師匠さまと呼び続けた。それを封じられて動揺するのは当然だろう。けれど、オズワルドはずっと決めていた。彼女とひとつになるのなら、こう呼んでもらいたい――と。

「オズ、と」

「オズ……」

「そうです。さあ、もう一度……」

「オズ……さま……」

慣れないのか、恥ずかしいのか、妙にメメットはたどたどしい。でもそれがオズワルドの胸を揺さぶる。たったこれだけのことでも、ふたりの関係性に特別感が生まれたような気がした。

オズワルドは感極まって、勢いよく彼女の唇を貪った。

「オズさま、オズさま……」

「メメ……」

「オズさま。好き、大好き……」

「ええ。私も」

まるで給餌《きゅうじ》する番《つがい》の鳥のように、互いの唇に触れたまま「好き」「愛してる」を贈り合う。

そしてオズワルドは上体を起こすと、改めてメメットの秘裂に亀頭を押し付け、ぐっと力をこめた。

ぷちゅり――。

「ああっ!!」

「ぐっ――!!」

ふたりの声が重なった。

ほんの少しだけ押し返すような抵抗があったが、すぐにメメットの膣はオズワルドを受け入れた。

そして彼女は呆気ないほど素直に純潔を散らした。

(っ……。な、これ……。えっ、なにこれ……。腰、とろけそ……♡)

ようやく直で感じるメメットの襞に、オズワルドは放心状態だった。

分身から送られてきた感覚とは比べ物にならないくらい生々しい感触。まるでそこに別の生き物がいるかのように、つぶつぶとした膣壁がオズワルドの弱い部分にまとわりついてくる。

「んぁ……。オズさま……、おっきぃ……」

メメットのうわ言のような呟きに、我に返った。

彼女は初めてなのだから、男である自分が気遣わなければ――！

「く……っ。メメ、大丈夫ですか？　痛くないですか？」

「はぅ……いたくないっ！　ぁっ……はじめて、なのに……きもち、い……」

口をだらしなく開けて、オズワルドの広い背中に手を回して、メメットは侵入者を大歓迎しているようだった。

視線を下げて結合した部分を見れば、シーツに赤いシミが小さく付着している。オズワルドは慌てて魔法でシャーレを呼び出し、破瓜《はか》の血を採取した。

（メメの初めての男……。メメの初めてが私……。メメが十九年間大事にしてきた処女を私がいただいてしまうなんて‼）

初めて心を通わせた相手との情交に、オズワルドは細胞のひとつひとつに多幸感が染み渡るような気分だった。

オズワルドによって執拗《しつよう》に開発されたメメットの処女地は、まるでオーダーメイドしたかのように相性が最高だ。緩《ゆる》すぎず、きつすぎず、オズワルドの陰茎にぴったりと密着する。上半身をメメットにくっつけるようにして抱きしめると、肌と肌、粘膜と粘膜が溶け合って、本当にひとつになれたような気がした。

ゆっくりと腰を動かしてみると、にちゅっにちゅっと淫猥《いんわい》な音が響く。粘度が高く聞こえるのは、きっと彼女の愛液がねっとりとしているからだろう。

「んっ、んっ。あっ、んぁ」

「メメ……。メメ……」

あまりの気持ちよさと感動で、情けない声が出そうになる。それを、彼女の名を呼ぶことでなんとかこらえた。

究極の悦楽というのは肉体で感じるものではない。きっと心や脳で感じるのだ。メメットも言っていたではないか、セックスはお互いが想い合って成立する行為なのだと。

オズワルドは今この瞬間、その言葉の本当の意味を理解したような気がした。

剛直をどんどん奥へと進めていくと、彼女の締まりがよくなる。全方位から先端をきゅっきゅと包まれて、オズワルドはつい勢いよく奥を穿ってしまった。するとメメットの反応が変わった。

「ああぁっ！　そこっ、そこぉ！」

「ここ？　ここですか？」

「んっ……んんんっ。ああっ！　ぁ、そこ、そこぉぉ……」

少しだけ乱暴にがつがつと揺さぶってみる。するとメメットがオズワルドの下半身に両足を絡めて密着し、律動に合わせるように自らも腰を動かし始めた。

「あっ、あっ！　あーーっ！　おく、おくが……らめぇっ！」

「奥がいいんですね。んっ……。じゃあもっと……」

「ああっ！　オズさま、っあ！　あたし、あたしっ！　す、ご……ッ」

「ほらっ。もっと気持ちよくなりなさい……っ」

オズワルドの体温がどんどん上がっていく。額に張り付いた前髪が邪魔だ。しかしそれを払うことすら億劫《おっくう》に感じるほど、今はひたすらメメットを貪っていたい。

限界まで滾《たぎ》った陰茎をメメットに打ち付けると、その激しさに彼女の乳房が揺れた。膣はしきりに収縮し、愛液が溢れてシーツに水たまりを作っている。オズワルドは無我夢中になってラストスパートを仕掛けた。

メメットの足がオズワルドの体から離れ、力が入っているのか、つま先がピンと伸びているのが見えた。

もう少し、もう少しだ――！

「メメ……メメ……っ。出しますよ！　貴方の望みどおり膣内に出しますからねっ！」

「あっ、あっ！　くだしゃいっ！　オズさまのこだね、いっぱいくだしゃい！」

ぱちんぱちんと肌がぶつかる音が、より一層速くなった。

もう呼吸をする余裕すらない。オズワルドは息を詰めて、メメットを激しく貫いた。

そしてついにふたりは運命の時を迎える。

「あっ！　いくっ！　いくっいくっ！　うううう……っ‼」

「っ……‼」

メメットが背中を弓なりにした瞬間、一際強く彼女の中が締まり、オズワルドはその中へたっぷりと子種を放出した。

(うあ、あ、あ……。メメの膣内に出してしまった……。信じられない……。嘘みたいだ……)

永遠かと思うほど甘美な時間が続く。全身をメメットに包まれているような優しさが、徐々に力を失っていく陰茎を通じて胸に満ちていく。

これこそが情交――。オズワルドはようやく自身が童貞を喪失したことを実感した。

メメットは激しい交わりに疲れたのか、眠りに落ちたらしい。幸せそうに目を閉じる彼女の額に口づけて、名残惜しいと思いながらも陰茎を引き抜く。膣口から、純潔の花と精液が混ざったピンク色の液体がどろりと流れ出た。

過去最高量を射出する頃には、長い長い夜は終わりを告げていた。窓の外では太陽が昇り、ふたりの新たな始まりを祝福するかのように世界が光に満ちていく。

そしてそれと同時に、オズワルドによって破壊された森の全貌《ぜんぼう》が、明らかになっていくのだった。

＊＊＊

姉さん、お元気ですか?　今日はビッグニュースがあります。

なんとなんと、先日ようやくオズさまに子種をたっぷり注いでもらったの!

姉さんが考えた「押してダメなら全力で引いてみろ」プランのおかげだよ！

ベッドに押し倒されて、いっぱいキスされて、クンニで寸止めされて、最終的にシーツがダメになるくらい、おちんちんでイかされました。

何が凄いって、オズさまって着痩せするタイプで、脱いだらどエロい細マッチョだったの！　上半身裸になったところは見たことがあったけれど、全裸は初めてだから感動した～！

それから、これまでのことを全部オズさまに話してしまいました。でも「正直に話してくれてありがとう」って言われちゃった。その時のオズさまの顔が優しすぎて、惚れ直したの‼

「他の男とお見合いする」って言ったら、オズさまの魔力が暴走して森の中が大変なことになっちゃったんだけど、機嫌が直ったオズさまがすぐに元どおりにしてくれました。よかったよかった！

姉さんが「女を覚えた男は凄いわよ」って言ってたけど、今や毎晩のようにナカに出されてます。

オズさまのお気に入りは裸エプロンで後ろからあたしをクンニするプレイで、食事の片付けが終わった後、わざわざエプロンを着けて、オズさまとデザート代わりにイチャイチャしてるよ。

他にも、姉さんにこっそりに送ってもらった官能小説を読んでたら「欲求不満なんですか？」って疑われて、本当に言葉のとおり、朝まで寝かせてもらえなかったの！　何度も何度も中出しされた上に、すっごく高そうな宝石でできたプラグを中に挿れられて、精液が溢れないように蓋《ふた》をされちゃった。あれ、一体いくらくらいしたんだろう……。

こんな調子なので、オズさまの子どもを孕むのも時間の問題だと思います！

赤ちゃんに早く会いたいという気持ちもあるんだけど、パパになってデレデレしてるオズさまも早く見たいんだよね。なんだかんだいって情の深い人だから、きっといい父親になってくれると思うんだ。お屋敷なんて、既にベビーグッズの山ができちゃったんだから！

そうそう。オズさまが絶対にウェディングドレスを着せたいって言ってるので、近々結婚式のお知らせをすると思います。その時は父さんと母さん、弟たちにも伝えてね！

＊＊＊

姉への手紙を書き終えて、メメットは左手を天井に掲げた。

薬指に光る金色の指輪。精巧な蔦の模様が彫られ、その真ん中には淡いピンク色の石がはめ込まれている。

オズワルドは「愛の象徴のローズクォーツですよ」と笑っていたけれど、メメットは知っている。これは初めて繋がった日の破瓜の血と彼の子種を固めた結晶だ。

そんなものを結婚指輪に使うんじゃない――と内心突っ込んだけれど、メメットの目の前で跪《ひざまず》いて指輪をつけてくれたオズワルドがこの世のものとは思えないほど美しかったので、そんなことなどどうでもよくなった。

「メメ、早く行きますよ」

窓の外からオズワルドが声をかけてきた。

ついにメメットの月のものが止まったので、今日は王都に行って医者に診《み》てもらうのだ。

もし妊娠を告げられたら……。

その時のオズワルドの顔を想像するだけで、思わずメメットの頬が緩んでしまう。

今だから分かる。自分が欲しかったのは彼の子種だけじゃない。彼が丸ごと欲しかったのだ。

メメットを見つめる眼差《まなざ》しも、研究中の真剣な表情も、丁寧な言葉遣いも、ちょっと——いや、度がすぎるほど変態なところも。何もかも自分だけのものにしたかった。

オズワルドの全てを託されて、メメットは今、彼と番う美しい蝶へと生まれ変わろうとしている。

「……というわけで、ふたりは仲良く暮らしましたとさ！」

メメットはそう呟きながら手紙に封をすると、オズワルドが待つ外へと飛び出した。

Hiro Matsugasaki
マツガサキヒロ
illustration
カズアキ
絶対に私が
××されて
あげますからね！

まずは世間話から

ここはロマーニ王国。

私の名前はラーラ・カッチーニ。カッチーニ侯爵令嬢である。貴族にありがちな、豪奢《ごうしゃ》な金髪。それに透き通った青い目。それはもう、高位貴族令嬢として完成された美しさ！　なのだが……。

カッチーニ侯爵家といったら、国内でも指折りの名門貴族である——であった。大きな貿易港と豊かな穀倉地帯を領地として持つ、それはそれは裕福で歴史もある、本来ならばそんじょそこらの公爵家など鼻で笑えるほどの富と名声があった、のである。

が。先代当主、つまりは私の祖父から雲行きが怪しくなってきた。富と名声を悪い方に使っちゃうというか……どうやら祖父と父は色々あくどく稼いだらしく、今では悪名高き侯爵家にジョブチェンジしてしまうという有様。しかも数年前に亡くなった祖父は、まだ表向きを取り繕う知性があったのだが、父の代になるとそれすらなくなっていた。

嘘の情報で踊らせた相手から金を搾り取る。王宮に虚偽の申し立てをして、弱い立場の人間から土地財産を奪い取る。王位継承争いで落ち着かない王宮の弱みにつけ込み、己の高位を過信して父は、いや、父も母も、そして兄も、弱い立場の人間から富や美を貪るようになっていた。

私が小さい頃はそうでもなかったと思う。でも十二歳の時、今日は賑やかなパーティーをしてるんだな、とこっそり扉を開いた私の目に映ったのは、乱交パーティーだった。最初は呆気《あっけ》にとられたよね。意味が分からなかった。だって大広間にいっぱいソファーとかが並べられていて、その中央にベッドが置いてあったのだ。そんでもって、どこからどこまでが誰の体か分からないくらいに肉の色が絡み合っていて、変に甲高い叫び声が聞こえてくるのだ。変に低い叫び声も。そりゃあ、ちょっとくらい発熱してその衝撃のあまり、前世を思い出してもしょうがなくない？

あれ以来、パーティーと聞いたら逃げ回っていたけれど、そんな私を説得すべく侍女達――これまた目が死んでる――が、

『お嬢様。兄君もそれはお楽しみのパーティーでございますわ。きっとお嬢様もお楽しみいただけるに違いありません』

とか言ってくる。つまり、あの肉の塊の中にお兄ちゃんもいたという……やめて！　私のライフはもうゼロよ！

そのうちお兄ちゃん――その時はさすがに服は着ていた――が部屋を訪ねてきて、

『お前ももう立派な大人だな』

とか、私の体をじろじろ眺め回してそう言ってきたりして……やめて！　私のライフはもうゼロよ！　昔は仲良かった――まではいかないかもしれないけど、普通の兄妹だったじゃん！

両親も兄と同じようにパーティー参加過激派で、もうこれ以上実家にいたらあの大広間で私まで乱交お披露目される！　という危機感を覚えた私がとった手段は、王宮に勤めに出る、だった。

そう、私は侯爵令嬢でありながら王宮に侍女として勤めに出ている。正直、王宮に仕えるということは誉《ほま》れである。が、さすがに侯爵令嬢みたいな、高位貴族はそういない。侯爵令嬢といったら、王宮でもお客様レベルである。だがそんなことは知ったこっちゃない。貞操の危機なんである。働くなど恥、とかいう価値観だろうが、好きでもない人と初めての乱交パーティー♡とかいう方がよっぽど恥だわ！

というわけで家出して王妃様に仕えるようになって三ヶ月。私は気づいたのだ。ここは前世私が愛した小説の世界なのだと。題名……題名なんだったかな。いっつも『きみひか』って略してたんだけど、いわゆるファンタジー小説だったと思う。剣と魔法！　策略と友情！　みたいな。そのうち友情とは、忠誠とは、みたいな重いテーマになっていったりして。

今思えばヒントはいっぱいあったのだが、自分の名前ってなんていうか記号じゃないじゃん？　ラーラって呼ばれ慣れてれば、それってもう『自分だけの音』じゃん？　まさかラーラ・カッチーニ侯爵令嬢が自分なんて思わないじゃん！

……そう、ラーラ・カッチーニ侯爵令嬢とは、私の愛する小説に出てくるちょい役なんである。なんていうか、レギュラーじゃないんだけど、とある重要な役割を担っている嫌われ役、みたいな？それというのも、一巻の副主人公である公爵に強姦《ごうかん》され、息子を産む令嬢にして、二巻では成長した主人公の母親という役どころなんである！　つまり二巻の主人公は一巻の副主人公の息子という設定。

私はもう、この副主人公が好きで好きで……この副主人公というのが、もうずんどこ不幸な人なんである。身分の高い、勝ち組の生まれであるにもかかわらず、母親からいわゆるネグレクトを受けて育ったのだ。他国から輿入《こしい》れしたというその母親は、娘には愛情深く接するのに、息子にはそれこそ、虐待めいた扱いをしていたのだ。姉を愛するように自分も愛してほしい。そう思って彼は努力する。優れた頭脳があれば。剣技に秀でれば。ささやかでも心のこもった贈り物をすれば。

その努力は、全てが振り払われ、あざ笑われる。

『そなたを愛する女などいない』

愛を求める少年に与えられる言葉は、それだけで。

母親に疎《うと》まれ虐待され、深刻な女性不信を抱えつつ、副主人公の彼はそれでも正しくあろうと、文武両道に成長した。そんな彼が心を許すのは、幼なじみの王子だけ。その彼も第三王子で、周囲からは『外れの王子』と見なされていた。王位継承争いから外れた、取り巻く価値さえないと思われていた子ども。

姉には優しいのに、自分には冷たく振る舞う母親の、息子。兄達には媚《こ》びへつらう人々から、自分はいないも同然に扱われる、王子。二人の少年は、悲しい共通点に仲を深め、傷をなめあうような関係からやがて、それぞれの向かい合うべき問題へと対峙《たいじ》する、心強い戦友となっていく。そうやって紆余曲折ありつつ勝ち取った、親友の王位！　これにてハッピーエンド！　と言いたくなるのに、まだそこは一巻の半分なのだ……。一巻の後半からは……ぐすっ、とても何度も読めないような……ぐすっ、悲劇が副主人公を襲うのだうわぁぁぁん！　それも！　陰謀に嵌《は》められて、国を裏切る逆賊として果てる宿命にあるという……っ！

え？　これのどこにラーラが出てくるんだって？

そうそう！　ラーラはね、副主人公の命を逆恨みで狙って、当然失敗して強姦されてぽいされた後で妊娠が発覚する役どころだよ！

大好きな推しに強姦してもらえるだけでなく、その人の子どもまで産める！　確かにその後は生まれた子を親友《国王》夫妻に託して姿を消し、二巻では成長して主人公になった息子にトラウマ発言をするえげつない母親役を与えられてはいるのだが。でもラーラそんなことしないもん！　会いたかったわロランドちゃん！　って絶叫するもん。なんなら『♡ロランドちゃん♡ラブ♡』って書いたうちわ作るもん。

というわけで、私ラーラは国王陛下の親友、つまり副主人公ことオルランディーニ公爵の完璧な美貌《びぼう》を物陰からうっとり見つめ、いつ強姦してくれるのかなっ？　と胸をときめかせつつ王妃様にお仕えする日々を送っていた。

本当に公爵ってばお顔がいい。それも繊細な美貌っていうよりも、ダイヤモンドみたいに硬くて、隙のない美貌というか。そんなお顔だから、王宮勤めの女性達の目は、彼を見る度うっとり蕩《とろ》けている。お仲間！　私もお仲間ですよ！　そういう視線を送ったらなんだこいつって目で見られるけどね！

で、そんな私を含めたお仲間を見る公爵の目が……絶対零度。虫けらを見る目。凍りつくような目というか、凍らせてたたき割るような目というか。でもそれもいい。好き。当然、話しかけるような隙など皆無。側に寄ろうとした瞬間に斬られそう。女は寄るなアンタッチャブルな空間が、公爵の半径三メートルに漂っている。

だが私はいずれ彼と、強姦被強姦関係に至る身である。たとえ一回だけだろうと、下半身だけだろうとも密着する瞬間が、どれだけ短時間だろうが多少なりともあるはずなのだ。

なので業務の合間を縫って、可能な限り自然を装って、ヤリ部屋と名高い王宮の休憩室周辺をうろついてみたり、公爵執務室の側をさりげなーく横切ってみたりしていた。でもヤリ部屋付近で釣れたのは実家絡みのおじさんばっかりで、なんとか躱《かわ》してぐぬぬってなったり。推しの出没ルートを探ってうろうろするも、これまた出会う機会があんまりない。その辺の柱の陰とかに引きずり込まれるかもっ！　とかときめいた心を返してほしい。

これまでで最接近したのが公爵執務室の廊下、五メートル先の後ろ姿である。次点で王宮の広い通路の向こう側を通り過ぎる横顔。後ろ姿もいいが横顔もいい……できれば正面からそのご尊顔を拝したいが、それだと私のメンタルが保《も》たないかもしれない……。

「どうしたの、ララ？」

もう私の名前も覚えてくださった王妃殿下！　さらさらの銀髪に緑の目という、超絶美女である。感染しないかな、美女っぷりが。

そもそもこの王妃様は、陛下とものすんごい仲良しさんなんである。子どもがいないのが不思議なほど延々いちゃいちゃいちゃいちゃできちゃう万年新婚夫婦。

「妃殿下、あの、いつもこのお茶を飲んでいらっしゃるのですか……？」

三ヶ月の研修後、晴れて王妃殿下付きの侍女になった私。もちろん実力よりも侯爵令嬢という立場が物を言ったのは確かである。そんな私にお茶を一緒に飲もうと妃殿下が言ってくださったのがたった今、のことなのだが。

「ええ、これを飲むと夜よく眠れるようになるの。短い時間でも、ぐっすり眠れる方がいいでしょう?」

「そうですか……」

恐らく現代日本人の誰もがそうだと思うが、前世の私も思春期は、年相応に中二病を患っていた。異世界転生して魔女として生きていく自分をリアルに想像していたし、そのために薬物毒物の調査に勤しんでいた。当時大学生だった上の兄にお願いしてセントジョーンズワートを取り寄せてもらい、『ひっひっひ、子どもを堕ろしたいならこれさね……』ごっことか、『あぁ、夜ごと悪夢に魘《うな》されるならこれさね……いい夢が見られるよ、ひっひっひ』ごっこをしていたのだ。

上の兄には『なんか寝つきが悪いからよく眠れるハーブティーがほしいなって』と言い訳して取り寄せてもらったが、あの生暖かい目つきを見るに、バレていたような気がしてならない。一度通った道だから兄も分かったんだきっと。

とにかく、私が言いたいのは、私はセントジョーンズワートの味が分かるってことだ。あの独特の干し草みたいな香り。よく干した牧草ってこんな匂いがするんじゃないかなって思わせるようなこの匂い。寝付きがよくなる効果もあるが、流産の副作用もあるというハーブティー。

「妃殿下、この……」

言いさして、ちょっとためらった。

ここで暴露していいもの？　王妃にそんなものを盛るって、けっこうな犯罪行為じゃない？　これって国家的な反逆行為にならない？　もっと慎重に調べて、実行犯役以外の黒幕とかを探るために、泳がせといた方が良くない？　いちおう安眠ハーブだから、緊急性は低いわけだし。

「――このお茶、とっても香ばしくて素敵な風味ですわね！」

言い切って頬の筋肉を動かした。きっと笑えているはず。

……それにしても、誰に相談しよう……？

まずは物証だ。妃殿下にさし上げる特別なお茶を管理しているのは、当然ながら妃殿下から特別に信用されている侍女長である。……でもこの侍女長、ものすっごい忠誠心高そうなのよ。そして悪名高きカッチーニ侯爵家の出身である私ことラーラが、『ちょっと気になるんでぇ、妃殿下専用のお茶っ葉あらためてもいいですかぁ？』ってお願いしたら、えらい騒ぎになって即王宮追放になりそうな気がしてならない。そして行き着く先は乱交パーティー真っただ中の実家である。今なら兄も参加。やだ無理。

う～ん、どうしたものか……。このカッチーニ侯爵家っていう身分に助けられて妃殿下付きの侍女になれたけど、カッチーニ侯爵家の名前のせいで信用されないというのも事実。くそぅ、一勝一敗。絶対に王家に忠実で、王家からも信用されている人を動かすしかないんだけど……確実にこの人は大丈夫って私が思えるの、副主人公であるロベルト・オルランディーニ公爵様しかいない……。

将来的に強姦し、強姦される関係としてそれってどうなんだろう？　あり？　無し？　悩む。

でも今日はまだロベルト様のご尊姿を拝謁してないから、ストーキングしがてら様子を見に行くくらい、いいかな？　もし話しかけられそうなら、話すだけでも話してみたら、もしかしたら調査が入っていい方向に進むかも。あの熱愛ぶりなら、どんな些細な疑惑でも調べてくれそうだもんね、国王陛下。

よし、そうと決めたら実行だ！

侍女の仕事の合間に、いつものようにロベルト様が執務している王宮の中央棟に向かう。私がこの辺を彷徨《うろつ》くのは慣れっこになっている文官の皆さんが、半笑いで会釈してくれる。こんなに緩《ゆる》くていいのか。カッチーニ侯爵家ってけっこう悪名高いと思うんだけど。絶対に乱交以外の悪いこともいっぱいしてると思うんだけど！

とはいえ、私は三ヶ月の実践経験を持つ、ベテランのストーカーである。いかに気配を消して対象を見守るかにストーカーのプライドをかけているのである。執務室を人が出入りするその小さな隙間からロベルト様の姿を拝むことで満足していた私である。

その私が、ロベルト様に、話しかける……？　え、無理じゃない……？　いくらいずれ強姦被強姦関係になる私達といえども、まだ面と向かって話すには早くない……？　もっとこう……ストーキングするのを黙認されてますって関係にならないと無理じゃない？

ど、どどどどうしよう……!?　いずれは半裸のまま強姦被強姦関係になる私達ですがぁ！　今はぁ！　ほぼほぼ初対面なんですぅ！

執務室の扉をじっと見つめ、でもでもと首を振る。当然ながら、扉をノックする度胸は欠片もない。だってお仕事の邪魔する女って嫌われるって聞くじゃん？　いずれ強姦被強姦関係になるとはいえ、少しでも前向きな感情で強姦してもらいたいわけで。なんていうか、限りなく和姦寄り？　的な？　いやもうそれ強姦じゃないじゃんとかそんな突っ込みは要らんのですよ！　限りなく和姦寄りな強姦モトム！　いや、今は強姦とか強姦寄りな和姦とかそういう問題じゃなかった。そうじゃなくてぇ、どうやって推しに、しかも世間話的なさり気なさで話しかけるかってことなんですよ！　それって普通に難しくない⁉　だって、我、初対面、彼。いやぁぁぁ無理ぃぃぃ！　再びぱたりと開き、閉じた扉を見て私ははぁぁっとため息をついた。

彼が駄目なら誰に相談しよう。いや、むしろ上司である妃殿下に内緒で話しかけるチャンスを待つべきなのでは？　たぶん初対面のアイドルとさり気ない世間話を企むよりも、王族の女性と内緒話をする方が簡単だよね！

……簡単、なのか……？　国内女性のトップぞ……？

「あぁぁ無理ぃぃぃ……！」

思わず頭を抱えてうずくまった。でも大丈夫。この部屋の前で色々奇行を繰り返してきた三ヶ月という歴史が、護衛の騎士さん達の目を柔らかくしてくれてるってラーラ知ってる……！

＊＊＊

豪奢に輝く金色の髪はまさしく高位貴族として相応しく、その白魚のごとき指先まで華奢《きゃしゃ》で美しいその人は、行動だけが変だった。煩悶《はんもん》する麗しきカッチーニ侯爵令嬢の奇行を、いつも通りに眺める執務室扉前担当の騎士二人は、内心で頑張れ、と拳を握った。うずくまる姿までもがしなやかに美しいのだが、どうしてそこでうずくまるのか考え始めるとちょっと駄目だ。だがそういう奇行も、恋情極まってのことだと思うと温かい笑みが浮かぶ。

できればもうちょっと積極的に公爵に話しかけるとかしてほしい。無自覚に令嬢を気にしている、普段は冷静な公爵がちょっと面白――楽し――気の毒なので、熱い眼差《まなざ》しで見つめるだけじゃなく、思い切って話しかけてくれればもっと面白――楽し――穏やかな日常が送れると思うのだが。我らが国王陛下さえ、

『ロベルトのこんな表情を見ることができるなんて！』

と爆笑――楽しげに声を立ててお笑いになっていた。我らが敬愛する主のためにもぜひ上手くまとまってほしいものだ。二人の騎士はそう心から思いつつ、令嬢の奇行を見守っていた。

下調べは肝心です

「――見なかったふりをしたい」

「可愛いじゃないか、ロベルト」

……やだ、幻聴が聞こえる……。

幻聴だと己に言い聞かせつつ、それでも推しの美声に抗いきれなかった私を誰か罰してください。

その気持ち分かるわぁって人は私と親友になりましょう。あなたの推しは誰ですか？

「カッチーニ侯爵家の令嬢、だね？」

現実逃避しながら恐る恐る見上げると、予想外に近い場所にこの国トップの顔があった。どうやら座り込んでいる私に合わせて、腰を屈めてくださっているらしい。やだ、推しほどじゃないけど大好きな小説の主人公にそんな近くで見つめられると照れちゃう！　小説の中では光と影、なんて言われていた、主人公と副主人公である。主人公は光を象徴する者らしく、豪奢な金髪に琥珀《こはく》色の瞳。もう、色合いがきらっきらのお日様なんである。当然顔立ちも一級品。元々は第三王子だったのだが、副主人公の力を借りてのし上がる前半部分なんて、本当に爽快な下克上ものだったのだ。

しかも、そこに絡まる甘酸っぱい恋愛模様。そう我らが王妃殿下である！　美貌自慢の令嬢貴婦人みんなが兄達へ群がる中、王妃殿下だけが主人公に関わろうとするのだ。最初は女狐に騙されるもんかって塩対応だった主人公が、色んな危機を乗り越えるうちにずんどこオチてって最終的にデロ愛へと変わっていく様は胸きゅんポイント多発地帯でたまらんかったですご馳走様でしたぁっ！

「は、はい。失礼いたしました、陛下」

そのまま立ち上がると陛下にぶつかってしまうから、屈んだまま後ろに下がってから立ち上がり、お辞儀をした。たぶん動きは蛙に似ていたのではないかという自負がある。しょうがないじゃん、不測の事態なんだもん！

「先ほどから面白い――奇妙な動きをしていたようだが、何かあったのかな？」

面白いと奇妙、どっちがマシな言葉なのか、誰か教えてプリーズ。

「陛下。珍妙な生き物に、積極的に関わるべきではないと進言しますが」

はっ⁉　珍妙って私のこと⁉

皆さぁぁん、推しが私のことを特定して、独特な評価をしてくれましたよぉぉぉ！　ほら、周囲との差別化、みたいなね？　絶対に普通の令嬢とは区別できてるって感じじゃん。ラーラ感激！

「ロベルト、君のように女性に対する思いやりのない男にも、こうやって好意的な態度を示してくれる令嬢は、貴重だとは思わないかね」

「思いませんが」

ロベルト様のさっむい視線が私をさっと撫《な》でた。やだ、その絶対零度の視線を体感できるなんて、嬉しすぎてラーラ死んじゃう。

ロベルト様は、影と言われるだけあって、この国には珍しい黒髪である。母方の祖母君からの隔《かく》世遺伝《せいいでん》と言われている。目は藍色。色合いからして格好いい。強そう。そして憂《うれ》いみたいな色気まである！　ザ・完璧！

「ほら、あんなに嬉しそうだ」

「変態なんじゃないですか」

バレてるぅぅ!?　私はきりっとしたように見えるよう、顔の筋肉を引き締めた。たぶんできてるはず。

「……いいじゃないか、可愛い令嬢が変態でも」

「嫌です」

違うの。好きがだだ洩《も》れてるだけで、冷たい男性全般が好きなわけじゃないの。ロベルト様限定なんですってば！

「君相手にあんなに好意的に振る舞ってくれる令嬢は貴重なのに……もったいない。さて、カッチーニ侯爵家の令嬢」

「ラーラ・カッチーニと申します、陛下」

できるだけ淑《しと》やかにお辞儀をする。私の擬態は完璧なはずだ。だがその完璧な擬態もロベルト様を見た瞬間に剝《は》がれる自信があるので、できるだけロベルト様を視界に入れないよう心がける。

……視野の隅でぼんやり見える立ち姿も素敵ぃぃ！

「ごほっ」

何故か陛下がむせてらっしゃる。お茶もないのになんでだ。

「いや、失礼。何かこのロベルトに用件でもあるのかと思ったのだ。先ほどから室内を窺《うかが》っていただろう？」

「⁉」

な、なんでバレてるし⁉　私はさっと扉前を護衛している騎士さん達を見やった。おのれちくったのか。ばらしたのか⁉

騎士さん達からはプルプルと首を振る仕草が返ってきた。やだ、視線だけで以心伝心できるなんて、私もここの常連ってことね⁉　嬉しいけど、騎士さん達のせいじゃないならなんでぇ⁉

「何を企んでいるのです？　ラーラ・カッチーニ」

皆さぁぁん！　推しから！　推しから呼び捨てにされましたよぉぉぉっ！　これでもう、強姦まであと一歩と思われますぅぅっ！

あぁ、私、今のこの声を脳内に永久保存できたわ……転生して良かった。嬉しい……でもこの推しが陰謀に巻き込まれて内戦起こして、この仲良しな親友と戦った挙げ句に国内の奸臣《かんしん》を一掃してから討ち死にするなんて嫌ぁぁ……。

というのも。第三王子が即位という、誰にも予測できなかった王位継承レース。その弊害は、即位後にあった。手足となる家臣が少ない。有能でも、信用しきれない。無能なのに、その地位にしがみつく。そんな宮廷で、新国王は実権を握るべく立ち回る。が、そこに悲劇が襲う。そう、親友たる副主人公の裏切りである。流す血を最小限にすべく、争いを表立たせることなく改革を進めよ

うとする王に対し副主人公は、

『腐った果実は地に落ちるだけだ』

と言い放ち、腐った果実――つまりはカッチーニ侯爵家がその筆頭であるわけだが、それを王の許可なく討つのである。いかに親友といえど、その行為を許すわけにはいかない。さらに王の耳には、親友に王位簒奪《さんだつ》の意志あり、との毒まで囁《ささや》かれる。親友を信じたい。だが、親友の行為は許せない。葛藤した王が、最後の一線にと下した、王都手前で進軍を停止せよ、との命《めい》も親友は破る。命に叛《はん》し、王家に忠実だった侍従長の屋敷に襲いかかり、これを討つ。

ついに耐えかねた王が親友を討つべく軍を立ち上げ――わ、私の愛する副主人公は、ぐすっ、兵を解き、無抵抗で幾つもの剣をその身に……ぐすっ、受けるのである……っ。

そして、親友の謀反《むほん》を誅伐《ちゅうばつ》した王がその後知る事実というのが……ぐすっ、残酷なのだ。

そもそもカッチーニ侯爵家や侍従長こそが、真っ黒だった。邪魔な王をどうやって弑逆《しいぎゃく》しようか、もうちょっとで具体的な作戦を練る段階にまできていたらしい。副主人公が討った侍従長は王家に忠実なことで知られる人だったのだが、実は王家にこじらせた嫉妬《しっと》心を持ち、それを募らせていたのだ。つまり、親友はそれを知っていて、王のためにあえて反逆し、謀反の芽を摘んだ、という。

それを知った時の描写がもう……ぐすっ、涙で字が読めなかったよね……ぐすっ。

そんなリアルの地獄で妊婦やるなんて、私本当に妊婦としてやってけるのかしら……？　流産しそうで怖い。いやよ、ロランドちゃんを産むまでママは死にませんよ!?

「どう考えても陰謀には向かなさそうな令嬢だが？」

「演技かもしれないじゃないですか」

「……これが？」

「…………」

この仲よさそうな内緒話も、内戦が起これば悲しくも遠い思い出になっちゃうのよ……そんなの嫌ぁ……でも内戦がなかったらロランドちゃんが王家の養子に入れないからそれもどうなの。二巻の前提が崩れちゃうじゃない。ロランドちゃんも影のある素敵な王子様になれるのに！

推しVS推しの息子。

推しの美しくも悲劇的な死に様VS未来の平和。

ロベルト様は死ぬからこそ推しであるのだが、こうして現実空間で生きているお姿を拝見していると、どうにかそれが回避できないか考えてしまう。……でもなぁ、陰謀の主って今のところ国王からも信頼されてる侍従長なのよ。先代国王にこじらせた嫉妬心を抱きつつも、表向きは忠実な人間だと周知されていて、牙《きば》と悪意を完璧に隠していた。現国王にも忠実なふりをしているけど、牙を剝《む》くタイミングをカウントダウン中。でもそんなの、たかだか乱交パーティー好きな侯爵家の令嬢が告発したところで、どうにかできるもんじゃないじゃん。下手したら暗殺されるわ。ロランドちゃんを産むまでママ死なないから！

「ラーラ・カッチーニ」

はっ!?　推しが呼んでらっしゃる!?

「はい!?」

勢い込んで返事をすると、ロベルト様が軽くのけ反っていた。なんで？

「……言いたいことがあるならはっきりと言いなさい。うろうろされても迷惑です」

「………っ」

ロベルト様……なんて……なんて優しいの⁉　私が言いたいことも言えずにこの辺をうろうろうろうろし続けて、騎士さん達に生温かい目で見守られてたってご存じだったのね……！　ちょっと興味あったりします⁉　なんなら今から強姦しときます⁉

「は、はい、あの……妃殿下に供されている、特別なお茶を調べていただきたいのです。妃殿下とありがたくもご一緒させていただいたのですが、あれは安眠できる以外の作用もあるように思えまして……」

「なに⁉」

ロベルト様を押しのけるようにして、国王陛下が私にずいっと近づかれた。うんうん、愛妻家って設定通りだよねぇ。毎朝メイドさん達が顔を真っ赤にしながら寝室のシーツ替えてるもん。

「毒というほどのものではないと、思います。けれど、その……授かりにくい、作用があるかもしれません」

とりあえずぼかして伝えてみる。でも言ってみて思ったけど、このぼかし方ってバレバレだよねえ？

「――ロベルト」

「調べます。……ラーラ・カッチーニ。これが虚言だった場合、それなりの処罰が下ると思いなさい」

「っ！」

え、どうしよう。あれが前世と同じような作用をしていない可能性とか、そんなのあんまり考えてなかったけど……こっちの世界では無害な安眠ハーブだったらどうしよう⁉　斬首《ざんしゅ》⁉　斬首なの⁉

「君はしばらく自室で謹慎しているように」

そう言い渡されて、扉前の騎士さん達に連行されるように自分の部屋に帰って……私は地に潜る勢いで落ち込んだ。

なんで事前に本とかで調べなかったんだ、私……！　気が気でなく、その日の夜もろくに眠れるわけないわぁ、と思っていたらまさかの爆睡で、己の神経に対して仄《ほの》かな疑惑を抱いたのだった。

＊＊＊

カッチーニ侯爵令嬢の謹慎中、文官は王妃の毒殺未遂事件――避妊だろうが悪意ある薬物には違いない――の調査に奔走《ほんそう》しつつ、ちらりとオルランディーニ公爵を見やった。

「味に覚えがあると言っていました。つまり彼女も過去に飲まされていたということではないでしょうか。いえ、きっとそうに違いない。もしや、かの侯爵家の悪習を無理強いされそうになって、この王宮に避難してきたのでは」

今までさんざん性悪とか身持ちの悪いふしだらな令嬢とか言い放っていた公爵の、この言いよう。あれのどこに性悪感が？　とか、言い寄ってる男は数多見れど、自分から近づこうとしているのは公爵だけなんだがああん!?　と内心ガチギレしていた過去を、文官は思い出していた。性悪女から性悪家族の被害者へと、カッチーニ侯爵令嬢への印象が変わったのは何よりである。そもそも令嬢は騎士や文官達からも猫や子犬、ネズミ——これはちょっと意味不明である——みたいに可愛いと人気なのだ。が、令嬢が一途《いちず》に公爵を慕っている様子から、次第に令嬢の恋が成就するよう見守る方向に変わってきた。おそらくは敬愛する我らが国王陛下の尽力によるものと思われる。

「そう、そうだねロベルト！　つまり彼女は純粋に君を慕うただの令嬢——」

勢い込んでそう口を開いた国王陛下に対し公爵は、

「いえ、ですが嫌な実家から逃げ出すために私を利用しようとする女狐なのかもしれませんっ」

あんな可愛い狐ならもらっとけばいいじゃん。

ちょっぴりそう思いつつ文官は、

「陛下、どうやら薬の入手経路が特定できそうです」

と割って入った。放っておくとどんどんどんどんズレた妄想を繰り広げる公爵の思考を止めるためでもあった。令嬢のファンでもある文官の視線は、モテる男に厳しい。

＊＊＊

謹慎後、ロベルト様の執務室に呼び出された。

いよいよ強姦だろうか!?

「昨日の失言を詫びましょう。調べさせたところ、妃殿下に供されていたものは妊娠を阻害する作用のある薬物でした」

普通に話しかけられた。

「……そうですか……」

しょんぼりする私の気持ちも分かってほしい。

まぁ確かに？　室内に人も何人かいますし？　ありがちなソファーも存在してなかったし？　大きな執務机の上には書類がどっちゃり乗ってて、その上で事に及べるような空気感もありませんでしたが？

「誰が薬物を提供しているか、調べさせています。君には妃殿下の元でいつも通りの職務を果たしてほしいのですが」

黒幕を辿《たど》るってことですね！　ラーラ分かってますよ！　調べるならついでに侍従長も調べてほしいけど、そういうわけにもいかないだろうなぁ。侍従長が退場しちゃったら、これからの内戦が起こらなくなっちゃうし。

「かしこまりました」

よくよく聞くと、お茶っ葉はどうやらセントジョーンズワートとは違って、もっと強い避妊作用があるみたいだった。まさかのまぐれ当たり。ほんっと事前に調べよう自分！　今回は良かったけど、下手したら本気で斬首コースだったよ！

昨日の謹慎は体調不良ということにすると説明され、再び王妃殿下の侍女として働く毎日がかえってきた、はずだったのだが。それも数日で終わった。というのも。

黒幕、まさかの侍従長でした☆

しかもうちの実家もそれに加担してました☆

やだ、実家潰れて解雇ぉぉ！

私、侯爵令嬢。貴族でなくなった上に職も失ったら、生きていく術《すべ》はないのでは……。

本当は実家の連座でもっとひどい処罰が下るところだったのだが、今回の件を告発したことと相《そう》殺《さい》されて、実家を失うだけになった。だが実家を失い、侯爵令嬢でなくなった女が妃殿下の侍女として居続けることは許されない。

……実は妃殿下には引き留められたんだけどね。でも、侍女長がこっそり私にお金渡して謝ってくれた。どうか侍女を辞めてくれって。そりゃそうだよね。犯罪者の身内が、誉れある王妃殿下の侍女だなんて、他の人間に対して示しがつかないもん。王宮を下がるために荷物をまとめてる間にも、色んな人が私の部屋に来た。

「私が取りなしてあげるから」

とか、

「誰かに伝言があるなら伝えるから」

とか。顔なじみの騎士さん達も来てくれて嬉しかった。でも、貴族ではない私が生きていくためにつける職業って、ものすごく限られてるわけで。

誰かと結婚して逃げるのもありっちゃありなんだけど、いずれロランドちゃんを産む身としてそれはできない。修道女になるのも同様の理由で却下。なら、残るのは一つだけなわけで。

はい、高級娼婦ララちゃんの爆誕。

これ、実は実家の伝手《つて》である。だって娼館の良し悪しなんて、普通に生きてて女の子が知るはずないじゃん。そういうことはその道に詳しい人に聞くしかないじゃん！

王宮から出て、とぼとぼ歩こうかと思って、あれ、娼館ってどこだっけ？　って立ちすくんでたらわざわざ馬車でお迎えしてくれました。さすが高級娼館。逃げ出せない気がしてならない……。

＊＊＊

騎士と文官は激怒していた。

「なんでっ！　ラーラちゃんを説得しに行かないっすか！」

騎士の言葉の乱れも、文官はあえて訂正しない。

実は彼らは謹慎中の侯爵令嬢を訪れていた。公爵への伝言があるなら承りますよ、という理由で訪れていたのだが、もし可能性がちょっぴりでもあるなら、ぼぼぼ僕が、とかも思っていたりしたのだ。だが、さすがに公爵を思って涙ぐむ令嬢に、結婚を前提とした交際を申し込むような無粋なメンタリティは持ち合わせていなかった。失恋が確定した瞬間である。

「全くです。隠そうとしておられましたが、ひどく憔悴《しょうすい》されておいでででした。それなのにご実家の罪は罪と、罰を受け入れようとなさっている、健気《けなげ》な方ではありませんか！」

文官の目は令嬢への好感度によってちょっぴり曇っていた。高貴な身分でありながら、実家の罪に連座して失脚していく侯爵令嬢。その人の目が涙に潤んでいる、なんて場面で、冷静でいられる童貞はいない。

「閣下が迎えに行かないなら、俺がっ！」

失恋を自覚しながらもそう言いつのる騎士に向けられる、絶対零度の視線。それが二つ。一つは当然ながら公爵のものだが、もう一つは我らが国王陛下のものだ。大切な親友の、こじらせた初恋を応援なさっているのだが、文官は声を大にして言いたい。あなたが甘やかすからこんなことになってるんだぞ！　と！

「手出しは無用です。今度こそ女狐の正体を暴くのですから」

「諸君らの気持ちも分かるが、公爵もこう言っているのだ。もう少し落ち着く――いや、理性の限界まで追い詰める時間をやってくれないか」

……陛下、それはあげてもいい時間なんでしょうか……。

「私は決して騙されたりしません……」

公爵、それはフラグというやつでは……？

「……懐かしいなぁ。私にもこういう時期あったなぁ……女狐だと信じ込んでいた思い込みが崩れる瞬間って、今思い出しても冷や汗が出るよね」

それは……懐かしんでもいい記憶なんでしょうか、陛下……。

文官と騎士の目が口ほどにものを言っていたが、高貴なる二人が気づくことはない――というか、気づいても気にしない。

「可愛く見せる技術が卓越した女狐かもしれないじゃないですか！」

「うん、君がそう思うならそうかもしれないねぇ」

だから陛下！　甘やかさないで！

「わ、私は騙されない……っ！」

「結果は近々分かるだろうからねぇ」

縋《すが》るような騎士と文官の視線は届かない。

「ちょっと変態でストーカーでバレバレなのに気づかれてないと思ってる、あざと可愛いだけの女狐に決まってる……！」

「そんな珍種だったらいいねぇ……」

それはむしろ女狐じゃなくってただの一途な令嬢（ちょっぴり属性が変態）ってだけだろ！　という心の叫びは、やはり届くことはなかったのだった。

＊＊＊

高級娼館に無事到着した。そう、無事に到着しちゃったのだ。泣きそう。そして今、もろもろの説明を受けている。なんでも高級娼館だから一晩に取るお客さんは一人でいいんだって。元侯爵令嬢だから売れっ子間違いなしだって。やだもう泣く。

「本当はきっちり仕込んでからお客さんに出すんだけどねぇ。でもあんたの初夜を高値で買い取ったお客さんが、何も教えるなっておっしゃったんだよ。きっと初心《うぶ》な反応が見たいんだね。怯えてもいいし泣き叫んでもいいけど、最後はきっちりとしなだれかかるんだよ。いい客はちゃんと捕まえとかなきゃね」

……絶対に、デブ親父だと思うの。

死にたい……。

えぐえぐ泣きながら『初夜』のために体を清め——娼館にはでっかい浴場があって、エステ付き。でも全っ然楽しめなかった——ぴらっぴらの総レースなミニスカワンピを着せられた私は、呆然と『お客様』を寝台の上で待っていた。

こんなことなら騎士さん達に頼み込んで、ロベルト様の執務室に忍び込んで、逆強姦かますんだった……そんでロランドちゃんを身籠《みご》ったまま、修道院とかに逃げ込むんだった……。

……あれ⁉　なんでそうしなかったの私⁉　人の良さそうな騎士さん達ならなんとか頼み込めそうだったじゃん⁉　もしかしてもしかしたら、うっかり溜まってたロベルト様に強姦してもらえたかもしれないじゃん！　な、なんでそうしなかったの私……？

すっかり断ち切られた可能性に呆然としていると、部屋の扉がきぃ、と鳴った。

「っ⁉」

やだ、なんか仮面被った変な人が入ってきたぁぁ⁉　デブ親父な体型ではないんだけど、こういう時に仮面被ってるってそうとう変な趣味の人なんでは？　こんな人に処女奪われちゃうの？　千載一遇の、ロランドちゃん妊娠チャンスを逃してしまった私にこの仕打ち。もうやだ死にたい。

「っ、ぅっっ」

ここに来て、なんの覚悟もしてなかった自分に気づく。怖い。見も知らない人に体を売る仕事をして、明日目覚めたら自分が全く違う人間に変わってしまっているんじゃないかって思うと怖い。触られるのが怖い。

セックスってあそこの中に男根を突っ込まれる行為なわけで、そんな内臓に、処女が泣き叫ぶのを見たがってる人の物を受け入れなきゃいけないのが怖い。怖くて痛がってる自分を、喜んで見てる人がいるのが、怖い。

気づいたらガタガタ震えながら自分を抱きしめていた。とっくに涙はボタボタ落ちている。こんな姿を見て、喜ぶ人がいるのが本当に怖い。誰かの恐怖が、誰かの愉《たの》しみになるのが怖い。

なんで？　なんで恐怖が伝染しないの？　伝わらないの？　痛みが分からないの？

でも、それが私の選んだ仕事だった。自分の恐怖や痛みを、お金と引き替えに売る仕事。

本当に私は考えが足りない。その時になって初めて、自分の選択のまずさに気がつく。きっと、切り離さなきゃいけないんだ。自分の感情と、体を。ここで生きていくしかなくて、逃げられないんだから。

切り離せ、切り離せ。

体から、感情を。

「ラーラ」

「………？」

あれ、なんか幻聴が聞こえる。『お客様』が、鳥の羽根のついた変な仮面を外す。その下から、絶対零度の美貌が現れた。

「ロベルト、さま……？」

あ、声出しちゃった。幻聴で幻覚なら、普通の『お客様』は違う人の名前を呼んじゃったら、ものすごく怒るんじゃないだろうか。ロベルト様（仮）は、なんだか面白くもなさそうな顔でため息をついた。

「泣くほど怖いなら、こうなる前にさっさと助けを乞《こ》えばいいのに」

ポイッとロベルト様が変な仮面を床に捨てた。

「あなた、カッチーニ侯爵家の人間でしょう。しなだれかかって私に媚びでも売れば、ここまでひどい就職先は斡旋《あっせん》しませんでしたが」

シュ、とロベルト様が首元のクラヴァットを外す。瞬きをする度に涙が零れて、視界がクリアになる。何度見つめてもロベルト様だ。それとも幻覚の見えるお薬とか盛られてるんだろうか。

「ロベルトさま……」

なんて都合のいい、幻覚。

でも、ロベルト様だと信じて触れたら、きっと気持ち悪いデブ親父に変わっちゃうんだ。カッチーニの父みたいに肥え太っただみ声で、何か怖くて恐ろしいことを言うんだ。

ぎゅっと目を閉じる。きっと見なければ大丈夫。ロベルト様だと信じたまま、この『初夜』を乗り切れるはず。耳も塞《ふさ》がなきゃ。

「ラーラ」

手首を、ロベルト様（仮）の手が摑む。痛くなるちょっと手前の手加減をされた力で、掌《てのひら》が耳から外れていく。

いやだ、って言っていいのかな？　もっと怖いことが起こる？　ロベルト様のふりをした誰かが、本性を現してしまう？

口を開いて、それから閉じる。

怖いのは嫌だ。私は特別な人間じゃない。怖いことが起きれば縮こまって悲鳴を飲み込むことしかできない、弱い人間だ。口を閉じて、目を閉じて。怖いことが、少しでも早く終わってしまうように。

「ほら、貴女《あなた》も他の女みたいに私に媚びを売って、私から奪い取ればいい。金でも、身分でも、誇りでも。できるでしょう？　カッチーニの女ならば」

ロベルト様（仮）の指が、私の頰に触れる。彼の指の温かさでようやく、自分の体が冷え切って固まっていたことに気づいた。

目を、開けたくないなぁ。

このまま、ロベルト様の声を聞いて、ロベルト様だと信じ込んだままで『初夜』を終わらせたい。

「ロベルトさま……すき」

頬に当てられた手に顔を擦りつけて、目を閉じたまま笑った。温かい手を両手で包み込んで、その熱を分けてもらう。

「上手ですね。本当に、貴女ほど私を慕っているふりが上手い女性はいない」

どことなくロベルト様の声が苦くなった。怖いことを、されるのかな。不興を買ったから。

「すき……」

怖い。ロベルト様でも怖いのに、ロベルト様じゃない誰かの怒りを、体の内側で受け止めなきゃいけないのは怖い。

体から、こころを。きりはなさなきゃ。

笑顔を作る。目を閉じたまま。幸せな夢を思い浮かべる。ロベルト様から愛されて、彼の子どもを抱く夢。きっと暖炉が側にあって、窓の外は雪で。外の雪が嘘みたいに、部屋の中は暖かいんだ。

「——腹が立つ」

暖かくて柔らかい夢想を切り裂く声が響いて、私はベッドに押しつけられた。見上げる先には、奇妙に歪《ゆが》んだロベルト様の顔。

初めて見る顔に、私の心のどこかが囁いた。夢じゃないって。本当のロベルト様だって。

本当。本物の、ロベルト様。

遠い美貌じゃなくて、こんなに近い、歪んだ美貌。いくら美貌でも歪めば美しくないはずなのに、とても、とても綺麗なものに見えた。

ロベルト様の手が私の服を引き裂いた。レース編みが破ける、プチプチとした感触まで伝わってくる。

「ロベルト、さま……」

苦しくて悔しくて切ない。そんな感情を隠しもしないで、ロベルト様は私に覆いかぶさって、キスを、してくれた。胸が、震える。

こんなこと、本当にあるんだろうか。もう駄目だと思っていたのに、ロベルト様が私を犯してくれて、赤ちゃんを身籠もるような行為をしてくれるなんて。

「うれし、ぃ……」

シャツに覆われた彼の背中に腕を回して微笑《わら》うと、ロベルト様は余計に苛立《いらだ》たしげに舌打ちをした。そうだよね。ロベルト様は全然楽しくないよね。私が嬉しいばっかりで、ロベルト様にとっては苦痛なんだよね。『娼婦』と『お客様』が入れ替わったような、とっても悪いことをしているような気がする。ロベルト様の苦痛が私の喜びなんて。

「私は貴女にほだされてなんて、いない」

キスの合間にそう囁かれて、私はうん、と頷いた。

「しって、ますから」

あなたが私を嫌いなこと。あなたが私達、女性というもの全般を憎んでいるということを。虐待していた母親も、その母親に愛されていた姉も、憎んで。媚びを売る貴婦人も令嬢も、憎んで。反則かもしれないけど、私は原作でそれを知っている。何度も期待したんだよね。愛されるかもしれないって。そして、何度も何度も、裏切られたんだよね。愛されたいって純粋な願いが踏みにじられて、嗤《わら》われて。あなたを好きだって見つめる私達に、騙されまいといつも、拒絶して憎んできたよね。

「女なんて、最低の生き物だ」

うん、ともう一度頷く。

「あなたがくるしいのに、わたし、うれしい」

ひどいおんな。

大好きだよ、と少しでも伝えたくて、ロベルト様をぎゅっと抱きしめる。あなたが大っ嫌いな女という生き物を乱暴して穢《けが》して、もう二度と会わないで。あなたの苦しみが私の喜び。あなたの痛みが私の悦び。あなたがくれる大切な命を、必ずお腹の中で大事に育てるから。

「わたしを、おかして」

こんな幸福を誰も知らない。こんな、叫ぶような喜びを誰も体験したことなんて、ない。

「だいすき。ロベルトさま」

これは強姦だ。私が、ロベルト様を強姦しているんだ。なんてむごたらしい、ひどい話。大好きな人なのに。大切な人なのに。あなたの苦痛が、こんなに嬉しい。

服をはだけたまま、性急にロベルト様は繋《つな》がってきて。

痛いのに、痛いよりももっと満たされていた。

「すき……ロベルト、さま……すき……」

壊れた人形みたいにずっとそう囁いて、その度にロベルト様は噛みつくようなキスをくれる。そうやって言葉を封じていなければ、息もできないみたいに。

体の内側の奥を、ロベルト様の硬い欲望で捏《こ》ねられ、突かれる。

痛みがどんどん痺《しび》れていって、ただただ苦しいだけになる。その苦しさが、愛おしい。彼のくれる苦痛が、幸せで。

「明日は、私以外の男に、抱かれるのですか」

ひゅ、と息が止まる気がした。

私は娼婦。彼は今夜だけの『旦那様』。

「ぁ……」

幸せで潤んでいた視界が、こみ上げた涙で醜《みにく》く歪む。

……あぁ、でも、死ねない。

ロベルト様がくれる赤ちゃんをちゃんと産んでからでなきゃ。でも赤ちゃんがお腹にいて、娼婦として働ける？　娼婦の仕事をしていたら、赤ちゃんにきっと良くない。赤ちゃん。でも、きっと彼は自分の子どもだって信じてくれない。どうやって、無事に。どうやって？

「この体を、他の男にくれてやるのか。はした金でっ」

どうやって。どういう風にして。この子を守れば。

「ロベルト、さま……たすけ、……っ」

縋る言葉を飲み込む。でも、腕は私の意志を無視して、ロベルト様にしがみついていた。みんな夢だったらいいのに。明日から起ることが、みんな夢になったら。

「く……っ」

ロベルト様が深く深く私の体を穿《うが》って、それから呻《うめ》いた。じゅわっと広がる、ロベルト様の熱。

赤ちゃんの源。

このまま、明日が来なければいいのに。

幸せな夢に浸ったままで、ずっとこの夜を繰り返していられればいいのに。

「くそっ、おさまらない……っ」

息を整えたロベルト様が、また動き始めた。ぐちゃぐちゃとひどい音が鳴っている。それなのに、私の体も心も、もう一度与えられたチャンスにしがみつく。

「ロベルト、さま……っ」

全身の力でしがみつく。

夜明けを遠ざけるように、何度も何度も。

私達は、繋がっていた。


最後の方は朦朧《もうろう》としていた一晩が終わり、夜は明けて朝が来た。

ロベルト様と離れて、次の『旦那様』を迎え入れなきゃならない、『次の日』。目を開いた瞬間から絶望して涙がこみ上げてきた、のだが。

「起きましたか。さぁ、準備をして」

なんかまだ、隣にロベルト様がいた。

しかも甲斐甲斐《かいがい》しく私に服を着せようとしてくれている。昨日の破けたミニスカワンピじゃなくて、貴婦人の部屋着レベルのドレスを。

「あの……ゴホッ」

どうして、と問いただそうとして、声が嗄《か》れてて咳き込んだ。そ、そういえば昨日は羞恥《しゅうち》心も忘れてあんあん言ってた気がする！　やだもうなんで黙ってなかったのラーラ！

「喉も渇いたでしょう」

ロベルト様が水差しからコップに水を注いで、何故かそれを自分で呷《あお》っている。なんだろ、喉が渇いている人間の前でごくごく水を飲みきって、『お前にやる水などない』って嘲笑《あざわら》うプレイだろうか。

「――っ！」

と、ボーッと見つめていたら、顎《あご》をクイッと持ち上げられてキスされた。ぶちゅっとしたやつ。し、しかも……し、舌……舌が、入って……っ！

…………。

…………。

私の辞書に、口移しで水を飲ませる行為というのが、たった今記入された瞬間だった。

コップ！　コップでいいの！　それ渡してくれたらそれでいいの！　なんかものすごく零《こぼ》しちゃったし、かろうじて飲み込んだ後に舌で……舌でれろれろってする必要あった!?　あったの!?

「ろ、ろべるとさまっ！」

逃げようとしたらロベルト様がものすごく顔をしかめて押し倒してきた。

「どうして逃げるのです？」

ど、どうして？　どうしてって……どうして？

「だ、だって……っ」

「だって？」

こ、これは尋問でしょうか!?　口移しの後にベロチューされて逃げ出したことを詰問する尋問でしょうか!?　……なんでぇ!?

「そ、そういうことをされたら、か、悲しくなっちゃうから……っ」

もうお別れなのに、なんでこんなことするの！　私は今からロランドちゃんをお腹で育てつつ、娼婦としてどうやって生き抜いていこうかって困難なミッションを遂行しないといけないのに、そういう思考力を削《そ》ぐようなことをされると困るんですよ！

「……悲しく……？」

ロベルト様の声が低いよぉぉなんか分かんないけど怒ってるよぉぉ！

「も、もうお別れなのに、き、キスとか……優しくされ、たら……わたし……っ」

ロベルト様は怖いし自分の将来は不安だしロランドちゃんのことは心配だし。号泣するのも仕方ないと思うのよ。

それなのに、号泣する私にドレスを着せながらしれっと、

「あぁ、貴女は私が買ったので。今から私の屋敷に向かいます」

とか言わないでほしい！　ちょっと意味がよく分かりません！　どういう意味⁉

「ど、どう、いう……」

号泣してるせいでしゃくり上げながらそう尋ねると、ロベルト様はなんだか楽しそうに笑った。

絶対零度の美貌しか拝謁していない私には、ちょっと眩《まぶ》しすぎてうっかり昇天しそうになった。

「あなたの処女《おとめ》をいただいたので、責任を取ろうかと思って」

「……？」

………？

処女は、買った、んだよ、ね？

「とても申し訳ないことながら、私は女性というものを信じていません。アレに愛はない。アレは偽物の愛情を見せびらかして、公爵である私から何かを奪おうと、常に画策している生き物です。これまでの女性達はみなそうでしたからね。公爵家の財産だとか、公爵夫人の名誉だとか。だから貴女を試しました。娼館に追いやって、貴女の本性がどのようなものか確認しようと思ったのです。……今では後悔していますよ。そんなに怖がらせるつもりはありませんでしたし、正直なところ、それほど貴女が怯えるとは思っていなかったのです。貴女はどこにいても楽しそうに生きていける種類の人間だと思っていましたから」

ええと……？

「私が考えている女性の中でも、貴女は特別な人間でしたから。私を利用してここから逃げようとすれば良かったのに。私を言いくるめて、縋りついて、哀れみを誘えば私は動いたでしょうに。

……あんな風に、絶望しながら私に縋りつくなんて……私を、本当に愛しているみたいでした」

「すきって、言いました」

私の好意をまるで信じていないような言い方にムッとして言い返すと、ロベルト様が少しはにかんだような顔で笑って……昇天再び。

「君は趣味が悪いと思います」

顔を逸《そ》らしてそう言うロベルト様の耳が、ほんのり赤かった。きゅんと胸が高鳴って、そこでようやくあれ？　と思った。

「……わたくし、試されていましたの？」

「そうですよ。性悪の私にね」

性悪と言われたけど、ロベルト様は別に性悪とかではないと思う。ちょっと女性不信が根深いだけで。

「あの……愛して、おります。それを、少しは信じて、いただけた……の……？」

「やむなく。君に嘘はなかった。嘘を見つけ出そうと苦闘して、結局君を泣かせただけでした」

え、えっ……どうしよう。泣きそう。あと顔が真っ赤になってると思う。熱いもん。

「あぁ、また泣かせてしまった。ラーラ。そんな風に可愛く泣くと、困ったことになってしまいますよ？」

ロベルト様の声が甘いぃ。

「だ、だって……っ」

好きを信じてもらえて、たぶんだけどロベルト様も満更《まんざら》でもなさそうってことだよね？　それなら、どこか安全な場所でロランドちゃんを産ませてもらえるかなぁ？

「もう一度抱いてしまいましょうか。娼館で君と交わるなど、この一度きりのことでしょうから」

「っっっ!?　だ、駄目ですっ！」

一瞬でふわふわとした幸福感から現実に戻った。

「駄目？　どうして？」

ロベルト様が不服そうな顔をしていて、それもなんだか可愛かったけどそれは駄目なのですよ！

「だ、だって……赤ちゃん、いたら困っちゃう、から……」

小説でもラーラは一発で孕《はら》んでいたのだ。今の私のお腹には、ほぼ確実にロランドちゃんが眠っているはずである。そんな体にもう一回肉棒を突っ込むなど、母親として許せるものではないのですよっ！

「それは大変だ。ではこれにサインして」

いそいそとロベルト様がさし出してきたのは一枚の書類だった。手際よくインク壺《つぼ》に浸した羽根ペンまで渡してくれる。でも……。

「こ、これっ」

これ、婚姻誓約書なんでは……？

「君の体に宿っている命を、庶子《しょし》にするわけにはいかないでしょう？」

え、えぇと……えぇと、どういうことなんだっけ。ラーラがロランドちゃんを産むでしょ？　その頃にはロベルト様は謀反の親玉にされてて、内戦で討ち死にしてるんだよねぇ？　で、ラーラはロランドちゃんを国王夫妻に託すんだよね？　そしてロランドちゃんが国王夫妻の養子になって……あれ？　でも今回の件で侍従長失脚してるから、もしかして内戦起こらないんじゃ……？　ってことは、ロベルト様もこれから先末永く忠臣として国王夫妻の側に仕えることになるのでは……？　そしたらロランドちゃんは国王夫妻の養子にならないから、オルランディーニ公爵家で育ててもらうのがベスト……？

ぐるぐると頭が空回る。

どういう風にすればロランドちゃんにとってベストなんだっけ？　王子にならないロランドちゃんって幸せ？　不幸せ？　どっちだっけ？

二巻のロランドちゃんを思い出す。中盤でラーラから『お前の本当の父親は逆賊なんだよ』って告げられて、そこからの葛藤と成長。でも最終的には王位を違う人に譲るんだよね。それで自分は公爵位に……って、それって最終ゴールはオルランディーニ公爵でもいいってことなんでは……!?

「ラーラ。あまり焦《じ》らさないでください。意地悪されると可愛い君でもお仕置きしてしまいそうになります」

「っ!?」

きょ、脅迫!?

ロベルト様、笑顔なんだけど目があんまり笑ってないぃ。

「わ、わたくしはカッチーニ侯爵家の出身ですわ。そんなわたくしがオルランディーニ公爵家に、となったら……ロベルト様にとって、あまりよろしくないでしょう……？」

そもそも今の私はカッチーニ侯爵家の令嬢ですらない。実家を失った、貴族ではないただのラーラ。

「身分は釣り合っているから大丈夫ですよ。それにうるさい実家がすでにないというのも気に入っています」

「ですから、身分が……」

「ちなみに書類の日付は一週間前のものですよ」

「それってぎぞ――」

偽造じゃん！

そう叫ぼうとしたらちゅ、とキスをされた。そのままの至近距離で微笑うロベルト様。迫力が半端ない。

「さぁ、サイン、して？」

脅迫とか強要だと思うんです……いや、それだけ欲しがられてるのかなって思いついたらうっかりきゅんってなって、その勢いでサインしちゃったんだけど……ほ、本当はこういうことは駄目だと思うんですっ！

書類の偽造は国王陛下も黙認のことだったらしく、カッチーニ侯爵家が潰れた時には他家にお嫁入りしてて無関係でぇ～す☆　な状況が作り出されていた。

権力って怖い！

＊＊＊

文官は項垂《うなだ》れていた。

騎士も項垂れていた。

「なんでよりによってあんな性悪こじらせ腹黒に……」

「外堀完璧に埋めてやがりましたね、公爵閣下……」

侯爵令嬢――今となっては公爵夫人だが――の実家の伝手だと思い込ませ、公爵家傘下《さんか》の娼館に回収された時点でもう既成事実となったも同然ではあったが、あの一途で可憐な令嬢が、女性不信な腹黒にぺろっと食べられたかと思うと神に問いたい。なんでアレに、と！

「早くロベルトのところにも子どもができないかなぁ。そうなったら縁続きになれるんだが。あぁでもロベルトならしばらく新婚生活を楽しみたいからって避妊してそうだなぁ……子作りの良さをどうやって教育しようか……やっぱり爵位継承とかでせっつくかなぁ」

そんな彼らの傍らで、着々と将来設計を立てていく我らが国王陛下。親友の嫁取りに、やけに積極的だと思っていたら陛下には陛下の目論見があったようだ。しかもなんだか妃殿下ご懐妊の極秘情報を、しれっと示唆《しさ》されたような。やめてください。せめて安定期に入ってから国民に周知させるタイミングで我々にも教えてください。

騎士と文官は憧れの人をかっさらわれた悲しみと極秘情報の漏洩《ろうえい》に、涙と冷や汗を流したのだった。

ロランドちゃんはいずこ

あれから馬車でオルランディーニ公爵家の屋敷に連れて行かれた私。いいのかなぁ？　と思いつつビクビクしながら公爵家の使用人達に挨拶《あいさつ》したら、ものすごく歓迎された。どうやらロベルト様が女嫌いすぎて結婚できないのを、使用人一同気に病んでいたらしい。

ちなみに彼にトラウマを植え付けた母親はとっくに病死し、姉も国外にお嫁入り、父君も数年前に亡くなっているという、まさにロベルト様しかいないない公爵家だった。

そりゃ寂しいよね。

そんな公爵家で、私が出産のために大人しく過ごし始めて二週間。

……生理が来た。

生理が来た。つまり、妊娠していない。

「ど、どういうこと⁉」

小説では一発だったじゃん！　あれに比べたらあの娼館では一発どころか何発もしてたじゃん！　あれでなんで不発なわけ⁉　私のロランドちゃんはどこにいるの⁉

「まぁまぁ。こういうことは運もあるのですから。妃殿下もあれほど仲睦《なかむつ》まじくされているのに、未だにお子がいらっしゃらないわけですし」

「そ、それはお茶のせいでっ」

「おや、体質もあるかもしれないのに？　私は君がそういう体質でも離す気はありませんが？」

う、うっかりときめいたけども！

「それにそもそもの回数が足りないのかもしれません」

「え？」

回数……回数って、あれ処女にしては回数頑張ってたよねぇ？　最後の方覚えてないけど、一回意識が途切れた後、目を開けたらまだしてたよねぇ？　その後また暗転したけど、そういうループ一回じゃなかったよねぇ？

「月の物が終わったら、頑張りましょうね？」

にこり、と微笑むロベルト様の顔はそれはそれは麗しくてけっこうなことなんだけど……あれ？ロベルト様ってもしかして一般的に絶倫とか言われるタイプの体質なんじゃあ……？

「あ、あの……あの、ロベルト様？」

「子どもができるまで、私も頑張って協力しますから」

「あ、あの……お手柔らかに、ね……？」

「うん。頑張りましょうね」

なんだろう、何を言っても無駄なこの感じ。

い、いやいやいやいやいや、アレはきっと娼館という特殊な環境にハッスルしてしまわれただけで、いっつもあんな感じじゃないはず……はず！

……まぁ自分に有利な思い込みって、たいがい外れたりしますよね……。

そもそも娼館の夜からそうだったけど、ロベルト様は一晩に何回かしないと、終わらない。つまり、せっかく出してもらったものが、掻《か》き出されているということにならないだろうか。

「わたくし、思いましたの」

次に生理が来て、私は悟った。このままじゃいつまでたってもロランドちゃんに会えない。

「なんでしょうか」

ロベルト様がどことなく半笑いなのをきっと睨《にら》み上げて、私は寝台の上で姿勢を正した。ちなみに正座。ロベルト様は普通に座っている。今からわたくしことラーラによるお説教タイムなのに、ロベルト様には全く自覚がないらしい。お説教される生徒の立場であるにもかかわらず、なんたること。

「何度も致すから授からないのではないでしょうか!?」

一発。それだけでいいはずなのよ、理論上は！

「君があんまり気持ち良さそうで、つい」

「ち、ちがっ」

な、なんたる発言！　まるでエッチ大好き新妻♡　みたいな言いぐさはやめていただきたい！

今の私は最愛のロベルト様にお説教をかます女家庭教師的な立ち位置なのである。そういうモードには入りません！　ロベルト様には可及《かきゅう》的速やかに、お説教される生徒に相応しい言動をとっていただきたい！

「男たるもの、女性の期待には応えないといけないでしょう？」

「け、けっこうですわ！　それにわたくし、母親たるものがあんまり気持ち良くなりすぎたら、授かり損ねるのではないかと思いますのよ！」

なんせ強姦で授かったロランドちゃんである。強姦ということは、つまり気持ち良くないはずなんである。和姦でも強姦寄りな感じの、あんまり気持ち良くないなーってくらいがちょうどいいと思う所存である！

「ふぅん。つまり感じすぎないように努めるというわけですね？」

「そうですの。協力していただける？」

ようやく分かってもらえたかと安心してロベルト様を見上げると……なんか悪い顔で笑ってらっしゃる。どう見ても非協力的な顔だった。

「ろ、ロベルト様っ！」

「それなら君が我慢してみればいいんじゃないでしょうか？　私もできる範囲で協力しますから」

「嘘！」

「嘘じゃありません。でも君の体は敏感だから、私が何をしてもしなくても、気持ち良くなってしまうかもしれません。そうですね、じゃあ私が動けないように、君が上に乗ればいいんじゃないでしょうか？　そうすれば好きなように動けるのは君だけでしょう？」

……ふむ。上。つまり騎乗位ですな？　それならこのラーラにも、勝ち目はあるかもしれない。

「……受けて立ちますわ……！」

勝てる。これなら勝てる。

確実な勝利を目前にした私が、初めての挿入を自力で行いながら腰を下まで落とし……。すでにもう準備万端な体だったとか、そういう事実は気にしない。なんか体の方がロベルト様カモン状態だとか、そんなことは気にしちゃ駄目なんだってば！

「ぁっ、うそ、うそぉっ」

ぐちゅってそこをかき分けて挿《はい》ってきたロベルト様のソレが、中を拡《ひろ》げながらぐぐって挿ってくる。それを待ち構えていたようにしゃぶりつく自分の体。まるで飢えていて、ロベルト様を食べたくてしょうがなかった、みたいな反応。

「ほら、私は動いていませんよ？」

自分で勝手に飲み込んでいく。熱くて太くて、気持ちのいい場所全部をごりごりってこすりながら、待ちわびている奥の奥に、とん、って届いた。

「んぁあぁぁっ」

きもち、いい……。

全身が気持ちよさに浸っていて、ロベルト様の胸に縋って息を吐く。吐いて、吸って。

「ラーラ？　動いてくれないと、私も出せませんよ？」

奥にまで飲み込んだだけで、動けなくなっちゃってる私に、ロベルト様の冷静な声が届く。かっと羞恥に顔が燃えた。ロベルト様は全然平気そうなのに、なんだか私はもう限界で、ちょっとでも動くとイッちゃいそうになってて。

「でも、だって、ぇ……っ」

「ふふ、もうイキそう？」

ロベルト様が密《ひそ》やかに笑って、背中を撫でてくれる。その感触がくすぐったくて、それで体をちょっとよじっちゃって、その動きに私の中のロベルト様が角度を変えて、それでますます追い詰められちゃってる。

「あ、や、だめぇ……」

ずりずりと腰を上げて、刺激から逃げようと頑張る。

「ラーラ？　もうやめるんですか？」

笑みを含んだ声に、ちょっとだけ当初の目的を思い出す。そうだ、ロベルト様には私の中でイッてもらわないと駄目なんだった。私の体で気持ちよくなってもらって、中に出してもらう。私はそんなに気持ちよくならないようにしながら……そんなの、むり。

「っでも、もう……っ」

「もう、動けない？」

「ち、ちがっ」

うごける、もん。

上げた腰をゆっくり落としていく。中がまた膨らんで、ロベルト様のを美味しい美味しいってしゃぶってるのが分かる。このまま足の力を抜いて、奥の奥をちょっと乱暴なくらい突いてもらったら、きっとものすごく気持ちいい。でも、そうなったらロベルト様より先にイッちゃう……。

「手伝いましょうか？」

腰を撫でながらロベルト様がそう囁く。思いっきり突いて、めちゃくちゃにしてって言いそうな気持ちを押し殺して、首を横に振る。

「だ、だめっ」

ロランドちゃんを授かりたいなら、ちゃんと我慢しなくちゃ。

「がまん、するの……っ」

自分の体に言い聞かせて、奥の奥になるべくロベルト様が当たらないようにしながら腰を上下する。でも、ロベルト様が動かすような激しさには全く足りない。

「や、がまん……がまん……っ」

こみ上げて弾けそうな熱を一生懸命押し殺して、ぬるぬると腰を動かす。気持ちいい。ふわふわと気持ちいいのがずっと続いていて、イッてないはずなのに、なんだかずっと甘い気持ちよさが続いている。

「あ、ぁ、だめ、だめ……っ」

ちょっとだけ。ほんのちょっとだけ、焦れて飢えきっている奥の奥に、ロベルト様を迎え入れたい。そんな自分の欲求を我慢してて、でも体は奥の方まで咥《くわ》えたがって、確実にちょっとずつ深くのみ込んでいく。

「あぁ、かわいいな……甘イキしている？　ずっと震えていますよ」

「イッて、ない……っ」

気持ちよく、なってない。だってこんなに一生懸命我慢してるんだもん。本当ならもっと前に弾けて飛んじゃってるのを、ずっとずっと我慢してる。

「……っね、もう、でる……？」

我慢しているから、もう出して。ねだるように見上げると、ロベルト様がにこりと笑ってくれた。あぁ、きっともう出してくれるんだ。そう思ったのに。

「……長く愉しめそうですね？」

ふふふ、と笑うロベルト様。まだまだ余裕なんだってその声で分かって、くしゃりと顔が歪むのが分かった。

「な、んで……っ」

「君があんまり可愛いから。もったいなくて」

「や、もう、だしてぇっ」

ロベルト様の上で、半泣きになりながら腰を振る。

「もったいない。……でも、手伝いましょうか？」

全然余裕なその顔に、ロベルト様にとっては刺激が足りないんだってようやく気づいた。でもこれ以上の刺激があったら……あったら……。

体が、期待に震えるのが分かった。

「ろ、べるとさま……っ」

助けを求める手を、ぎゅっと握り返してもらって。それから、ロベルト様がぐっと腰を動かした。

「あぁぁぁっっっ」

ずっと、ずっと我慢してた。イカないように、ロベルト様が出してくれるように。その忍耐が、ロベルト様の腰の一突きで、弾けて高く飛ぶ。

「――っ、あ、あぁぁ――っ」

飛んだまま、帰ってこれない……。

気づいたら、ロベルト様に組み伏せられてて、いつもみたいにあんあん言ってました……。

ロランドちゃんに会えるのは、いつなんだろ……。


翌朝、そう遠い目をして一瞬諦めかけた私だが、気を取り直した。そんなんじゃ駄目だ。そう、前世では確か、妊活というものがあった。うっすら残る記憶的に、前世の私には縁がなかった気がするのだが、前世は情報社会。縁がなくとも流れ込んでくる情報には触れてきた。

えぇと、確か生理が始まって二週間後くらいが、一番可能性が高いんだよね？　そんでもって、確か産み分け的に男子がほしかったら一発注魂的な話じゃなかったっけ？

「ララ？　朝から可愛い顔をしてどうしたんですか」

ふふっという笑みとともに顔を覗《のぞ》き込まれて、慌ててシーツで顔を隠した。そりゃ色々あんなことやこんなことをしている仲ではあるし、さらに言うならば今の私達は夫婦なのである。だからといって、昨夜のあれやこれやでたぶん、顔とか汚れていると思うのだ。涙とか……あの、言いたくないけど唾液とか……。なので顔を洗ってお化粧するまで至近距離は避けたいと思うのに、ロベルト様は無慈悲《むじひ》にも私のシーツを剝ぎ取った。

「あぁっ！」

「恥ずかしがりの君も可愛いのですが、どうも私は心が狭いようだ。君に隠されると、暴きたくてたまらなくなるようです」

てへって照れたような笑顔なんだけど、目の色がなんとなく不穏だ。

小説の中のロベルト様はそりゃもうストイックで、文官としても武官としても超一流のすっごい人で……そんなロベルト様に、いいように考えすぎなんだろうけど、なんかこう、執着？　みたいな視線を向けられると……きゅん、ってしちゃった。

「――っ」

ぶわわっと熱くなった頰を両手で隠していると、今度こそロベルト様が苦笑した。

「本当に、君は趣味が悪い」

抱き寄せられて、そのシャツ一枚の胸に顔を擦りつける。

「……趣味が悪いのは、ロベルト様の方です……」

すき、って呟《つぶや》きながら頰ずりしつつ、ロベルト様の寝起きの匂いを胸一杯吸い込む。どう考えてもロベルト様の趣味の方が圧倒的に悪い。悪すぎる。ずっと永遠にそのままでいてほしい。

デートしましょう

本編二巻の主人公、ロランドちゃん。一巻でなら一発で孕んでいたロランドちゃん。

会いたくてたまらない最愛の息子。

……今月も会えませんでしたぁぁ……。

どうして？　なんで？　あんなにあんなに何回もしてるのに、私本当に排卵してるのかな⁉

生理が来てるんだから排卵はしてるはず、と己をなだめつつ、でも卵子目指して泳ぐ精子の数考えたら、絶対にとっくの昔に受精しててておかしくないって量を注がれてるはずなのよ！　なんで⁉

「ラーラ、体を冷やすとよくないと聞きますよ」

生理中のロベルト様はとっても優しい。今も初夏の夜、ちょっとした肌寒さに、即座に薄手のバスローブみたいなのを羽織らせてくれた。優しい……。好き……。

「ありがとうございます、ロベルト様」

羽織ったまま、こてんとロベルト様にもたれかかる。実は最近の私は生理がそんなに嫌いじゃなくって、それというのも生理中は、ロベルト様がこうやって眠るまでソファーで隣合って座って話してくれたりだとかするからである。子作りするっていうのも新婚夫婦としては情熱的なのかもしれないけど、そういうのが関与しない、こういう優しい時間も私は大好きだ。

「そろそろ次の休みを取れそうです。どこか行きたい場所はありませんか？　その、デートとして」

「っっっ！」

ぎゅっと握り拳を作って、ぷるぷる震える。

それまで会話しかしたことのなかった——むしろそれさえろくに成立してなかった——ロベルト様と、一気に夫婦になったわけである。もはや奇跡。神の恩寵《おんちょう》。……だから、それ以上になにかを求めるのは、傲慢《ごうまん》に過ぎるとは私も、ちゃんと分かっている。

だから恋人らしいことがしてみたかったなーとか、そんな大それたこと思っちゃいけないレベルに封印しているのに、ロベルト様はそういう禁断の扉を、さらっと開放してくださるのだ。あんまり表情に出さないように頑張って頑張って、声を出さないように耐えているんだけど。

「ふふ、君が喜んでくれると、私も嬉しい」

バレてるのだ。

ロベルト様は普段敬語で、でもそれが時々崩れるのは、本音の時だけって分かってきた。そして、ですよ。ロベルト様は私がそれを知ってることも、知ってる。で、こういう時にわざと崩してくるのですよ！

「〰〰〰〰っ！」

ロベルト様に抱きついて、ぐりぐりと額を擦りつける。ずるいとか、ひどいとか言いたいけど、でも本当に言いたいことはそれじゃなくって、でもだからってなにが言いたいのか自分でも興奮しすぎてちょっと分からない。ので、行動で示すことになる。

「あぁ、本当に君は可愛い。愛していますよ、ラーラ」

抱きしめ返してくれるロベルト様の掌が、背中からお尻の方へ移動しかけて、慌てて背中の方にかえってくる。可愛いって言ったついでにうっかり押し倒そうとして、今生理中ってのを思い出して撤収しましたって流れに見えるけど、ロベルト様はそんなうっかりさんじゃないと思う。

ちらっと顔を上げて、耳を見る。

……うっかりさんだったかもしれない。耳の端が赤い。

うっかりもらい照れしてしまって、慌てて、

「で、デートですよね、デート。ど、どこにしようかなぁっ」

と言ってみる。

「そ、そうですね」

ロベルト様の手が、私の頭を優しく、でもしっかりと押さえ込む。顔を見られるのを防御してらっしゃる。可愛い。私の推しで旦那様が、可愛くて好き。

……でも、そうか。デート。ロベルト様と一緒にお出かけ。

未だに授からないロランドちゃんのことを思い出し、連想でぱたぱたっと思いついてしまう。

「あ、あの」

「うん？」

上げようとする頭にちゅっとキスをされて、顔が火照《ほて》る。私、弱点多くないですか……？　すぐ

赤面しちゃうスイッチ多くないですか……？

「えっと、あの、お泊まり、とかは」

「泊まりですか。一泊くらいなら構いませんよ。どこか遠出したいんですか？」

一泊なら行けるはず。むしろ泊まらないでもぎりぎり行って帰れると思うけど、それだと肝心の用が足せない。一泊、つまり夜をその場所で過ごせるなら、充分な時間だと思うんだよね。

「じゃあ行きたい場所があります！」

顔を上げて、意気揚々とその場所を告げると、ロベルト様はしょうがないなぁって顔で頷いてくれた。たぶん懐かしがってるとかホームシックとかと勘違いされてる。でもいいの。ロベルト様と一緒に行けるならそれで。

ということで、やって参りました！

じゃじゃーん！

ザ・古城！

いや、本当は元カッチーニ侯爵家の別邸なんだけど、そびえ立つ感じがお城っぽいのだ。しかもここは、かつて戦乱時に防衛拠点の城としても機能していたらしく、本物のお城でもある。そしてその使い勝手の悪さから別邸となり、さらにその使い勝手の悪さゆえに別邸の中でも人気のない別邸となってしまったのだ。お城なのに。不憫《ふびん》。

このお城は小説の中でロベルト様が、謀反時に本陣とした城でもある。ロベルト様が軍をまとめて真っ先に討ったのがカッチーニ侯爵家なのだ。というのも侍従長の権力と財力の源がカッチーニ侯爵家だったらしく、まずその源泉を滅《めっ》したという戦略的勝利であるのだ。さすがロベルト様。推せる。

そろそろお分かりなのではなかろうか。そう、この古城は原作小説の聖地である。それもなんと、ロランドちゃんを授かった聖地であるのだ！

真っ先に滅ぼされたカッチーニ侯爵家の令嬢ラーラは、敵討ちを誓い、侯爵家のみが知る抜け道を逆に進んで主寝室に侵入。見事に返り討ちにされるという様式美を辿ったのだった。で、この地にもう用はないってロベルト様に捨て置かれ、軍が移動した後も細々と生きながらえ、無事に出産して王都に帰還し、国王夫妻に我が子をゆだねたという。

原作のラーラは線の細い、癇癪持ちな子に描かれていた。そして何より、生粋《きっすい》の貴族令嬢だった。そんな子が地位を失いつつも出産して、国王夫妻と秘密裏に面会し、我が子を預けるという大事業をなしたことに、涙を禁じえない。たぶんめちゃくちゃ大変だったことだろう。だからといって我が子にあんな捨て台詞はいかんと思うのだが……まぁ、その後も生き延びるの大変だっただろうな、とは思う。自分の身に起こることだと実感したからこそ、余計に原作ラーラのすごさに気づくのだ。なんせ一発でロランドちゃん孕んでるしね！

「ふわぁぁ！　すっごい不穏！」

折しも雨の降りそうな曇り空。そこにたたずむ古城。

これがミステリーなら絶対に死人が出るという外観である。ホラーでも死者確約コース。

「懐かしいですか？　ラーラ」

私の叫びにも動じず、そう問いかけてくれるロベルト様。絶対に、家族との思い出を懐かしんでいると勘違いしているに違いない。

「いえ、来るの初めてです！」

そう断言すると、ロベルト様の目が丸くなった。それでその後、苦笑というには柔らかい笑みを浮かべている。たぶん、意味不明だけどそれがラーラだから、ってことで納得されたものかと思われ。そういう懐《ふところ》の大きいところも大好きです、ロベルト様。

「あのね、後でお散歩に付き合ってくれますか？」

ちょっともじもじしながらそう尋ねると、

「もちろんですよ、ラーラ」

と、優しく答えてくれたロベルト様だったが。まさか地下道を歩かされるとは思ってもみなかったことだろう。

「とても斬新なデートですね……」

いったん古城に入って荷物を解いた後——ちなみに解いてくれたのは使用人の皆さんである——、庭に出て散歩を強請《ねだ》り、広ーい庭の一角にある庭師小屋から地下道への入り口を開け、燭台《しょくだい》を持って侵入する私の後ろを歩くロベルト様のお言葉がこれである。

「えへ？」

振り返ってへらりと笑うと、

「褒めているんですよ、もちろん」

と微笑んでくれた。明らかに目が笑っていない。いないのだが、怒っているわけでもなさそう。

「あの……引き返します？」

「まさか。見当はついていますが、せっかくなので進みましょう。さぁラーラ、足下に気をつけて」

掃除はされていないので、当然雑草みたいなのが茂っていたりする。その土の道を進んでいくと、途中から石畳の道に変わった。とはいえ、掃除していないのは同じだ。埃《ほこり》なのか土なのかよく分からないものでざらざらした道を進む。天井から下がっている蜘蛛《くも》の巣に引っかかること数回。そうして進むうちに、道は上に登っていく階段に変わった。何回も折れ曲がっているが、けっこうな階段の数だ。古城の主寝室に繋がるからには、上方向に移動しなければならないのは分かるのだが、けっこうしんどい。

「っは、はぁ……はぁ……」

息を切らしているとロベルト様が、燭台を代わりに持ってくれた。

「大丈夫ですか、ラーラ？　辛いようなら引き返しても……いや、引き返すよりも進んだ方がいいかもしれません。私の予想通りなら、もう二階分ほど登ればいいだけのはずです」

「ロベルトさま……」

しゅごい。なんで分かるの？　もしやこの人天才では？　あ、天才だったわ。

「手を繋ぎましょう、ラーラ。もう少しですよ」

燭台を持ち、優しく微笑んで手を伸ばしてくれるロベルト様。なんかこう……優しく破滅に誘《いざな》う悪魔って題名の絵画があったらまさしくこれって絵面だなと。いや、なんで悪魔って思ったんだろう。シチュエーションのせいかもしれない。燭台と古城と秘密通路。これで天使って選択肢はないと思う。

「おいで、ララ」

「はひぃ」

ロベルト様とおいでを掛け合わせた威力が致死量である。思考力を破壊されて縋りつくしかない。悪魔でもいい。むしろ悪魔がいい。

そうやってなんとかたどり着いた先の扉を開けると！

じゃじゃーん！

主寝室でしたぁ！

「やはり」

ロベルト様ってばなんの驚きもなかったね！　知ってたけどね！

窓の外は夕暮れが始まっている。そんな中、主寝室にたたずむ、埃まみれの新婚夫婦……。

誰得だよ！

原作ララちゃん！　この埃まみれの体で襲いかかって逆襲されちゃったんですか⁉　なんだかちょっぴり残念だよ！

「……な、なんてこと……」

「どうしましたか、ララ？　落ち込んで見えますが」

「いえ……ちょっと、現実を知ってしまって……」

「現実？」

「こっそり侵入して眠っているロベルト様に襲いかかる夢と現実の違いがですね……」

「襲いかかってくれるんですか、ラーラ」

ふふっと笑うロベルト様。この楽しげな顔、絶対に性的な襲撃しか想定していない。命を狙われるなんて予想もしてないに違いない。

「そんなに余裕ぶってると、いつか痛い目見るんですから」

他ならぬ原作でも……原作でも……返り討ちだったな？　完全に余裕ぶれるな？

「それは君で充分経験できていますよ」

なんですと？　この私がロベルト様に痛い目を見せたですと？

「そんなわけないじゃないですか」

「経験していますよ。片恋の女性を泣かせてしまった胸の痛みや、受け入れられないかもしれないと感じた不安の痛み……あなたから、たくさん実感させてもらっていますよ」

ちゅっとキスをされる。触れるだけの、優しいキスだ。

「もぉぉ……そういう冗談……」

片恋とかそういうたちの悪い冗談はやめてほしくて、でも嘘でも嬉しくてぐぬぬってなりながら呟くと、ロベルト様にしっかりと肩を掴まれた。

「冗談じゃない。分かるね？」

「――っっっ！　ずるい！」

そういう時に敬語崩すのほんとずるい！　しかも、なんか嘘じゃないっぽいのもずるい！

「そう、私はずるいんです」

ふふって笑いながらロベルト様は、

「夕食の前に入浴しましょう。埃だらけですからね」

と言って、さっきの話題を終わらせちゃう。もぉぉなんなの片恋って！　だって明らかに不審なストーカーだったよね？　片恋要素どこにもなかったじゃん！　嘘じゃなかったらサービス⁉　もうなんなの！


入浴して体を綺麗にしてから、気軽なドレスに着替えて食事をして、それから寝室に二人っきりになって始まることとなると、まぁそうなりますよね。いや、今回は私もばっちりそのつもりでいるんですけども！

「ひぁ、あんっ、あ、だめ、そこぉっ」

気持ちよすぎて声を全くおさえられない状態になるのが、最近すっごく早い気がする。ま、まさか開発されちゃってる……？　そしてそんな私に対して、ロベルト様の余裕さよ。

「ここ？　この浅いところが好きなの？」

息こそちょっと荒いけど、焦らすようなそのかすような声は、まだまだ余裕だと分かる。それが悔しいのに、でもロベルト様の硬いのでごりごりこすられると、すぐに洩らしちゃうぅ。

「きら、きらいぃ……で、でちゃ……っ」

「すぐに洩らして汚してしまう？」

「やぁ、やらぁっ」

お腹に力を入れようとしても、そのせいで余計にロベルト様のソレを締めつけてしまって気持ち良くなっちゃう。

「ほら、もう中が震えていますよ」

「やぁ、こすっちゃ、やぁぁっ」

出ちゃう。でも出したくない。出したらものすごく気持ちいいけど、出してるところをロベルト様に見られたくない。でも見ないでって言ってもあそこを指で広げて、じっと見つめられちゃう。

「ふふ、そろそろでしょうか？」

ぐちゅ、とひどい音を立てて私の花びらをロベルト様が開く。そうしながら屹立《きつりつ》は私の中を気持ち良くこすっていく。

「やぁ、いや、ほんと、に、もう……っ」

いっつも我慢して我慢して、それでも我慢できずに洩らしちゃう。それを、我慢に我慢を重ねた方が気持ち良く洩らせるって、体が勘違いしてる。決壊するのはいつなのか、体が期待して震え始めている。ぎゅ、と足の指を曲げて、両腕でシーツを握りしめて、全身を強《こわ》ばらせて耐えるのに、ロベルト様の屹立をねぶる私の内側が、もっと気持ち良くなろうと私の理性を揺さぶってくる。

「あ、だめ、みないで、みないでみないでぇぇぇっっ」

見ないでと言ってるのに、体が反ってソコを突き出すようにしてる。大きいのが、クル。もう、すぐそこに。もうだめ、もうどれだけ締めても止められない。

「見せて、ラーラ」

悪魔が誘惑するような、甘い声。

こすり続けられるソコが、きゅうぅ、といったん搾られてから、弾ける。ぷしゅ、ぷしゅぅぅ、とロベルト様が見つめている先で、洩らしながら果ててしまう。

「や、あ――っ、あぁ――っ」

羞恥が、忍耐が遠いところに飛んで行ってしまって、ただひたすらに放出の快感に浸る。出して、痙攣《けいれん》して、まだとろりと洩れるそれを押し込むように、ロベルト様の屹立が最奥までねじ込まれて。

「ひぁぁぁっっ、あぁぁぁぁ――っ」

浅いところばかりいじめられて飢えていたソコが、満たされる。

「うねうねと私を締めつけて悦んで……足りない？　もっと？」

「あ、くださ、あぁぁ――っ」

ずん、と奥を強く捏《こ》ねられて、すぐに絶頂で体がしなる。

「イッて、もう、だしてぇっ」

絶頂と絶頂の合間、少しだけ喋《しゃべ》る余裕がある時にそう訴えて、それで仕方ないなって言いながらロベルト様は、私の中に赤ちゃんの源を出してくれる。じゅわ、と広がる熱に、それまでの絶頂とは違う気持ち良さで、もう一度飛んじゃう……。

これはもう、ロランドちゃんが来てくれるの決定では⁉　って思いながら眠りについた後、私は夢を見た。

ラーラの夢だった。

もう一人の、私が辿ったかもしれない道を進んだラーラの。

はっと目覚めて身じろぐ。カーテンの隙間から、夜が明け始める空の色が見えた。

「――ラーラ？」

目覚めた私に気づいたのかもしれない。ロベルト様が、小さな声で私を呼んだ。

「ロベルトさま」

「……おかしな夢を、見ていました」

そう呟きながら、ロベルト様が私を抱き寄せる。ぎゅっと抱きしめられて、その胸に顔を寄せる。

そのロベルト様の鼓動が、明らかに早い。

「ロベルトさま……？」

よっぽど変な夢を見たんだろうか。そう思って顔を上げると、私の顔を夜明けの光で確かめて、ロベルト様が安心したように息を吐いた。

「君が、私を殺しに来る夢で……本当に夢だったのかな。とても生々しい夢だった。見知らぬ敵みたいに私を見る君に、私は……」

早口で、独り言みたいに話していたロベルト様が、口を閉じた。もしかして、ロベルト様が見た夢は。

「……ロベルト様。私も、夢を見ました。その……家の仇《かたき》にあなたの命を狙う夢で……」

ロベルト様の手が、ぎゅっと私を抱く力を強くする。

「そうですか……同じ、夢を」

ぎゅっと抱いて、それからロベルト様は、息を吐くのと同じくらい、儚《はかな》く笑った。

「夢でも、私は君に恋をするみたいだ」

「…………」

…………。

…………。

…………。

え？

なんか私、すっごい恥ずかしい聞き間違いしなかった？

ぐるぐる考える私を見ていたらしいロベルト様が、今度ははっきりと声を出して笑った。

「ははっ、信じられないみたいだ」

「それは、当然……」

「夢の中の君は——あぁ、ようやく動悸《どうき》がおさまってきました。嫌な夢でしたよ。君に命を狙われて、その君を無理やり抱くんですから」

あのー、私も見たんですよね、その夢。しかもラーラ視点。

原作ラーラと私って、同じ体の持ち主じゃないですか。しかも私、あの娼館エッチでは初挿入までそんな手間暇かけてもらってなかったわけですよ。それ以降はねちっこいんですけどね？　で、そんな私でも、初挿入はまぁまぁスムーズだったんですよ。しかもその後、そこそこ早めに気持ちよくなり始めちゃったりとか。

原作ラーラちゃんも体のポテンシャルは同じだったわけですよ。しかもなんか原作ラーラちゃん、ロベルト様を初めて見た時の印象が、

『こんなに綺麗な人がいるなんて……』

とかだったわけなんですよ。

なんだよ両片思いかよちくしょー！

しかもそういう関係になる時も、肉親が乱交パーティーやってるラーラちゃんだからそういう行為に嫌悪感持ってたのに、ロベルト様とそうなる時は全然そういう感情なくて。

間違いなく両片思いじゃんこんちくしょー！

じゃあなに。ロランドちゃんはどういうこと？

……もしかして、自分で育てるよりも国王夫妻に預ける方が、安全に生きていけるって思ったから、とか？

でも、じゃあどうして二巻であんなこと言って……あ、もしかして。ロベルト様が父親だってことを、知ってほしかった……とか？

反逆者の汚名を着せられたロベルト様だけど、彼には王都の墓地に、お墓がある。本当の反逆者

にはそんなものはないんだけど、王家が半ば公認した秘密ってことで、マグノリアが咲く場所にロベルト様のお墓を作ったのだった。マグノリアの花言葉は、高潔。それらを知っていて、少し調べればどんな父親か分かるからって、だから『お前の本当の父親は逆賊なんだよ』なんて言ったってこと？

不器用すぎるでしょ⁉

「女なんて汚《けが》らわしい生き物だと思っていたのに、夢の中でも現実でも、私ときたら……自分の命運は分かっていて、納得もしているのに、このまま君を置いて果てるのかと思うとおかしくなりそうでしたよ。君に数少ない、信頼できる私の味方の情報まで教えたりして……とても正気とは思えない。けれど……君が相手なら、夢でもそうなるのかもしれない」

なんかロベルト様が、頭上でため息をついている。あれ、でもロベルト様、原作ラーラちゃんの安全に気を遣ってくれてたってこと？　もしかしてそのおかげで、ラーラちゃん無事に出産できたとか……？

「あの……私もたぶん、同じ夢を見ました。私、ロベルト様に乱暴してもらって、嬉しいと思ってました、よ……？」

あれ、なんかもっと言い方に気遣いとかコツとかあった気がする。なんでその言い方選んだ自分⁉　と悶絶《もんぜつ》していると、ロベルト様が、

「本当に？」

と、心底案じているような顔で聞いてきた。

「はい。どんな状況で会っても、私、ロベルト様のこと、一瞬で好きになっちゃうみたいです」

それは本当にそう。

「……私と同じだね」

……いやあの、ちょっと待って。本当にちょっと待って？　あたかもロベルト様が変態に一目惚れしたド変態みたいに聞こえちゃうから本当に少し待って⁉

「正直、君じゃなかったらあのつきまとい行為は犯罪だったと思う」

「ですよね！」

むしろ私でも犯罪ですよね！

「でも君だったから……そう、不愉快ではなかったんだ。意図は測りかねたけれど」

まぁ変態行為だからね……優しいよね、ロベルト様って。

「騙されるものかと虚勢は張っていたけれど……そうですね。もっと素直になっていてもよかったのかもしれません。過去の自分にそう言ったとして、素直になるやり方など分からなくて困惑したことでしょうが」

「素直に……？」

「執務室前で求婚していればよかったかもしれない」

「そ、それは……」

う、嬉しいけどそれ、すっごく悪い意味で評判になっちゃうやつ！

「陛下にも言われましたよ。そんなに嬉しそうな君は初めて見た、とかなんとか」

「ほ、本当に？」

「自覚はありませんでしたが」

そ、そっか……嬉しかったんだ……え!? あのストーカー行為が嬉しかったって、本当の本当に趣味大丈夫なのロベルト様!? 原作ラーラちゃんなんて殺意高かったはずだけど!?

「しゅっ、趣味……！」

「趣味が悪いことに関しては、お互い様だと思いますよ」

「私の趣味は普通ですもん」

だってこんなに素敵なロベルト様なのだ。どこに出しても恥ずかしくない旦那様！ 私は……猥《わい》褻《せつ》物《ぶつ》陳列罪とかになりはしないだろうか？

「まあ、趣味なんて人それぞれですからね」

なんかロベルト様が綺麗にまとめようとしている！

「あぁ、でも夢でよかった。君が妻で、王国は無事で」

「……本当に」

本当に。本当に、夢になってくれてよかった。

「――私は今まで、誠実であれ、高潔であれと思っていたけれど」

不意にロベルト様が呟いた。

「はい？」

「もう少ししたたかに生きた方がいいのかもしれない。あんな風に、友も王国も――君も失うなんて、決して許しはしない」

ぎらっとロベルト様の目が光った。

「ろ、ロベルトさまっ」

ロベルト様ならできると思うけど！　でも想像以上にちゃんとしたたかになれちゃいそうで怖いんですけど！

「汚名を着てでも逆臣を討つ？　ごめんですね。えぇ、絶対にごめんです。そんなことになるくらいなら、未然に防ぎますよ。汚い方法だろうが後ろ暗いやり方だろうが、身につけて安全な場所から奸臣を追放してみせようじゃありませんか」

「で、できると思いますけどロベルト様ならっ！　でももうそんな危険はないんですから、大丈夫じゃないかなーとか……」

「人に嫉妬はつきものですよ、ラーラ。危険は未然に防がなければ」

おおぅ……ロベルト様が覚醒してしまわれた……。

「愛していますよ、ラーラ」

にこっと、ちょっと可愛く笑ってみせるロベルト様も、本当は私も、全然嫌いじゃない。むしろ好き。

「私も……愛しています。どんなロベルト様でも、大好き」

ちゅっとキスを交わして、ロベルト様の伸びしろに遠い目をしつつ、私はその夜にたぶん、赤ちゃんを授かったんじゃないかと思う。

そして約十ヶ月後。

「ようやく会えたわね、ロランドちゃん！」

「ラーラ、女の子にしては珍しい名前ですね？」

「え⁉」

こういう会話になるとは想像もせず、まだ見ぬロランドちゃんを思い、私はロベルト様の胸で、安心しきった眠りについたのだった。

番外編

結婚から何年かして。

「ロレーナ、準備はいい？」

今日は王宮に伺候《しこう》する日である。息子のロランドが五歳になったので、娘のロレーナも連れて、初めて王宮に挨拶をしに行くことになったのだ。

八歳のロレーナは、すでに王宮の常連である。栗色の髪はロベルト様のお母様譲り。つまりロレーナにとってはお祖母《ばあ》様である。ちょっとだけ、ロベルト様を虐待した人と同じ髪の色ってことに、ロベルト様の様子を窺ってしまったけれど、はっきり言おう。ロベルト様は身内に甘かった！

「今日も素晴らしく美しいね、私の妖精姫」

王宮に伺候するのはもう……二十回目くらいのロレーナちゃんは、慣れたものである。あと、父親からの甘い言葉にも慣れきっている。なんなら受け流してさえいる。惚れる。我が娘ながらその自然な受け流しっぷりに惚れる……！

「もう、お父様ったら。……まぁ、お父様、お母様、ロランドを見てくださいな」

外出前につき、玄関近くの部屋で待っていたのだが、侍女に連れられたロランドちゃんがやってかぴかだ。これまでの、幼児幼児した格好とは違う、ちょっとよそ行きの姿だ。ベストに上着、靴もぴかぴかだ。

「とうさま、かあさま、ねえさま」

「まぁ、素敵な紳士だわ、ロランド！」

かぁわいい！

八歳のロレーナちゃんは小さいながら一人前のレディの顔をしてつんと澄ましているし、その姉に寄り添うロランドちゃんはちょっと不安そうに、でも頑張ってきりっとした顔を作ろうとしている。

「ラーラ、私の愛する薔薇《ばら》姫。君の娘と息子だからだろうね、こんなに愛らしく美しいのは」

「も、もうっ、ロベルト様ったら！」

正直に申し上げまして、ロベルト様のおかげであることは百パーセント事実であると思います！が、その事実を曲げてくれるロベルト様が好き。推せる。

「ロレーナ、王子殿下があれこれ世辞を言ってこられるだろうが、いいように聞き流せばいい。成人して、他に好きな人間もいないとなったら考えてもいい程度の関係だからね」

「はい、お父様」

もう聞き飽きましたーって様子の我が娘。そして王子殿下がキープ扱いされている件。

「ロランド、美味しいお菓子でももらっておいで。だが可愛いお前をさらおうとする人間には気をつけなくてはいけないよ」

「はいっ、とうさまっ」

ロランドちゃんは全身警戒態勢である。ロベルト様、脅《おど》しすぎ……とも言い切れない。

「ラーラ、今日は一緒についていってやれなくてすまない。陛下も私さえ押さえておけばいいと思っておいでなのだろうが……決定的な言質《げんち》さえ取られなければどうとでもなるからね」

「わたくし、絶対にロレーナを守り切ってみせますわ！」

「……うん。まぁ、全ての権限は夫にありますとかなんとかごまかせばいいから」

いやそれ事実ですし。特に婚姻とかそういう重要な点においては、当主の考えが最重要なのはこの世界の常識である。

そうじゃなくってそれ以前の根回し的な部分でですよ。私の防波堤は完璧ですから！　のらりくらりと逃げ切ってみせますからね！

ぐっと拳を握る私の頬に、

「気をつけて行っておいで、ラーラ」

ちゅ、とキスを落としてくれるロベルト様には、未だに勝てる見込みが全くない。


そして伺候した王宮にて。

「ロレーナ、今日も君は美しいね」

「おそれいりますわ、殿下」

銀髪の王子殿下は本日も麗しい。御年九歳。小学校でいえば三年生くらいだと思うのだが、そうとは思えない聡明な雰囲気を漂わせている。顔立ちだけじゃなくって動きも優雅で洗練されているのが、まさしく王妃様の教育の賜物《たまもの》だと思う。

だがしかし。貴族――つまりは臣下――の一令嬢に対するものにしてはちょーっと距離感が変じゃないかな？　具体的に言うと、ちょっと近いというか。

なのに王子殿下の言葉と距離感に慣れすぎて、今さら照れることもないロレーナちゃん。栗色の髪を今日も綺麗にハーフアップで結っているのはとってもとっても可愛いとママ思うんだけど、本当にほんっとーに、そういう対応で合ってる？　大丈夫そ？　気づけば至近距離許しちゃったりしてない？　大丈夫そ？

「それで、君がロランドだね。私のことは兄と呼んでくれないかい？　実は弟がほしかったんだ」

じっと見上げるロランドちゃんに、腰を落として視線を合わせる誠実さはとっても素敵だと思うんだけど、なにがしかの外堀埋め感を感じずにはいられない。

でもね！　ちゃんと婚約は断ったから！　大きくなって他に好きな人ができるってありがちな話、ラーラ前世から知ってるもん！

「にいさま？」

首を傾げて王子殿下にそうお返事するロランドちゃんはとっても可愛い。さらりとした金髪が揺れて、女の子みたいだ。ロベルト様からあんなに警戒するようにって言われてたのに、優しそうな殿下にうっかり油断しちゃってる、そんな迂闊《うかつ》なところもものすっごく可愛い。それに殿下もちょっと本気ではにかんで照れているように見える。殿下の兄心もがつんと揺さぶられたようだ。

「殿下、わたくしの弟はかわいいでしょう！」

そんなロランドちゃんを見て、嬉しげに胸を張るロレーナちゃん。ちょっとだけ小生意気な表情がこれまた胸にぎゅんっとくる可愛さだ。当然ながらまだぺったんなそのお胸なのだが、いつも完璧レディを自負しているその表情が崩れた時のギャップが、可愛さに拍車をかけている。我が娘ながら魔性《ましょう》みがある。魔性の可愛さ。ロベルト様から受け継がれたその才能が怖い。

そしてその可愛すぎる顔を見て、うっとりとろんと蕩けている王子殿下のお顔。九歳のはずなのだが、そこはかとない色香《いろか》が出ている。危険だわ……母君譲りの色気が危険ですよ！

「本当に可愛いね、ロレーナ」

にこっとお互いに微笑んでるけど、ママ思うの。なんか温度差がないかなって。可愛いねって言ってる対象、ロランドちゃんだけじゃなくって、ロレーナちゃんも含まれてないかなって。むしろロランドちゃんはついでになってないかなって！

いやいや、でもまだ二人とも十歳にもなってないし……。思春期がきたらほら、視野も広がるだろうし。ロレーナちゃんには、お父様とお母様は成人してから運命の出会いをしたのって話をしてるから、ロレーナちゃんもきっと成人までは相手を確定しないと思うんだよね！

「ラーラ、やっぱりお似合いだと思わないかしら？」

「まぁ妃殿下……そんな、恐れ多い……ほほほ……」

ほんっとぐいぐいくるな！　この親子！

どうにか品良く愛想良く笑いながら、背中は冷や汗でだらっだらである。

ロレーナちゃんもロランドちゃんも、あなた達の幸せはママがきっちり守ってみせますからね！

そう握り拳を作るものの、ロベルト様がいないとすぐに負けそうでもある。ロベルト様、超頑張って！

平和な王国で今日も私達は、波瀾万丈《はらんばんじょう》に幸せです。

アンソロジーノベル
絶対に私を抱かせて幸せになってみせますわ！

著者　茶川すみ／七夜かなた／すいようび／マツガサキヒロ
イラストレーター　黒木 捺／鈴ノ助／cielo／織尾おり／カズアキ

2025年2月5日　初版発行

発行人　藤居幸嗣

発行所　株式会社Ｊパブリッシング
〒102-0073　東京都千代田区九段北3-2-5 5F
TEL 03-3288-7907　FAX 03-3288-7880

製版所　株式会社サンシン企画

印刷所　中央精版印刷株式会社

ISBN：978-4-86669-741-3
Printed in JAPAN